鹽田兒女

蔡素芬

聯合報小說獎決審委員評語

作者很會經營，懂得如何巧妙地敘事，心理描寫相當細膩，伏筆的前後呼應安排得很好。感情的控馭，發乎情，止乎常理。台語方言的運用相當清爽傳神。

■朱炎

人物的塑造、人物與人物之間隱藏的親情、愛情，都非常深刻含蓄而令人感動。文字間流動著炎熱的南台灣海邊鹽田的風貌，抓住了那種陽光、空氣與水分，作者釀造的氣氛非常成功。雖然是小格局的作品，卻很精緻完整。

■李喬

三十週年紀念版
自序

輕巧巧的，就來到了三十週年。時間像個快速轉輪，在工作與日常的行進中，常對時間失感。卻已三十年了，彷如昨日。足堪安慰的是，時間雖過去，對文學的嚮往仍如年輕時純真熱情，其間或多了深層的領悟。

本於喜愛創作的初心，陸續寫了一些其他的小說，試圖圓自己的創作星圖。而做為創作長篇起點的《鹽田兒女》，三十年來持續有新的、年輕的讀者閱讀，其中有些讀者會在相遇的場合回饋讀後感予我。雖然我喜歡往前走，但適時回頭看，更清楚所來徑，所有的現在，都是過去的累積。

謝謝所有讀過此本小說的讀者，包含翻閱這本三十週年版的您。一本舊作能夠持續它的生命，那麼過往我所過的三十年也可說與這本小說相伴而行，我們在同一個時空呼吸，它在我的書架上一起經歷生活點滴與時光的遞嬗。甚至看著我不同時期與書寫中的書奮戰的身影。

有些事物隨時俱往，一去不回，譬如台灣的鹽田產業，在二〇〇二年停產後，只留下紀念產業的鹽博物館和示意性的小型鹽田景觀，昔日勞動曬鹽的景象只留在博物館的大幅畫像中，以及少數的文字記載中。何其有幸，我因幼年生長於台南潟湖邊的小村，浸潤於鹽田風光中，以致後來得以在台灣長達三百三十八年的鹽業史中，為其留下一點文字鴻影。現實中的鹽田產業不再，文字中的鹽田風情可以長久存在。文字要記敘的，不僅僅是產業，而是一個時代的變動、生命的流轉、情感的奔馳；曾經在那樣的時代，人們這樣的生活著。

廢棄的鹽田仍在西南海岸邊那片炎熱的土地上，烈日時土塊乾裂，雨期時水積成池，如今，有部分被利用來種電。呃，山可填海，海可成林，時空變換，常是跡不可尋。

昔為鹽，今為電，在其周邊的，仍是安靜的風日、酷烈的夏陽。人口聚集的地方，有生活的語言和歡喜悲愁的情感，不同代的人講著不同的故事，從過去的故事延伸下來到現在，有情感的發生，土地才產生意義。我們即使看著山平地移，也始終不會忘記土地上曾歷經的那些人的故事，像河流一樣串起生命的銜接，不能攔腰截去。

就讓曾有的故事，藉著文字之河繼續流向時間與心之所在。

沿海的風，仍會在人情與土地間迴盪。

二十週年新版自序

《鹽田兒女》成書於一九九三年五月，一九九四年五月出版，今年五月推出新版，離初版整整二十年，二十年的歲月在重新校稿的過程裡彷彿壓縮如昨日。

昨日坐在窗邊書寫的情境清晰明亮，當時每一個心情的轉折因文字帶來的追憶而複習了一遍。九三年的二月間，手上正在翻譯一本書，某日傍晚，為紓解久坐桌前數小時埋頭翻譯的疲勞，出門散步，來到一處還搭著模板鷹架的建築工地，抬頭望去，樓層之間有婦女挑磚走上毛胚樓梯，梯無扶手，婦女兩肩挑著兩擔磚亦步亦趨一層爬上一層，我感嘆自己何其幸運，只要坐在桌前就可以工作，兩種不同世代女性的差異只在教育，我輩因有機會受較高的教育而比前代或前前代的女性擁有更開闊的工作選擇權，但不同世代的女性心中應有雷同的夢想，只是受教育機會與社會型態影響了生活內容。為勞動婦女的外在形象與內在心聲表達點什麼的想法已植入心中。又某日，讀報讀到台南的鹽田地可能改成機場，心中突生衝擊，那片美麗的廣大鹽田風光將消失。四季有著不同光線變化的鹽田地是南台灣的重要產業和景觀，一旦消逝，將使多少踩過鹽田地的人有成長經驗的失落感。在這兩種原因混合下，我在二月下旬起筆，斷續書寫，三月底譯完書籍便全力寫鹽田上的勞動婦女，直到五月十五日完稿。

書寫期間，除了對有鹽田勞動經驗的長輩做口述探問外，書籍的補充資料也是必備，那段時間便在寫累了出門漫走或去圖書館查資料，打電話詢問各式問題，因構思情節而無法入眠的過程中，完成作品。

在那年輕的沉浸在情節氛圍裡的身影是冷靜而單純的，單純的想把鹽田的風光與人情書寫出來，單純的想像著人世滄桑，想像著文字可以企及的地方必然存在一種努力活著的感動。是這種想像和追求文字力量的決心催促作品完成。

存於自然的，會有一種樸拙的姿態具實生成，在執筆的當時，即是對人們努力生活的樸實姿態有所感動，而有了敘述的動力。

鹽田終因鹽分太重，改建機場沒有成案，但台灣經營了三百三十八年的曬鹽產業因不敷成本，已經在二〇〇二年完全停歇，如果《鹽田兒女》留住了一些鹽田生活的印象，那麼往後的閱讀者，將在這書裡看到一個台灣的曾經，一個時代的曾經，但願讀到的是這樣的——曾有一個時代，一種生活，一種悲歡離合，它是那時，也是永遠。

感謝二十年來，某些讀者讀了這本書後，傳遞給我的訊息，也特別感謝聯經出版公司，讓這書在二十年後如一本新書誕生，讓第一版的一小部分訛誤得以更正，並在這本小說與接續其後的兩本小說《橄欖樹》和《星星都在說話》有機會統一了某部分的用語用字。

因此書而與讀者建立起來的書友關係，值得珍惜。在我們的人生，我們聽過許多聲音，但有一種聲音接近心靈時，它會像漣漪一般擴散出去，又帶來回音，從容、深刻的漩進心中，耐人尋味。

鹽田風日（原序）

——人情的故鄉

過往歲月的細微景物也許給時間沉澱成富麗堂皇的一疊畫，也許給刻意塗抹成模糊的一片窗霧，不管怎樣，來時路的風光水色終成追不回的昨日，留下的，是步步行來的感覺。

鹽田間吹拂的風成了我孩童時的感覺，有淡淡的海腥味，挾著人們的悲歡；有烈日、陣雨，和靜靜午後樹蔭下濃綠的清涼。

離開鹽田地後，偶爾以做客的心情回鄉，看那墩墩白鹽與安靜風日，總是很驚訝，以為去到一個未曾見過的小世界，和都市裡激烈的腳步扞格不入，來人亦不識，故鄉竟有了異鄉的味道——不由想起小時和母親上街，千萬機率裡遇見同鄉人，母親又驚又喜，站在路邊多講了兩句話，說，不容易呀，小村子出來的，竟在都市裡碰面。她臉上充滿他鄉遇故的欣喜。原來鹽田那片風日不但是土地的故鄉，也是人情的故鄉，她提起的故鄉事，流入我血液裡，格外親切。因此幾年裡總要回去走一趟，鹽田裡站一站，回味這裡人們的生活。風日裡的寧靜，隱隱畫著世道人情。

有一回，臨離開，時正黃昏，泥黑的鹽田上反射一道褐黃的殘陽，銳銳如從地裡來，沉靜安然映照四周。土地的美與純淨一下勾起了人事的感念，一群鹽田兒女的歡喜悲愁全來到心間。人若有萬千據點，總會在驀然回首間瞥見一個令人動容的所在。

選擇鹽田這個據點做故事的起始，其實與以其他據點為題一樣含有寫人生的意思，只不過是表現法的差異罷了。故事以感情為訴求，紀念風土人情的意義勝於其他企圖。寫法傳統，無非是對人物有了真誠的感悟，寧以切合他們感情的方式，平實表達俗世生活。大千世界，驚濤與靜浪原可並容，此處無意故做詭異瑰奇。故事是大眾裡的，自然也要歸屬於大眾。

目次

序章　村落

台南縣，七股鄉，沿海小村落，海風也鹹，日頭也毒。

這是塊鹹土地，一畦一畦的鹽田圍拱小村三面，站在村子口的廟堂往無垠的四周眺望，鹽田一方格一方格綿延到遠方與灰綠的樹林共天色。灰黑的田地上積著引灌進來的淺淺海水，陽光豔豔的季節浮出一顆顆純白結晶鹽，在烈陽下扎著亮人光芒，一方田上有千萬顆，一田一田，千萬顆連著千萬顆，延伸到天邊，好像銀河落在人間。生活在這條銀河上的男女，挑起扁擔，將那曬出來的鹽掃進畚箕鹽籠，一肩挑起，越過一方方鹽田，將鹽倒在路邊的泥台上，長長的泥台，結晶鹽搭得像座金字塔，一塚接一塚，在泥台上閃爍著耀眼的白色光芒。春夏之交多雨水，剛結出的鹽馬上給雨水融化了，為防雨淋鹽融，農人紛紛編織稻衣，將成匹的稻衣團團蓋住泥台上的鹽堆，披上褐色稻衣的無數鹽堆像是一群群隨季節移動的蒙古部落。

村子東方遠遠來了一條小河流，村民除了靠村外三個方向的鹽田吃飯外，這河是他們的主要糧食父母。有人家中男丁旺，可四季靠河謀生，兼作一方小鹽田，只要勤勞，那河裡有源源不斷的財收。

小河流沿著村子最前一排房舍向西舒緩流去，流不經幾百公尺，漸漸房舍少了，三棵榕樹並排成村西界，樹旁有一座兩層樓高燈塔狀的駐兵台，台上圓形小辦公室常駐著一張桌，一張椅，一張床，一位和村人操著不同語言的老阿兵，人家叫他賴，除此之外也許還有一只炭爐、一盞小燈、一副蚊帳，或一個通訊的什麼東西，但這些小東西，村人從台底下是偷窺不著的，因此也無從知道，只能想當然耳地猜測。

小河流到了駐兵台，開了門似的，視野豁然開朗，呈扇狀向大海直奔，沿途兩邊堤岸漸漸平矮，直到通了海才與汪洋交臂合一。堤岸外是大片海埔新生地，種滿防風林，海風狂來，樹林沙沙作響，傳到夜裡安靜闃黑的村子，常常給正將眠去的孩童增添許多大自然詭異傳說的神祕色彩。

這條小河流不過流經村落數百公尺，每一河段卻都克盡了最大的利用價值，靠村落的堤岸邊，停靠十五艘近海漁船，除了三艘留守外，其餘十二艘的船首都高高掛著一串鞭炮，船艙前臨時架了張小桌，桌上備各類糖果餅乾，船上有船員吆喝，堤岸上不斷攏緊光腳丫、白齒露在曬得黝亮的面容上的小孩，他們相擠在第一線。再一小時，船要起錨了，他們等著起錨儀式對他們而言最精采的一幕。

船與船間有竹筏停泊，每隻竹筏約寬數尺，長丈餘，擱置筏上的篙也有丈餘，若非熟手，在河流上撐篙必會隨波逐流。竹筏是村人平日在河上打魚採蚵的交通工具，筏上幾乎都備有一式一樣的漁網竹簍。村人在河中打魚，多為自家食用，只有極少數人清晨三時起來打魚，額上掛探照燈，網滿兩水桶的魚，五時出發走到最近的鎮上出售，趕上七點八點的市場，將賣魚所得的錢又轉買了幾樣蔬果帶回家。若運氣好，魚早早賣掉，則能趕一程，湊上中飯，若魚賣得晚，鎮上買兩塊鹹糕，邊走邊吃，回家再把中飯補足。

河流接近駐兵台百公尺內的河中心搭滿蚵棚，那棚像絲瓜架，竹枝縱橫交錯攀搭而成，棚架掛滿一串一串蚵殼，每片蚵殼以粗硬的黑色膠繩串連，在海水中波盪。八、九月掛蚵串，快則過年新的蚵就不斷長出來，把原來的蚵串擠得又黑又沉又腫，村人撐筏找到自家蚵棚，一見這又黑又沉又腫的蚵串莫不把額頭嘴角的皺紋笑得又緊又深，豐產季節肥密的蚵串足可抵平時採收的三倍，一個季節辛勤下來，半年日子不費張羅，況且海裡有自給自足的漁產，平日費用多為蔬菜果肉，每家撙節算計的無非為病痛身穿及天災人禍做預備，以及年節三牲五畜的隆重排場。

蚵棚位居河中，適好將河分為左右二道，漁船出航出右邊一字駛出，入近海打撈撒網，沿途送附近城市各漁港轉賣，經二至三個月回航。漁船浩浩蕩蕩，敲著豐收的鑼鼓駛入左河道，村人遠遠聽到鑼鼓聲，爭相奔向堤岸，為釐清視線，一手擋在額頭遮住刺人的日光，望見一群駛近左河邊漆紅塗藍的漁船，手舞足蹈互相走告，一會兒功夫，大人小孩齊聚，把窄窄的堤岸塞得水洩不通，大人當然是為見離家多時的壯丁和探看漁獲情形，小孩則來拿船靠岸後，為慶祝豐收撒下的大量角錢。

除了夏秋颱風季節外，平時船隻有以一天作業捕撈沿岸蝦群，也有專挑仲秋至孟春出外海捕魚，因此每年為船隻送往迎來的活動視當年氣候變化大約有兩次。這年中秋甫過，白天太陽仍毒辣非常，早晚溫度卻沁人心脾，避寒的魚群一群群南下，捕魚郎漸漸將鹽田工作交給家人，各別登上所屬船家，眼瞳流露出對這季漁收的無限希望。

出航把平靜的村子喧擾得沸騰滾滾，打辮子的小姑娘，梳短髮的大姑娘都登上岸來，日頭逐向中天，預備起錨了，船上已有人往岸上扔糖果，鞭炮此起彼落地交相鳴放，十二串長炮的吼聲，震耳欲聾，交談歡呼的聲音好像與炮聲競逐，一時岸上船上似乎都陷入興奮過度的混亂。

岸上喧鬧的人群裡，有名女孩，名喚明月，年方二十，清睟睟的大眼有著溫和神色，但瘦躿的身長，挺直的腰脊，河光掩映下，昂然是股剛陽的堅毅之氣。她面帶笑容，剛從人情攀談中逃出一點空閒來望向第三艘船上正和另一名船員隔空摺疊漁網的大方。大方深藍色長襯衫的袖子捲到手肘處，露出半截黑亮結實手臂。明月眺見那摺疊漁網的靈活手指，慌忙把臉轉開，心裡卻還留著那靈活粗獷的十指，一大群男女共同在鹽田收鹽，這十指總是第一個完工，有時還幫忙別人的田。做起漁事，一樣俐落。她再回頭，悄悄一望，漁網早收好，疊在船艙邊。

鞭炮聲中，船起錨了，為首的船慢慢向左轉了三十度，以弧形航線駛向駐兵台的方向，第二艘、第三艘跟著啟動，大方和其他船員都站在船板上和堤岸的人群揮手再見，大方的眼睛向人群裡不斷尋找，神色有愉悅，有期待，又似乎有焦急。

十二艘船接踵經過蚵棚右側，向海洋航去，一隻鷺鳥尾隨船後，白白的小影貼近船尾，彷彿是船上的一個標誌，到了駐兵台，船隻出了河口，伊獨自向北，往鹽田飛去。船影愈來愈遠，遠至剩下菸屁股大小，人群才逐漸散去。

第一章 姐妹

1

灰黑的鹽田小路上有一點白白黃黃浮動的影子，烈日下，這點白黃的影子不時拿起騰空的左手擦拭額邊滾落的汗水。

村口的廟門時有善男信女進出，在燭台火苗上捻香的婦女問廟公：「看到影沒？」

「沒，還早咧。」廟公又挑起鬆厚的眼皮，緊緊望向小路盡頭。

男人們說：「伊人若入來，炮仔要放得伊臭耳聾。」

這名浮動的影子叫王知先。

王知先本是讀書人，幼時曾跟一名來鄉隱居的人讀了一陣漢文，以後靠自修，讀到結婚才放下書本擔負家計，他做不來捕魚擔鹽這類粗活，早幾年前到台北謀職，先是在一布莊當掌櫃，當了四五年，布莊給人燒了火，宣稱倒閉，他轉到一家貿易行當買辦，經常南北出差，很積了一筆小錢，可是好景不常，前一年來了一批服裝邋遢，腳著草鞋的軍人，操著咿咿噥噥的語音，進了店裡，一見東西就搶，老闆為保身，索性把業務停了。一時社會混亂，找事不易，知先也念著妻小，於是背起行囊返鄉來。

這天，村人在廟口掛了數串鞭炮，廟公鎮日坐在廟門口的長板凳上往村子唯一通向外界的小路眺望，這條小路夾在兩大片無垠的方格鹽田中，很像象棋盤上的楚河漢界。一進村，繞過廟口，變窄了，成了村中的主要道路，前後共三排坐北朝南的房舍，循著這條小路，長長地橫向駐兵台方向。

村人讀書的不多，到外地謀生更屬鳳毛麟角。知先這幾年在外工作，半年回來一趟，每次回來免不了村人問長問短，問村外那個花花世界，大家將他當村中秀才看待，此番回來，聞訊知是定居，大家決議熱鬧他一番。秀才回鄉住將下來，以後村中凡有訴訟爭執等案，待不必煩請警方，全賴王秀才公斷。因為村人對他這般熱絡期待，廟公心生警戒，守那小路人影，怕失時機，負了村人請託。

果然下午日頭偏了西，熱力方減，遠遠一點人影在小路上晃漾，影子走近了，見他頭戴一頂圓盤帽，手提一隻方正牛皮箱，身著白色長襯衫，卡其黃長褲，步履穩健，清清亮亮走向村子。可不是王知先，廟公瞇著細細的眼睛大喝說：「回來囉，回來囉！」隨即拿出一炷香，到燭台取火，欲燃鞭炮。廟裡男女聞聲繼出，推擠到廟門前，向那影子望：「那隻皮箱，不知裝了多少銀兩，伊某阿舍哪得做，躺眠床吃便便。」

鞭炮噼哩啪啦響徹全村，那走路的遠遠聽到鞭炮聲傳來，視線掠過圓盤帽沿，落在廟口擺擁浮動的人群，心上明白三分，走了整整一天半，家門在望，腳底忽地又沉重又疲乏，步履卻不知不覺間加快，只扮早點走入那人群。

明月姐妹聽到鞭炮聲，知道是父親回來了，從家裡出來，跟著村人擠到廟口。第二串鞭炮響起，有人迎向王知先，接過他手上皮箱，擁他一路走向廟門來。

一進村，第三第四串鞭炮同時響起，知先正感熱鬧莫名，村長知辛站在人前握他手說：「萬幸，萬幸，你回來了，我們村內囝仔的教育全靠你了。」

知先根本是在城裡失了業，匆匆回來，不想有這場面，眾人當他在外開過眼，見過世面，肚裡又有墨水，要求他以廟邊小廂房為教室，替無法去城裡上學的孩子習字書，教三字經，學千字文，識得幾個漢字，將來也好看懂書信公告。

家門尚未進就給攔在廟口談教學的事，知先完全沒有心理準備，他一面與村長等人應諾，一面在孩子群裡找明月姐妹。那四個身體瘦弱，穿一式粗布小花洋裝，臉頰曬得黑亮的小女孩不就是明月姐妹嗎？這年明心十三歲，明月十一歲，明玉八歲，明嬋四歲，因知先長年在外，她們都對他認生，最小的明嬋對父親沒什麼印象，一直站在人群中，小指頭含嘴裡，興奮看著父親，卻不敢過去。明心明月走向知先，知先拉起她們小手，捏在掌心裡，粗粗硬硬，心裡有種異樣感覺，好似愧對女兒，看她們那身穿著，剪裁極隨便，想是買大匹便宜布，分成四塊給每人做一件，洗得都漿白了。

知先回頭跟村長說：「廂房整理出來，就開始招囝仔來讀冊。」他想的是，明心明月也該讀書認字，轉幾年嫁了人，養了孩子就無法放心讀書。這幾年為生活奔波在外，真把她們擔誤了。

冬至那天，私塾果真開起來，明月姐妹和其他村童每天吃過晚飯去廟裡上兩小時課，讀三字經、千字文，回家就寫大字，將堂上教的一段，邊背邊抄下來。不到半年，書上的字已認得九分，姐妹四人大字寫得更勤，四處搜尋舊報紙、月曆紙、日曆紙，一空下來就研墨寫字。整整一年裡，同樣幾本書翻來覆去習數遍，知先要孩子們把字義都記熟了，第二年才教他們習書信。

明月姐妹的母親阿舍是做不得家事的，嫁來王家三年後，她患上了哮喘的毛病，每每喘得神疲氣盡，整天躺在眠床上，漸漸氣力弱了，家事都依賴明心明月，她恨自己這身病，把外面好風光盡失，青春徒流，生得四個女兒，沒一個兒子可指望。

私塾上了兩年，知先和阿舍添了麟兒，阿舍為生下兒子幾乎喪了命，料理新生兒的事落到明心明月身上。知先向鹽埕工會領了六格鹽田，兩女孩都得上鹽田幫忙父親曬鹽，下了工回家要洗衣做飯忙一家大小項。漸漸私塾廢了學，知先知道兩女兒辛苦，也不強求，且這年因是新生麟兒，家庭用項多出許多，他不隨船捕魚，當日城裡掙來的錢終會坐吃山空，他決定往後春夏雨季鹽田不作時到台北和熟識的朋友做夥踏三輪車，多少有所貼補，也能買較好的藥品給阿舍補身子。

因此次年仲春，他再度提起皮箱走出村口，明心明月來送，兩女孩一個長到十六，一個長到十四，都懂得人情世故了，默默站在廟口，好像把父親的來來去去視為理所當然，又似乎很無奈地接受著。

知先覺自己人生很是漂泊，阿舍帶著病體，只覺人家體貼她不周，未想人家對她的遷就，他對她是責任多於感情，眼前幼女又能體會多少離鄉討取生活的艱辛寂寞況味呢？他拍拍明心的肩，叮嚀：「少弟看顧好，我入秋就回來。」說完，頭也不回向那小路快步走去。

十六、十四歲的女孩曬鹽，大方每站在自家鹽田上看了伊們姐妹身影就要感動莫名。對明心，他是敬佩，對明月，他是愛慕，他對她的注意總是多過別項。他在佳里鎮讀日制初中時，偶爾回村，一定到知先叔家找明月，畢業時台灣剛光復，家裡供不起他繼續讀書，又是獨生子，光敏夫婦捨不得他遠離家鄉謀生，要他回家來幫忙曬鹽。一回村子，就再也無法擺脫明月對他的吸引力，那時明月才八歲，他卻可以在這八歲的女孩身上投注了他所有的時間和精力。他像個大哥哥般帶她抓蝦、釣魚、游泳，兩人遊玩的足跡幾乎踏遍了全村子。而要到了前兩年，他才能明瞭，明月是他生命中一件貴重的寶物。如今明月十四歲了，懂得矜持，懂得疏遠他，也懂得含著羞澀的笑容對待他。每見那笑容，他更想親之臨之，因她是那樣笑容裡也含情意。

他在廟裡見她倆姐妹送了父親還往河岸抓魚，心生無限感佩。他追向她們，只要是明月做的，他都想與她共享勞動的喜悅。

2

時光在日出日落間流轉，知先春往秋回，倏忽四年瞬流。四年於他，秋冬曬鹽，春夏踏三輪車，日子沒有新鮮稀奇，較有得意的，無非在鄉時日，村人多來問訴訟請良時，甚至連嬰兒命名都有委託他的，讓他感到少年讀書終沒枉費，手中一卷書，也能替人解疑。阿舍視他卻是瞎忙一場，見了人不免抱怨：「了然讀那麼多冊，終歸勞碌命，吃氣力的。」

四年於明心明月倒是折磨、是犧牲，也是新鮮。她們代替母親料理家務，協助父親曬鹽田，如今兩人婷婷玉立，一個二十，一個十八，操作的關係，體格都輕瘦敏捷，胸厚腰細，雖然每日吹海風，曬驕陽，和村中少女一樣臉上泛著一層古銅色彩，可是這層色彩擋不住明心臉上時而透露的蒼白和微弱氣息。

「看來明天日頭更豔，只能清早一趟，不如今天多走一趟。」明心擔起扁擔水桶，交代明月將灶間木柴拿出曬太陽後，就往村外走去。她要去挑水，走一小時路程過橋到鄰村的水池汲水，他們這村子地鹹，井水無法飲用，平日只拿來洗衣清刷。

明心的肩頭往往清晨五點就擔起扁擔挑水，水挑回來後倒入蓄水池，吃過明月熬的早飯，若太陽不毒，再挑一趟，挑過了這趟就得上鹽田工作。她兩邊肩頭都結著大片厚繭。偶爾明月替代明心挑水，最初是肩頭兩片瘀紫，水泡四起，多挑幾次，也不覺苦了，反覺體力大增。明心靈巧體貼，身為長姐，凡有操勞必先分擔，挑水的工作她多搶先做了，加上其他大小事的操勞及飲食的簡陋不足，這年夏天她犯胃痛，挑水半路上常因胃氣漲到喉口，不得不放下水桶，捧胸乾嘔。

這天她又搶著出門挑第二擔水，明月按吩咐將屯在灶間的部分木柴拿到院子曬太陽。兩個妹妹洗衣裳去了，父親用過早飯先去巡鹽田，三歲幼弟一個人在大廳前玩耍。她一塊塊排好木柴，待要切野菜飼雞，身後傳來咳嗽聲，回頭一看，是母親坐在灶間門邊曬暖陽。

「明心呢？」阿舍問。

「去擔水。」明月很驚訝母親將平日疏於照顧的頭髮整齊地盤了一個髻，露出微凸的額頭，面上輕撲一層脂粉，口紅一點，日常的病態真脫胎換骨了，她那顏容真像大廳堂上的觀音，難怪村人都說母親剛嫁來，美得連神明都要嫉妒，因此才派病體與她。

「一個女孩子要做這種吃力的工作，都是我沒生兒子又拖病害了伊。」明月慣於她的抱怨，她的好奇完全在於母親的裝扮。

「妳阿爸呢？」

「去巡鹽田。」

「什麼？這人這麼沒記性，大條事情還不如我。」

「什麼事？」明月順勢問。

母親落在她身上的眼神如隻尋找標地的禿鷹，銳利而充滿審視的意味。她上上下下打量她，說：「妳姐妹也不小了，人家十七八歲都抱嬰仔了，若不是我這病身，老早把妳們嫁了。」她嘆了一口氣：「哪有女孩子可以一世人在父母身邊。」

明月眼裡流露驚惶，不能明白母親的意思，嫁人的事她想都沒想過，村中年輕男女在鹽田一起工作，雖則辛苦，但苦中有甜，他們空下來時一起編曲唱歌，大方會吹樹葉，他嘴裡吹出的每一首曲子都是自編，大家和上詞，在黃昏月色下唱著。鹽田已是她生活的一部分，她沒想有天要因出嫁離開。看著村中姑娘一個個出嫁，她知道那會是什麼命運，只有一去不回，永遠離開了鹽田和家鄉的河水，她怎麼能夠，怎麼能夠離開一個沒有大方的土地。

她因想起大方，觸動私情，雙頰飛紅，母親如鷹的銳眼一搜即著，半帶奚落說她：「妳是想要早早離開這個厝去找個少奶奶做，較免操勞？還早，妳大姐沒嫁出去，輪不到妳先飛。」

「我不想嫁。」

「不嫁人，我養不起姑婆。」

明月不再跟母親抬槓下去，入了灶間切野菜。母親因久病，但凡人家的好意她都要曲解，為了避免不悅，只好把話題打住，母親卻還要懷疑人家嫌棄她。思及此，明月馬上望著母親略顯佝僂的背影說：「媽媽，妳今天真嫷（漂亮）。」只聽到母親嘆一口氣，靜默了，陽光彷彿在飄，從門檻移到了母親坐著的小竹椅，母親新穿的藍底鞋顯得溫暖明亮。

過了一會兩位妹妹提著衣裳回來了，一件件晾在庭前竹竿上，母親挪動身子咳了兩聲，問明月：「今天是十五沒錯吧？」

「沒錯，晚上月娘就圓了。」她想到自己的名字，覺得每個月的十五這天是屬於她的。她是十五月圓時生，父親給她取名明月，要她為人就像月娘一樣清明照人。

兩位妹妹不時回過頭，望著母親竊竊私語，忸怩模樣給母親看到，馬上斥責她們：「衫洗得日頭要偏西，妳們兩個跟姐姐不能比。嫁了大的，留了小的有啥用？」說著催促明月去找父親回來。

「做啥哩？」

「做啥？跟伊講，人客就要來了。」

「什麼人客？」三姐妹同時發問，平靜生活裡任何來客都令人十分好奇。

「囝仔人有耳沒嘴。等一下人客來，全部給我到房間去不准出來。」

正說著，父親回來了，幼弟明輝迎出來，躍進父親臂彎裡。

「好重，下來。」知先把明輝放下，阿舍問他：「你忘了？」

「沒忘，我不是回來了。」

明月將父親拉進灶間，低聲說：「阿爸，什麼人客要來？」

「來跟明心提親的，妳準備一鍋麵條，伊們走一早上的路，驚會肚子餓。」

父親說完即入內換乾淨衣裳，明月終究明白姐妹情分也到了各奔東西的時候，明心二十歲，該是嫁人年齡，往後這個家，她要替明心擔待責任。

她一邊下麵，不捨之情油然而生，不知要說給什麼樣的人，希望是個不需多操勞的家庭。遠不遠呢，若嫁得遠，姐妹見面不容易呀。突然兩個妹妹來通報，人客來了，有四五個，穿得一身雪亮，但路走得遠，汗水滿臉，人已到了堂上，和父母說談。

姐妹躲進隔壁房間，拉開一小條窗簾縫，三張小臉擠在縫裡往大廳窺伺，只看到大廳半個側面，一位長鬍鬚白眉毛的老先生坐靠神主牌位，旁邊依序坐著一位額面寬廣、手腳粗黑的中年人，和一名清瘦高個，必恭必敬，雙手放在合攏的膝頭上的年輕人，這年輕人和那中年人面目有些神似，小明嬋喊著：「就是伊嗎？」

「噓。」明月明玉同時摀住明嬋的嘴。

突然明心挑著兩擔水走進院子，往右走到蓄水池，將池上木蓋子挪開，兩桶水連續倒進池裡，廳裡的人全都往她窈窕的身段看。明心摘下斗笠，解下包巾，烏黑短髮直直掛到耳垂，彎身取了一瓢池水洗清臉面，再把木蓋輕輕放回。一回身，望見大廳烏壓壓坐著許多人，父母向她招手，她直往廳裡走去。不一會走出來，往灶間來。姐妹全跳進灶間，見了明心進來，都摀嘴笑，明心問：「麵呢，煮熟了沒？阿爸留人客吃麵。」她雙手按摩肩膀，挑了兩趟水，真累呢。

明月一碗碗盛麵，存心問她：「怎樣的人客？」

「不知道，沒見過，咦，妳們在厝都不知道嗎？」

「大姐，那是來跟妳說親的。」明嬋搶先說。

是嗎？明心疑問，怎麼父母事先沒跟她提起？難道這厝已經不要她，連這種大事也不先跟她商量？她頓時覺得委屈，坐進小竹凳裡掩面哭泣。兩位小妹只覺結婚是熱鬧佳事，大姐怎會傷心掉淚？惟明月知道大姐的心，她拉拉大姐肩頭，說：「送去吧，麵要冷了。」

好似一條不歸路，她早給安排非去送麵接受這四五個人的審核不可。明心擦掉眼淚，了解到即使擔待著一家大小粗活，自己畢竟是女孩子，要走所有女孩子該走的路。她端起麵碗，向這條路走去。

婚事決定在秋天。對方是莊稼人，有一甲地耕作四時農物。母親說：「雖然也得做，可是人家有底，有底吃不空。」父親看那年輕人安靜乖巧，應對踏實，應可安守田宅，和明心的勤勞善良正可相配，很主張這婚事。

明心的意思完全聽由父母，既是父母作了主，她也認了命。明月問：「妳對伊印象好不好？」

「生份人哪敢看！」

結婚前一夜，阿舍將明心叫到床前來，拿出一枚戒指，說：「妳結婚的金飾攏是男方的聘禮打的。父母能給妳的就是這只戒指，是我當時的嫁妝，一只給妳做紀念，剩的要留給其他妹妹。妳知道我們家沒什麼底，女孩又多，這次給妳辦喜事也只能寒薄，將來妹妹若嫁得比較澎湃，妳免怨嘆，這時彼時，誰也料不到時勢怎麼變。」她再三叮嚀：「伊們是種田的，需要人手，妳嫁過去不要掛念後頭厝（娘家），沒閒也不必回來。」

母親的叮嚀讓她心生惶恐不安，嫁出去的女兒潑出去的水，好比風箏斷了線，和父母這邊似乎絕了瓜葛，她對家的操勞掛心就要因此截斷移到另一個全然陌生的家庭嗎？人家說女孩子菜籽仔命，吹到哪塊地就落種，她離了母體落在別方土地上，就得認那土地為母了。想來令人傷心欲絕，這群弟妹哪拋得下，明月亦是女兒身，要她代替承下這副重擔真叫人於心不忍。

明心一踏入房裡忍不住又咳又泣，三位妹妹都圍上來，明月隨手拿了塊手帕替她擦眼淚，她把手帕掩至嘴邊，咳出一口痰來，明月接過一看，驚訝叫道：「血呢！」

「別胡叫。」明心搶下手帕，解釋說：「大概想到明天要離開妳們，一時急火攻心。」她蒼白的臉色讓妹妹們十分擔心，都說：「明天要當新娘了，今晚得早點睡。」

哪睡得著，四姐妹躺在眠床上，屋內黑漆漆，窗口有點月光，明心望著月光，平時不注意那瑩黃柔和的月光，現在看著竟也是依依不捨。她將身旁的明月搖醒，要她披衣到院裡。兩人坐在竹凳上，月光下，明心離情萬千，只化作一句話：「以後這個厝，妳要多擔待。」

3

這年夏天明月長得十分碩健，身長細高，兩肩聳平，胸厚背挺，雙腿直而矯捷，黝黑的皮膚散發健康光澤。村中男女喜戲稱她是黑美人。

原來明月生來比明心好動，忙碌操作之餘仍能呼群引伴到河中泅水，每年夏天一來，燠熱難當，男女結隊在河中競賽接力游泳，明月身手矯健，又識水性，每有邀約必至。她還有另一個目的，即是比賽完後，可以順便在河中撈幾尾魚回來烹食，補充家裡的糧食不足。現在，她養的雞也多了，父親為她多釘了兩隻雞籠，傍晚母雞帶著小雞散完步，她就把牠們趕回籠裡，五隻籠子在絲瓜架下，排下來的糞便正可給絲瓜充肥。村裡每年剝蚵季一到，她撿了人家丟棄的瘦小蚵仔，去殼泡漬，一年泡它幾瓶，平日就有營養夠味的下飯菜，每月抓包十全大補藥給全家進補一隻雞，加上河裡不虞匱乏的魚蝦，弟妹們臉色都如她，閃著健康光澤。

秋天父親從台北回來會給他們帶零嘴及日常用項，村人以為知先在外踏三輪車必有賺頭，誰知扣掉房租車租及伙食，所剩有限，買不起昂貴東西回鄉才以零嘴充數，而且多買了阿舍亦不准，回到家，一分一毫阿舍都要計較，他的帳目必須非常清楚。

父親心裡很感激明月，養雞抓魚地，很為他分勞，有時雞販子來村裡收購雞隻，她還會為過低的收價理直氣壯討價還價爭論，和溫厚遷就的明心比起來，她還多份人情義理是非曲直的堅持。從用水一事即可知她心性，她知挑水辛苦又費時，一天只肯挑一趟，並嚴格規定家中大小不可浪費用水，這是明心不會的。

明月這邊想的是，明心體弱莫不因過度操勞又失了飲食，婚前那口血咳得令人擔心萬分，她若想免去父母操心，繼續撐持家裡就需先把自己照顧好。因此不管四時天氣如何變化，第一不能少了衣服，第二飲食為要，早晚有時，第三節省體力，為父開源。因此雞隻買賣一律要小心計較，免吃了商人貪圖營利罔顧產者辛勞的虧。

年初二明心偕姐夫回來省親，臉上塗了脂粉看不出蒼白，可那比先前瘦弱的身子和微陷的臉頰瞞不住人的，才半年就變了一副模樣，眾人問起都說是每天早晚做田，油脂都消耗掉了。明月不肯相信，大姐在家時，哪天不是起早睡晚，難道莊稼人的事頭比曬鹽人多，大姐在那邊過的什麼樣日子呢？明心說，嫁為人婦，公婆姑叔一家衣服都要她漿洗，每日三餐沒失分寸，還要照管田事。母親聽聽，覺得為人媳，這些本都分內事，並不為過。父親這年為了要多賺家用，年前就上台北踏三輪車，為的是年節期間乘客多，年初二自然沒見著明心，待到秋天回來，明月也沒提起，怕是父親心疼。

她如常一早挑水，明玉明嬋已長到十六、十二歲，能幹雖不如她，小事倒可幫忙，這一向都是明玉起早替家人熬稀飯。明月挑了水桶去擔水，也不知怎的，最近路上常碰到大方，他雖是家裡獨子，擔水工作自有母親擔當，無需他勞動，何以起早與擔水的人爭路。原來是巡鹽田，正是這時候，他遇見了她。當她走過了橋，他家鹽田離橋近，一看見她就走過來，有幾次堅持替她擔幾步，不知在什麼情況下竟然也由他了。他擔到廟口第三棵榕樹才交回給她，他岔進小路回家，她接過擔子走堤岸回家，日久，已成默契。

和父親在鹽田收鹽，大方也常來幫忙，她雖推辭，但見他身體健壯，收鹽快速，心裡說不上的喜悅，多久以來，只有她照顧人家，擔負一家大小責任，今深有受照顧的感覺，心頭在這片刻感到無限輕鬆，如果這照顧可以延續下去，就是一輩子的幸福吧。

這天父親先走，她把最後一籠鹽送上泥台鹽堆，收起耙具正打算收工，大方匆匆跑來，神采飛揚，略喘氣說：「妳知道什麼好消息？」

不說哪知道呢？這人。她搖搖頭，蒙著面巾的臉上只露出兩隻黝亮好奇的大眼睛。

「我阿爸說，村子要埋水管了。」

「哦，是嗎？」明月的眼睛睜得更圓，因驚喜，流露一股動人的企盼神采。埋了水管後會是怎樣的日子？再也不必寒風酷暑地挑那兩擔水來回走兩個多小時了，省下來的時間精力要怎麼消耗？也許可以做更多其他的活。她一面解下包巾，露出洋溢興奮的圓臉，問說：

「埋了水管後怎麼用水？」

「有個金屬的開關接在水管端，開關一轉，水就流下來了。」喲，是嗎？

「要等多久？」

「這個寒天來裝。」

明月飛奔回家，沿路傳遞這個消息，想不到有一半的人已經知道，全村一霎時沸騰在裝埋水管的驚奇裡。她奔達家門，急於宣布好消息，四處裡找不到人，妹妹們不在灶間，父親不在書間。正覺無趣納悶，忽聽得母親房裡有一種聲音，微弱的，痛苦的呻吟，她心裡一緊，快步走進那房間。

紗帳裡，母親身子糾纏被單，縮成一團，紗帳外看來只覺是一灘什麼東西攪在一起，她掀起紗帳，母親痛苦扭曲的面容對著她，因背光，暗暗裡只見到兩道憤怒怨懟的眼光，刺得明月失了腳步，往後踉蹌。驚魂未定，母親以極度嘶啞的聲音恨恨地說：「走得沒看到半個人影，喉嚨都喊破了，死在厝內也沒人知。」

「媽媽妳怎樣？」明月坐進床沿。

母親憤怒怨懟的眼光給兩道淚水擋住了，聲音頓時有氣無力：「去拿個面盆，把我底下這塊東西拿去埋，丟海裡也可以，不要給人家看到。」她提起手肘橫遮雙眼，擋住眼淚。

明月往母親下身看去，見被單沾染大片血跡，她掀開被單，不禁全身打起哆嗦。母親兩腿間夾著一團血水模糊的肉體，圓圓一層薄膜包著不見四肢的長形人身，是胎衣包。明月雙手顫抖，不敢動手。

「伊……伊是……？」

「母身若弱，伊就不靠，無緣的啦。去，幫媽媽一個忙，我痛得站不起來，去拿面盆，給伊好好埋，讓伊去轉世投胎。」

埋哪裡呢？她拿出面盆，顫巍巍用布將那胎衣包捏進盆裡，給母親擦身換褲換被後，拿塊白巾將那面盆蓋起來，端到屋簷下，想盡所有可以掩埋的地方，卻還是沒有主見，這樣一個有生命的肉體，要親手埋入土裡，多不忍。她雙手合十，祈求神明給她安心的力量。

父親和妹妹、弟弟手上各拿一串魚走進院子，看見她坐在屋簷下，明玉說：「好興致，在這裡納涼。」

明玉向她展示新捕來的魚，說中午要做魚粥。

沒有人注意她腳邊掩蓋著白巾的面盆。

妹妹在灶間做魚粥，父親和明輝在院中數他們剛捕回來的魚，父親說吃不完，送給鄰居吃好不好，明輝說他要去送，父子兩人玩笑追逐。

明月站起來，叫住父親，她端起臉盆往大廳走，知先見她神色有異，隨後跟上來。大廳神位兩邊是側門，通後間，出了後間大門就是大街了。明月走到後間，轉過身來等父親，知先跟來了，她問：「阿爸，你回來不去看媽媽？」知先沒應答。

「你看。」她掀開白巾，盆底的肉團已經僵硬，露出蒼冷顏色。知先臉色大變，眼神黯淡，長長嘆了一口氣，說：「這不孝的，按世俗，父母不能處理，要勞力妳。」

「埋哪裡？」

「就在厝角挖個洞，做個記號，別讓囝仔去那裡玩。」

她照做了，一手挖土一手擦淚，生死一下之間全讓她給遇見，神會憐憫她的年輕不懂事，原諒她草率埋了這個生命吧？

才過秋天，知先將鹽田留給明月照顧，這次在家只停留三個月就進城踏三輪車，其實是為了躲避喪子之痛。自從流產，阿舍再沒一天對他好言好語過，金錢扣得更緊，好似她的寄託全在錢給她的安全感。她腰間繫了一個荷包袋，一家大小誰需要錢，都得靜靜等在她身邊，等她一層一層翻開衣服，扯出溫熱的荷包袋慢慢掏錢，她要問明每分錢的去路，有時手伸進荷包袋掏錢了，突然將手縮回，說：「這項不必花。」

人家都說阿舍病雖病，饒懂算計，知先賺回的每一分錢都牢守不破。她的緊守荷包和知先的順內成了村人茶餘飯後的笑談。

4

冬天，小路上開來一部笨重的馬達三輪車，轟轟轟的，引起許多婦人小孩的好奇，不知這種快速的交通工具有這麼吵雜的聲音。車子一過，兩條輪痕嵌進泥土裡，留下凹凸深淺的印子，小孩圍蹲下來，用手摸摸那輪痕，比鐵馬的大上好幾倍，各人挖了一塊捧在雙手裡，輪痕立刻截掉一大段，反像是路上開出兩條小水溝。

三輪車上有許多圓管子，幾十管綑一紮，高高堆了半邊，另半邊坐三個戴圓帽的工人，工人腳邊堆置許多大小工具。加上開車的，共有四個人，車子停在廟口，向圍觀的婦人小孩說，要埋水管了，先測量地，哪間厝裡有空間，可否借來屯管子，這幾天要陸續載幾批管子來。家裡男人去捕魚的，婦人不敢做決定，那些有老先生在家的婦人則爭相邀請屯到家來，空間多著呢。

工事進到村子來時，工人又多了一批，每天做到哪家就在哪家吃飯。工人來到明月家，因父親此時在城裡，工人由明月張羅招待。原來埋水管是件多興奮，多讓人手舞足蹈歡祝的事，可是因她來向家人告知這消息時，母親要她埋了那小生命，埋水管的熱情已受了影響，她心裡有個陰影，多大的喜悅都擺不掉這層陰影壓住她心口的一份重負。工人一路挖著泥土，一路接管子埋入泥裡，挖到蓄水池那邊就停了，跟想像不一樣，以為是接到灶間，原來只接到院裡的蓄水池。工人說，管子貴呀，打牆費事，人力不足，政府的預算只能這樣，有水較贏沒水呀。

多神奇，水龍頭一扭，清澈澈的水就流瀉下來。大方正在海上捕魚，他若親眼看到這麼便利的設計也要大嘆神奇吧。可是以後大方再也不會等在橋頭替她擔水。明月天天走到廟口第三棵榕樹，好像站在這棵榕樹下，大方的面容就浮現，她常常和坐在榕樹長凳下的老人家聊天，只為了多在樹下待些時候。

過年前，她期待明心初二回娘家，她要帶她到這水龍頭前，讓她親自扭開水龍頭。明心十三歲起就幾乎天天擔水，不知忍受了多少風霜冷露，看到這麼輕易一個動作水就源源而來，也許會驚喜得淚汪汪。她還要告訴她胎衣包的事，帶她去看厝角那個覆蓋了許多蚵殼的土塊，她要明心知道，她有多麼依賴大姐和她共同負擔這個家。

等到了大年初二，過了中午，別家的女兒女婿都回來了，獨不見大姐夫婦蹤影。母親一年不見女兒，心頭也焦急，不斷問明月：「是不是不回來了？」

「路途遠，不知時間可有擔誤？」明月說。

「大半年都沒伊消息，信也不寫一張，妳阿爸不是教過妳們寫信？怎麼，冊不讀字就忘光了？」阿舍近乎自言自語，她一早就梳洗整齊，穿了一件藍棉襖坐在灶間常坐的那把小竹凳曬薄陽。

到日頭偏了西，仍不見蹤影，三姐妹都顯失望，母親卻像見到了一線曙光，眼睛發亮，精神奕奕地說：「是不是有身？若無就是坐月子，嫁了一年多，該生嬰仔了。這個囝仔真甘心，生嬰仔也不通知後頭厝，真替我省錢，可是做人不能失了禮，若真的生嬰仔，我們得籌禮去。」她坐立不安，好像恨不得馬上備下禮數去探望明心。院裡繞了一圈後，又怨明心這等大事竟不通音訊。

等過了元宵，母親心裡急了，正想捎人若有經過那村子，幫忙打聽明心的消息，卻是信差送來了明心的信，指名給明月。信差騎著一部笨重的鐵馬，前後輪兩邊各吊一隻帆布袋，裡面塞滿書信包裹。平日信差送來的都是父親的信，這日遞給明月的是一個小小包裹，捧起來只有手掌心那麼大，輕如一塊糖甘仔，地址是明心的村子。

「大姐來信了，大姐來信了。」明月從信差手上接過那小包，發了瘋似的跑進屋，兩個妹妹也連跑帶跳圍到她身邊，驚動母親，她急忙從紗帳裡探出身子，明月三姐妹帶著那小包衝進來：「媽媽，大姐來信了。」

「不孝女，嫁人一年多才來一封信，我是青盲牛（文盲），妳唸給我聽，看伊過年不回來是在變什麼戲路。」

明月爬上床，靠到小窗邊，借外邊進來的光，把小包拆了。是一個小紙盒，盒裡一封信，一團棉花，棉花團裡落出一枚戒指，母親一看，臉色大變，是結婚前她送給明心的，莫不是真的生嬰仔，怕後頭厝沒錢籌禮，把自己的戒指拿來給後頭厝方便。她催促明月：

「緊，趕緊唸。」

明月在窗光下展讀書信：

明月吾妹：

人生過往，猶如寄寓。有生自有凋，有榮自有枯。我今如秋花，難耐寒冬。年來日夜咳血，體弱不能扶。姑翁為我累，夫婿為我誤。不求貪生，但求免負人情。今有戒指一隻，為當日婚嫁母親所贈，今物主既已將去，留予妳紀念。睹物思人，姐妹一場，永生莫忘。

父母養育無以回報，吾去後，多勸勉二老，莫為不孝女涕淚。妳家中多擔待，身子保重，萬勿過勞。千言萬話，筆拙情深，望妳告之父母大人，不孝女難捨，但天命有時，切莫傷悲。

明心筆

「明心呀，我的心肝呀，都是父母誤了妳呀，心肝呀，妳回來呀，回來父母身邊呀……」阿舍聞信，雖不能全懂，但大意知明，伏在床上痛哭流涕。明月緊捏戒指，兩條淚水如泉奔流，不能言語。明玉和明嬋也早已哭成一團了。

當日父親教習書信，想不到明心寫的第一封信就是絕筆信，明心呀，妳怎不聲不響地給家人留下失去妳的遺憾呢。

當夜，她給父親捎了一封信，說是大姐生病危急，盼能早日回鄉，她把大姐給她的信也裝在信封裡。她怕的是，大姐等不及父親。自從大姐嫁了人，父親就沒再見過她，他一直叨唸著，來春撥了空，要帶一簍子海鮮到大姐家探訪。——父親呀，你要早日回來，若無，提海鮮探望的願望就會成為不可挽救的遺憾——。

這晚母親咳嗽不斷，時時聽到她吐痰的聲音。隔早明月寄了信，告訴母親她要即刻趕去大姐家，母親不依：「妳一個女孩子，走那麼遠的路，去到那裡，伊們因怪大姐一入門就拖病身，不知要給妳什麼難看面，不如等阿爸回來，由伊打算，我也想親自看明心一趟。」

過了三天，知先踏了一部三輪車回來，他是收了信連夜趕回來，到了台南跟朋友轉租三輪車，一為趕時間，二為可以接一家大小去看明心。他知道明心不到最後關頭不會寫那樣的信，這女孩子的心他為父的還不明白嗎？她不願意家人替她早操心，早痛苦。

三輪車只夠坐進阿舍與明月兩人，知先雙腳賣力地踩踏板，前輪兩邊吊著一麻袋魚蝦，是昨晚上漏夜和明月到河裡撈的，到親家厝，不能兩手空空，免失明心面子，一方面也是給明心吃，離開海口，吃新鮮的海產多困難！暖和的春陽下，他額頭青筋浮冒，汗水沿著耳根流到額下，因為癢，時常提手把那流也流不止的汗擦掉。明月在後座說：「阿爸，我來替你騎一陣。」

「免了，妳可騎得贏我？我是台北市內的三輪車夫呢。」

父親這年已經四十七歲了，弓著背猛踩踏板的身影看起來那麼卑微，她一向只知道父親當鄉紳的神氣，怎想像得到他是這麼辛勞地忍受風吹日曬，揮著汗一腳一腳踩動兩輪，賺取一位病妻、五名子女的生活費用。明月側身看看母親，母親斜臥車身，一容悽慘，眼睛掩著白手帕，哪管眼前那佝僂的背影。

車子進了村，彎了兩條小泥路，來到一處空曠的稻田，田中有座房舍，是三合院，院前一方大空地。知先將車子停在空地上，進了院，但見親家厝人群穿梭，神色慌急。大廳堂上的香案用一匹大白布遮蓋住，一見那大白布，三個人都慌了，親家親母聞報從裡間出來相迎，知先指著那塊大白布說：「人是怎樣？」

親家神色黯然說：「剩一絲氣。幸好你們趕來，還能見一面。」

他帶他們進房，阿舍聞言早已腿軟，明月扶她進房。

房裡姐夫守在床緣，兩眼無神，鬍鬚雜亂，望著進來的人，沙啞的聲音不知嚷了句什麼，就起身讓開。三人往床上一探，棉被裡只露出一張瘦小蒼白的臉龐，雙唇完全沒有血色，眼睛微睜。「這不是我女兒呀！」阿舍哭號著，不斷拍打床緣：「妳這不孝的，無顧父母就要去，白養妳呀，妳醒來……」

明月撫著明心的手，若不是手心還有溫熱，她以為明心忍心去了。她揉她手心，在床邊喚她：「大姐，我們來看妳，妳睜開眼看看。」

昏迷了一天一夜的明心，頭微微動了動，雙眼微張，眼珠緩緩飄動，突然停在知先臉上，叫了聲：「阿爸，你來了。」知先哽咽，點點頭。

姐夫及親家等人聽到她開口說話了，都圍過來。卻見明心已經閉上眼，貌極安詳，親家將她手脈一按，說：「走了。」

阿舍呼天搶地，口口聲聲說：「回來呀，妳回來呀，不孝女，妳回來呀。」

明月望著明心安靜的臉，——明心呀，妳對我一句話也無呢，難道信裡已說盡了，二十年姐妹落得無一語相送，明心呀，妳何忍——。明月噙住淚，仍管不住淚水婆娑，朦朧思維中，只聽得母親哀嚎：「明心呀，妳這麼才情，要替媽媽去照顧那個無緣的少弟。妳真是我的心肝呀……」

5

大方為明心唱了一首歌：

白鷺鷥在田邊
秋風冬霜　白白的身影飛來去
白鷺鷥在田邊
等阮的腳步來伴伊
伴伊過了風過了雨　過了炎熱和寒露
伊說阮呀　搖搖的腳步
親像一隻　風中吟唱找食的慈鳥

白鷺鷥在田邊
秋風冬霜　白白的身影飛來去

白鷺鷥在田邊
等無阮搖搖的腳步
等過了風等過了雨　過了炎熱和寒露
伊說阮呀　忘了鹽田地
不知去到　天邊哪個逍遙好所在

無垠的鹽田，每一方田上都浮著白色結晶鹽，散散一大片，白鷺鷥偶爾飛來，昂首停在田中，大方幫明月擔鹽，嘴裡不停哼著這首歌，明月聽來原是悲傷，但聽他哼曲輕快，悲傷的意味也就淡了，原來生離死別可以這樣輕易對付。她不覺間和他唱和，知先坐在泥台上休息抽菸斗，聽見他們的歌聲，頗有感懷，卻不知是大方為明心作的詞譜的曲。

八月陽光，仍毒辣非常，明玉也在田裡，田裡的這三個人都已汗流浹背，衣服濕透又給陽光蒸乾，蒸乾又濕透，留下許多鹽漬白色痕跡。明月體格健朗，每擔鹽挑起，百來斤，不但比明玉多，動作也比明玉快，她一個人簡直可以抵兩個人，知先對鹽作也有懈怠時候，但每跟明月一起工作，明月認真流下的汗水，和一擔接一擔挑鹽的精神好像在說，我們生來鹽家人，做鹽田就像日常三餐，非做不可，因為我們在這塊土地上，鹽田是命脈，沒有理由懈怠。

明月和明玉將田邊結出的鹽耙鬆後，積成一小堆，掇進畚箕，再倒入鹽籠，明月和大方輪流挑鹽，經格格鹽田來到泥台，知先見他們衣背又給汗水浸透了，搖著斗笠喊他們：「收工來歇睏，明天再做。」他指指身旁泥地，示意他們到他身邊。

等他們停了手邊工作，將耙子畚箕等工具拿上泥台，知先望著正在清理腳底的大方說：「方仔，你來幫我們做工真多謝。你家只有你一個獨子，事頭多著，十二格鹽田都要你和你阿爸操作，又四處幫別人做，不驚身體不堪？」

大方笑了，濃濃兩道眉加深了情意。他說：「阿先叔，我的身體這麼勇健，哪怕不堪？多做多鍛鍊，沒啥啦。」

明月明玉坐在父親身邊，同時含笑看他一眼。

「你是不要緊，驚是人愛說閒話，你不是我的子，常常來做我們的工，人家會不會亂想？」大方和明月對望一眼，明月別過臉，尋找白鷺鷥的影子，故意裝做沒注意他們的對話。父親繼續說：「不是阿先叔惡意，你若無驚人家說閒話，我真歡喜你來做工。」

「阿先叔，男人哪怕人家說？我是有力用不完。」大方解釋，偷偷看一眼正對屹立遠方田中白鷺鷥出神的明月，心裡說，明月，好女孩，這都是我甘願為妳做的，我的好女孩。明月聽清楚他們的對談，心裡有絲說不上的悵惘，望著白鷺鷥潔白的身影和田中結出的白鹽，在逐漸偏西的日頭下，反映著一縷淡淡，似有若無的暈紅。她愛這片土地，愛這裡的風，這裡的日，卻是想到日子不能聽人安排，尤其經歷明心的事後，對於她所喜愛的東西，她有著一種飄浮的，不安定的感覺。

知先不斷點頭，稱讚大方人如其名，深深羨慕大方父親養出這樣的兒子，一世人享福。他站起來，重複說：「傢俬收好，別做了。」然後就往村子走去。

明月三人跟在後面，說說唱唱，落了父親一大段，走到廟口第二棵榕樹，大方停了下來，伸手摘下一片樹葉，用袖子將樹葉兩面擦拭乾淨後，湊近嘴唇，試了兩聲。在那濃蔭下，吹出了〈月夜愁〉：

月色照在三線路　風吹微微
等待的人哪未來
心內真可疑想不出彼個人
啊　怨嘆月暝
更深無伴獨相思　秋蟬哀啼
月光所照的樹影
加添阮傷悲心頭酸目屎滴
啊　憂愁月暝

敢是注定無緣分　所愛的伊
因何給阮放未離
雙邊來散開斷腸詩唱未止
啊　無聊月暝

曲子吹了一次又一次，明月明玉原只聽著，終究開口跟著唱。濃蔭下，看見西方那輪日頭轉了紅，向河上空低迴下來，身旁凝聚幾縷淡淡彩霞，東邊追趕來一輪亮白的滿月，是十五呢。今晚會是個明月高掛，月色澄輝的夜晚。小時候明月問父親，為什麼她的名字叫明月，父親說，明月照人行，一個人能行就能完成，有人月下讀書，有人月下趕路，有人月下磨米，惟有明月給他們光亮，給他們完成的希望。明月雖有光輝照人，但一月只有圓滿一次，明月想。因此她格外喜歡月圓時候，這天明月才真有了圓滿的意義。

他們這邊一首歌一首歌唱了下去。知先走在前面，心事重重，他低頭盤算事情，手上菸斗已然熄了。到了家門，回頭不見明月姐妹身影，他走進阿舍房裡。阿舍坐在床上窗口邊，手裡捻了針線，在縫製一個新的荷包袋。知先坐上床，趨前觀看。阿舍說：「那個舊的，戴了十幾年，破好幾個洞了，本來想補一補，後來乾脆拿明嬋的舊衣服來重做一個，反正明嬋太小的衣服，下面也沒妹妹可撿了。」

知先看她神色專注一針一線縫著，難得好興致，於是試探地問：「明月今年也有二十了，不能不替伊打算。」

阿舍從針線中抬頭看他一眼，不說什麼，又回到工作。知先說：「妳想怎樣？我們要請媒人給伊多打聽適當的對象。我是真甲意大方，不知伊有意思無？」

「不行。」阿舍斬釘截鐵，她放下針線，十分認真堅定的說：「這件事我已想清楚。明玉明嬋手腳軟又較無主張，小事頭能做，大事就不能了。明輝才七歲，還在給人餵飯的年齡，也是沒有指望的。只有一個辦法，把明月留在身邊。」

知先感到十分詫異，音量略高了些：「為要叫伊擔厝內責任，害伊耽誤終身，這款父母我見笑做。」

阿舍似乎不聽他的反應，兀自繼續說：「明心嫁去一年多就沒了，一個女兒養了二十年落到這款下場，你不驚，我是很驚很怨嘆。」

「明心在家身體就不好，操勞過度，是我們父母不是。」

「你免再說。若明月不佇，厝內的事誰要擔當？誰要幫你曬鹽？沒人曬鹽是要喝雨水？過兩年，小的也嫁了，連雞都無人養了。我身體一日一日壞，做點事就砰砰喘，你一年冬有半年冬在外頭，厝內是要怎樣度？」

知先猶豫了。他靜靜坐在阿舍面前，無意和阿舍爭執，阿舍的話也不無道理，但他不能就此擔誤明月終身。阿舍看他神色，瞪了一眼，說：「你不是讀冊人？讀得頭殼空空。不想我是要招個入贅的女婿？」

「哦！」

「大方是獨子，伊是不可能來給我們招。」

知先沉默，納大方為婿的熱誠一下給打散，心中有種空虛寂寞的感覺。如果要招贅，大方確是絕無可能，他對這孩子的喜愛也只能止於喜愛，不能妄想納為半子了。

「明月不知要否？」知先說。

「女婿招到家裡來，哪有不要的。兒女的事父母做主，女孩子有意見人家愛笑。」院裡明月姐妹回來了，聽到她們將工具放入儲間的聲響。

「叫伊來問問。」知先說。

「你是怎樣，頭殼壞了？八字沒一撇，起碼找人注意到對象才說，現在問伊，萬一幾年都找不到對象不是給人笑。」阿舍這麼說，心裡想的卻是一回事，只怕先問了，明月不肯，她的計畫就失敗了。

知先不願逆意阿舍，他也思忖若明月離開，他將不知所措，為了顧家必不能到城裡踏三輪車，守在家鄉不事生產非他所願，阿舍的做法也許是對的，他望著窗口透進來的薄薄光亮，一時主意也無，就讓阿舍去安排吧。阿舍一向雖病著，不能操勞家事，但她是坐鎮大軍師，大小家事的決定無不都要經過她的裁斷。

知先回到院子，明月明玉姐妹兩人正在院子裡削甘蔗，長長一根甘蔗左手攔腰一橫，右手抓了一把長刀往前削著，反覆數次，一截白甘蔗露出來了，姐妹兩人各砍了一截，站在屋簷下咬了起來。兩張日下久曬的臉，一碰上甘甜解渴的蔗汁，頓時如涼風吹拂，臉上釋然輕鬆，眼裡有笑意，那是久旱迎甘霖的笑意。知先望著明玉削瘦的肩，那是一副不能挑家的肩呀，她的溫散脾氣也不能為家庭帶來主見……。他望向明月，明月在那邊簷下看見他，早替他削好一截，遞過來，說：「阿爸，你回來還沒吃東西吧？來，這甘蔗很甜很解渴，你也吃一截。」

他接過來，咬了一口，一種甜甜的滋味，很想告訴阿舍。

第二章 鹽田兒女

1

大方他們的船隻沿著右河道緩緩開出海，明月站在河堤上，始終不能忘記起錨前大方往岸上搜尋的眼神，濃眉下那對眼睛不知尋找什麼，那愉悅焦急的複雜神色包含著什麼意思？她從堤岸下來就一直沉浸在這猜測裡，是一種無邊的幸福在心底蕩漾，又似是一種捉摸不定的不安。自從大方為明心做了歌曲後，她覺得和他似乎搭起了一種更親近的關係，好像她對明心的思念可以從他那裡得到補償，可以從他的歌找到思人的慰藉，她最怕半夜想起明心生前在家的一言一行，只有白天在鹽田上聽到大方唱那首〈白鷺鷥〉，她懷人的緊張與悲痛才能得到紓解。也許大方在唱這首歌時懂得她的心情，也許是這歌將他們無形地繫在一起吧。她只覺大方給她生活的動力和樂趣，因為有這個人生活才有了期待，有了期待才能操勞不覺苦。

她因想得入神完全沒聽到身旁的三嬸婆在她耳邊叨唸，走了一段路，才聽到三嬸婆說：

「厝門都快到了，我講一大堆，妳是有聽進去沒？」

「啊！啥事？」

「神魂飛去哪？嬸婆跟妳說的攏沒聽到。」三嬸婆個子矮小，背略駝，走起路來一搖一擺，手上恆常拿一把小鏟子一隻小畚箕，路上尋找人家放出來覓食散步的豬隻，看見牠們在路邊排便，她先是在那附近的人家找人聊天，等豬隻解了便，她拿起小鏟子小畚箕把那糞便撿了去，集夠分量就出售給莊稼人當肥料。村人有時戲稱她豬糞嬸，她完全不在意，還理直氣壯說：「那些豬四處逛四處放，我不收糞全村不臭死人？我人矮矮，背彎彎，吃力的沒本事，撿豬糞換米錢正巧當。」

知先父親有兄弟三房，全散住在村子裡，上一輩還有大伯公、大伯母婆及三叔公、三嬸婆在，三嬸婆為人勤儉正直，兩個兒子和知先同輩也都守著一份鹽田和漁作，但因結婚早，孩子輩都比明月姐妹大幾歲。三叔公幾乎不管事，三嬸婆與人沒有界限，本來家族有大事表面上由大伯公大伯母婆做主，私下裡，大多和三嬸婆交心，聽了她的意見才拿主意。阿舍對她最佩服，阿舍說：「三嬸六十多了，白認吃重做不了，安分去撿豬糞，也不嫌臭，伊厝哪有缺伊一份收入。」

三嬸婆的身高只到明月肩頭，腳步小，衣服灰塌塌，一老一少，一個春日正好，一個暮色風燭，明月是故意放慢了步子等她，不知嬸婆剛跟她說了什麼。

「我說妳也不小了，妳阿爸又是一年冬有半年冬不在，厝內的事攏靠妳一人，如果哪個少年家看上來說親，妳可甘心離開這個厝，放下兩個老的和三個少弟少妹？」

「三嬸婆，這款事我也沒想，也不著急，爸媽需要我擔厝，我就不嫁留在伊們身邊。」

「哪有女孩子不嫁人，不給人家笑姑婆……」她仰起頭看明月神色，想探試什麼。明月沒有回答。

「我看不如這樣，若有甲意妳的人，問問伊的意思願不願來我們村子住……」

三嬸婆的意思她也明白了，可是她就裝不懂，只說：「這事還早，多謝關心，三嬸婆，我送妳到厝門口。」她要送三嬸婆回家，三嬸婆不肯，說要去她家見她母親。明月心裡正納悶，三嬸婆如何最近走她家走得勤了。

待到了家，三嬸婆往她母親房間去。明月因要找個大缽調麵粉做糕餅，到母親隔房的儲物間尋找，儲物間狹小，只有牆邊兩處小小通風口，光線極暗，為了省電，也沒有裝上電燈，壁上有一盞原來留下的油燈，可她沒點著那油燈，適應光線後，她往放大缽的角落走去，視線清晰了，她看見大缽擺在一個老舊的櫥櫃裡，然而不必集中注意辨別方向，隔房的講話聲反而清晰，她聽到三嬸婆說：「我探聽伊口氣，伊說也不說一句，這囝仔不知在想啥？」

「不要緊，只要給伊有一個底就好……」母親的聲音。

明月走出來，抱著那隻大缽往灶間，心裡無限委屈，女孩子養到十九二十就好像和家裡水火不容，父母想盡辦法非要把她弄出去，弄出去了又要牽愁萬分，明心豈不是一個例子，如何母親又非來談她婚事不可。三嬸婆剛才的意思似乎是女大當嫁，最好能留在村子裡，那麼……，明月心裡突然怦怦亂跳，莫不是……母親到底有什麼主意？莫不是要她嫁給同村男子，那麼會是誰？難道他們猜中她的心事？若是嫁在村子，不離開父母，能照應到家裡……她對婚姻的態度要整個改觀了，一定是父親看出她和大方，跟母親提起什麼主意來。

她再也無心做糕餅，只是對手中揉著的一糰因加多了水而濕答答的麵粉痴痴地笑。

隔了幾天，她傍晚挖蛤仔回來，手中滿滿一籮蛤仔還未放下，明蟬從灶間奔出來，說：「媽媽直問妳回來了沒，有話跟妳說。」

「什麼事？」

「不知道，伊今天接到一封信，信裡夾了張照片，歡喜得不得了，剛好村長伯從門口經過，請伊入來唸信給伊聽，聽了以後更歡喜，伊收好那封信，不肯給我看。」

明月納悶了，在蓄水池邊解下包巾手套，洗了手腳淨了臉，往母親房間去。

黃昏時刻，薄弱的陽光早斜過了窗口，母親房間非常幽暗，為了省電，不到日頭落山絕不開燈，昏暗的室內，母親躺在紗帳裡，咳得厲害，喉嚨長長吁了一口痰，她半撐起腰身，一隻手伸出紗帳外枕頭邊，摸到痰罐，湊近嘴巴，將那口痰對著罐口吐了。明月掀起紗帳拍打母親背，幫助她呼氣順暢點，母親捉住她手，仔細瞧著她，說是：「今日高興了點，老毛病就來作怪，有人像我這般歹命無？」

明月拍過了背，將那痰罐拿到茅廁倒了，回到房間，母親將手上一張照片交給她：「妳看伊，頭臉飽滿，眼睛有神，生得真不壞。」

照片中的男子理平頭，五官端正，臉形方而略長，眉宇清朗。明月問：「是誰人？」

「住在較北邊，嘉義啦，伊們也是曬鹽人，那地方魚塭很多，很多人養魚塭。不過伊父母死得早，沒有身家。」

「媽媽，妳說這些啥意思？」明月臉色又是青又是白，將那照片塞回母親手裡。

阿舍臉也擺起來了：「給妳找的對象，妳二十了不想結婚是妳的事，可是害妳父母給人誤會當笑柄。」

明月只感天昏地旋，怎麼會是這樣，幾天前她還一相情願地做白日夢，以為他們有意撮合她和大方，多羞恥啊！她雙手捧住臉，小小的臉蛋在手心裡十分燥熱。

「我託人四處給妳打聽，附近村落想要妳的男子都託了人來問，可是今天這封信最恰當，伊沒有身家，可以給我們招贅，妳看，伊人又長得端端正正，是妳的福氣也是我們的福氣呢。」

「什麼！妳要招贅？」

「三八囝仔，我年歲吃到這麼老還招什麼贅，是妳，是要給妳招贅。」

「不要！」明月放開雙手，望著昏暗中氣色微弱的母親，語氣堅決：「我寧可不嫁也不要招贅。」

「妳什麼意思，那有女人要當姑婆，一輩子抬不起頭，父母也沒面子。」

「願意給人招贅的男人有什麼志氣？有志氣的男人哪願背宗棄祖讓子女歸別人的姓？」

「唉，」阿舍嘆了一口氣，聲音哽咽，拉著她的手說：「明月，我的好女兒，妳真才情真勤勞，應該知道父母的苦處，明輝才幾歲，兩個妹妹腳手軟，哪像妳能擔厝，妳若嫁出去，這個厝要怎麼生活，就算嫁同村，天天早晚可以招呼，可是當人家媳婦總不能都顧後頭厝，人家會說我們父母不懂教示，敗了父母名聲。現在有人願意來入贅，機會難得，妳就跟伊相個親，說不定很中意。再說伊若願意入贅，是妳的好名，人家要稱讚妳有辦法夠條件才有人肯入贅。」

「我不要，招贅免談，我就是要當姑婆。」明月堅決到幾乎賭氣。

阿舍沒想到明月會反對到這款程度，想到這個厝堪慮的前途，她伏在膝頭上哭泣了，一邊哭自己命苦，一邊威脅明月說：「妳若不答應相親，包袱整理整理，給我死出去。」

母親出惡言了，明月退出紗帳，滿臉蒼白奔了出來，她直奔到堤岸上，正好一輪血紅的夕陽要落海，挾了成堆彩霞徘徊在遠遠的水平線上。

潮水慢慢上漲，大方他們的漁船不知去到海上哪個所在，明月望著逐步掉落水平線的夕陽，眼淚沿著腮邊滑下來，終身的事為何自己作不了主？人的一生難道就是任著別人擺布，一點反抗的力量也沒嗎？明心聽從父母的意思二十歲那年嫁了人，一點不顧慮極為羸弱的身體情況，終究累垮了青春生命。她雖身強體壯，卻沒想要招個夫婿進門，一個男人子嗣不能歸他姓氏，在人前怎能抬起頭來？她絕不要嫁給這款人，寧可在村裡操勞養家，看著村子一天天變化，靜靜守著大方到老。

河上晚風將她眼淚吹乾了，她也不再哭，將淚水還天還地，她不要為婚事煩惱，不管母親怎麼威脅，她終究是她疼愛的女兒，母親一定會依她，等父親回來了，父親必也支持她。明月決計不理會那張照片，她要守家守地守大方，再不為兒女情事煩憂。明月站近河堤，拿起村人插在河堤邊的小漁網，一躍跳入河中，她要抓幾尾魚，為家人做道滋補的魚湯。

2

過了冬至，過年的氣氛就濃了，每家的灶間突然忙碌起來，一些掛在梁頂的竹籮給解下來，發現去年剩下的一小截年糕竟然長滿青綠的霉，竹籮裡還有粽葉、紅紙，及薄薄一層灰塵。阿舍在自家發現了這麼一個竹籮，不禁破口大罵：「作孽的，不是什麼好年冬，吃得有通生菇（發霉），妳是怎樣扶這個厝，真才情，扶得舊年的糕留到今年嘗甜。」

明月坐在裁縫機前給明輝縫製一條褲子，明輝長得快，一年不同一年，去年的衣服今年已縮到肚臍，褲腳爬近了膝蓋，明月將過去姐妹穿過的褲子改給明輝穿，這裁縫功夫也沒刻意學，只見到村中裁縫水來嬸有時沒時就給家人縫縫補補，她當小姐時曾學過，縫補功夫村人都稱好，因此家中有衣服也都拿來請她修改剪裁，明月在她那裡見過兩三次，回來依樣畫葫蘆，加上一些變化，竟然也能做出衣服來，連水來嬸看了都說：「明月仔，妳眼識真巧，才看我剪了兩三刀就會自己做，再讓妳看一陣子不就把我飯碗搶去了！」

明月踩裁縫車踏板，機器嗡嗡地運轉，阿舍的話時不時給機器聲打斷。她見明月不回她一句話，更加火上加油，這些日子來強忍的情緒洩洪似地全傾了出來，她猛然抽下明月正縫製的褲子，雙手一扯，將那縫線扯斷，褲子撕成兩片，說：「明輝沒褲子穿就讓伊脫褲卵

（光屁股），妳不要以為厝妳在看顧我就沒妳法度。妳對厝攏是虛情假意，心肝內不知在想啥？若無，我說招個女婿來幫忙厝內事，妳怎樣不肯答應？」她將那竹籮裡的東西連同扯裂的褲子全扔在地上。

為家做了這麼多事，竟然母親說她都是虛情假意，明月眼前出現母親腿間悽慘、血肉模糊的肉團和血跡斑斑的床單被褥，——母親呀，妳還是需要我，為何要以那寒霜似的眼神冰冷的看著我——？明月蹲下身來撿起地上的東西，不禁一陣哆嗦，母親無疑要逼她就範。

「媽媽，難道妳不能了解我的心？」她望著母親緊繃的不肯罷休的含著強烈企圖的臉。

「妳的心？妳的心是怎樣？全把妳父母看輕了，以為這個厝只有妳有辦法擔，也不需要一個男人的幫忙，真能幹，一個女兒勝過人家十個後生（兒子）！」

「妳是說我對這個厝只有好強沒有功勞？」

「好強也由妳說，功勞也由妳說，我一個拖病的人對厝沒半點貢獻哪有資格判妳的好強功勞，橫直我一點分量也沒，病在眠床上，年久日深，人家就看輕了。妳阿爸一年冬有半年冬在外頭，誰知伊在過什麼日子？橫直我是看不到，妳好像也不擔這個厝了。妳說我不知妳的心，又有誰知我的心，一旦我在眠床上死了，還有個人來收屍？」

母親的猜忌超過她的想像，明月望著她失望、痛苦、灰心的眼神，輕柔的說：「媽媽，妳想得太嚴重，阿爸怎會是那種人？伊將賺的一元一角都交給妳了。妳想想看，伊已經快五十歲了，還在辛苦踏三輪車載客……」

「對，伊已經快五十了，還有三個女兒要嫁，一個小漢子要養，妳是要伊踏到幾歲？」

「啊……」明月整個臉趴到裁縫機上，她用兩隻手肘將頭圍蓋起來，隱藏在陰影裡的臉痛苦地扭曲著，父親的辛勞成了她的罪過，她彷彿是掌握全家人幸福的那隻魔手，母親還能將什麼罪名加諸於她呢？她才二十歲呀，她不要背負，她需要關心！

女兒的舉動驚嚇了阿舍，忡忡地看著她伏在裁縫機上顫動的身子，難道要她招個入贅的丈夫真的令她撕心扯肺？阿舍越加感嘆身世，對未來日子的恐懼令她更加寂寞。為什麼？為什麼？招到肯入贅的丈夫是多麼光榮的事，為什麼明月伊會堅決反對？——明月，我的女兒，妳一點不顧我，不顧這個厝，妳心不知向著哪邊了。我可憐的命運呀！不，我一定要說服伊，一定要說服伊，伊是我的好女兒，終究會聽我的話——。阿舍對著那顫動的身子輕聲說：「去找三嬸婆，人是伊打聽介紹的，三嬸婆不會亂說話，伊會老老實實跟妳講這個人，說不定真的是一個不錯的人。」

冬至搓湯圓那天，明月就有預感新來的這一年沒有什麼值得欣喜的事，儘管明輝因第一次和姐姐搓湯圓，開心地逗出許多好笑的事，她仍是整個房裡最無趣的人，一張臉繃得緊緊的。吃了湯圓就算多一歲了，她對手心裡捏著搓著的湯圓感到無限的感慨。以前明心在家時，生活也簡陋辛苦，加上挑水工作，日子更顯艱辛無比，可是那時家是完整的，日子有單純的喜悅。而現在父母、明玉、明嬋、明輝都成了她的負擔，多長一歲擔子就越加往下沉，她不是不願挑呀，只是單純的喜悅失去了，負擔的過程沒有喜悅的成分了。她會因為要挑這個擔而失去許多珍貴的東西，想到大方，她心痛了，想到一個入贅的沒有志氣的丈夫，她原本平和的個性再也一刻安靜不下來。——寧可讓我死，我不要一個受人恥笑的丈夫——。明月不平靜的心吶喊著。

冬至時的預感終於實現，母親講了那番話後，明月已然失去了往日的光彩，她能看見在下一年，她會結婚，和一個不是預料中的人睡同一張床，在故鄉的鹽田、月色下過著不能有大方的日子。她的未來也要一成不變操作鹽田，看海上日起日落，抓蝦捕魚，這原是她愛的，但此時竟激不起一絲興奮了。會是一成不變嗎？為何她心裡一直惶懼不安？母親根深柢固認定這個家的擔子落在她肩上，罪都推給她了，她還能逃出命運的安排嗎？

不必等父親回來了，明月知道父親順從無爭的個性無能改變母親的決定。這天，離除夕還有五天，她去找三嬸婆。

「三嬸婆。」她在路上尋找豬隻的影子，終於在接近廟口的巷子裡看到三頭豬伸長圓滾的鼻子嗅著泥土上的芳草，三嬸婆坐在廟柱旁的長板凳注視那三頭豬，身旁是小鏟子小畚箕。聽到有人喊她，瞇起眼睛仔細瞧了瞧，說：「心肝明月，是妳呀！」她擦擦身邊的板凳，要明月坐下來。

「我……」明月見廟門有善男信女捻香進出，欲言又止。

「什麼事？」三嬸婆抬起皺紋滿布的臉關心地望著她。——明月真嫷，皮膚金亮亮，體格又好，同樣是女人，她長得這樣窈窕，我是又矮又駝，啊，明月，嬸婆要幫妳做個好媒人，給妳找個好尪，妳媽媽交給我的榮幸呢——。三嬸婆輕輕撫著明月的手掌，像疼惜一顆掌裡珍珠，說：「明月，妳自小我就疼惜妳，妳媽媽整年冬躺眠床，明心嫁出後，厝裡大小攏靠妳一人，這時，妳媽媽又交代我給妳找個對象來入贅，不甘妳嫁出去，嬸婆四處打聽，找到一個人，那天妳媽媽看了照片，歡喜的把我找去，說一定要把婚事談成……」

「三嬸婆，我找妳沒別項，正是為了這項，」明月低下頭來，聲音也低了：「若能選，我是一定不要，可是我媽媽伊好似不顧我的心內，一定要我招贅。」

「憨查囝仔，招贅有什麼不好，是妳的光榮，伊是無父無母才肯給我們招，結婚後住村內又不必侍奉公婆，也不必看兄嫂姑叔臉色，這款婚姻提燈火都找不到。」

「妳說伊沒父沒母？」

「是啊，可憐喲。」三嬸婆眼裡充滿悲天憫人的感情，像在講戲台上一齣感心的故事般緩緩說著：「伊父母攏是文身讀冊人，日本時代在做代書工作，所以厝內也沒留下半塊土地和魚塭，兄弟四個，姐妹三個，全靠伊老爸一個人的薪水袋，伊十歲那年美國飛機來投炸彈，可憐喲，父母攏給炸得歿歿去，本來生活就不好了，剩七個兄弟姐妹攏靠一個大兄做走私在養。走私是賭生死，有時這裡躲有時那裡躲，一群少弟少妹住在一間窄窄的老厝內沒人看顧，也沒能繳冊錢。伊排第六個，下面還有一個妹妹，伊一個孀婆看伊們真可憐，就把伊和伊妹妹帶在身邊照顧三頓，勉強給伊讀到小學畢業。這個孀婆就是我後頭厝的表妹，我一替妳打聽對象，伊就說這個姪仔她最疼，為人樂觀爽快，體格健康，剛剛退伍回來一年，在家鄉幫人擔鹽，伊講，橫直沒父沒母沒厝的囝仔，三個兄長攏結婚有子嗣了，給人招贅也沒啥損失，反倒多一對父母來孝敬，伊真希望給這個姪仔的婚姻做成。」

「伊好壞是伊孀婆自己說的……」

「明月仔，明年仔過，來相個親，看樣就知道。妳這麼嫡又勤快，誰人看了攏甲意，這椿姻緣若做成，我的福祿可以吃到百二歲。」三孀婆呵呵地迎著陽光笑，老臉似乎已在慶祝成功的喜悅。

這番話無能打動明月的心，她要掙扎，像一個已經落了水的人，呼救無人後還要尋找海上漂流的浮木。她問：「三孀婆，一個獨子可會願意給人招贅？」

「獨子？」三孀婆說：「沒聽說過，只有戲台上演的，一個男人貪戀女方的家財，才甘願斷自己子嗣給人招贅。」三孀婆趕緊補充：「不過伊不同，伊……」

「這樣困難嗎？」明月自言自語，根本沒聽三孀婆說什麼。三孀婆看著她哀傷的眼色，關切地問：「是怎樣？妳有甲意的是不？說給三孀婆聽。我心肝明月。」她又執起明月雙手。這雙手就是要把她推離大方的手呀，明月急忙將手抽出，慌慌說：「沒有，沒有。」

「那我跟妳媽媽商量，過年後，趁妳阿爸回來時，叫伊來我們村，讓我們看看伊和妳有沒有適配。」

身後善男信女捻香在鼎前祈禱，一陣陣香味隨風飄散，環繞廟宇裡外。莊嚴的廟宇也沸騰著嘈雜人聲，只有那香味帶著一點神明的溫暖。——神明呀，我明月的婚姻可是你早做的安排？我奮力掙脫，卻脫不去那無形的痛苦羅網。神明，你聽得到人的心底話嗎？我也來捻一炷香，把內心的痛苦跟你訴說——。

3

陽光披灑汪汪大海，波浪反射著陽光，粼粼波動，閃閃耀眼，好似成千成萬魚群的鱗片在海上盡情翻滾。十二艘船將海域橫面攔截，桅杆上寫著紅色船家名字的白底旗子逆著船行的方向一式飄搖，宛如十二隻手隔著遙遠水道彼此呼應。

大方船上有五名船員，身子團團裹了一層灰綠的粗棉襖，頭上也是灰綠的粗棉帽，每頂帽子都壓低下來，幾乎遮住眉眼視線。海上風冷，露在帽外的髮根在強風中時時翻飛。大方為了幫父母曬鹽，每年只出航一次，每次都克盡職守做一名勤奮的捕魚郎。他站在船頭，略為測了一下風向，從雲的分散形狀看來，未來幾天氣候會如收音機上那聲音甜美的播音員所預測的，晴朗無雨，除了颾冷風外，絕不至於起大浪。連日來他們已經捕獲近數千斤的烏魚，把艙底的兩個冷凍庫都塞滿了，如果今天能夠順利在安平港將魚卸給罐頭工廠，再趁好天氣回航捕下一批魚群，過年前回村子必可多準備銀角仔撒給堤岸上的孩子們，和村人一起燃炮感謝上天降下恩典，給他們平安的天氣，一帆風順得到豐收的年。

船尾的夥伴見船隻越來越沉重，臉上燦然的笑容浮上來，好似全然忘了海風的冷冽，捲起袖管決定收網。大方聽到吆喝，走到輪軸前搖動手把，將繩索一段段絞上來，其他四人靠在船緣等待著網邊露出水面。終於看見網了，他們合力將網吊進甲板，網裡大大小小的烏魚扭動著滑亮身軀，和夾在牠們之中的蝦蟹做著掙脫網罟的跳動。大方望著這一網價值不貲的魚蝦，心裡默唸著，——失禮呀，這是注定的生命形態，我們因你們得以生存發揮生命力，把你們從大海捕來是為了完成更多生命的光華，看你們為我們帶來了多少歡欣的眼淚，村內那些婦女會因這次的豐收卸下臉上憂愁的細紋，為男人多添餐飯，為新年裝扮一個充滿希望的氣氛，我也可以為我的明月帶返一件值錢的禮物，我從沒送過禮給伊，伊過年就二十一了，我等待了多久才到這個數字，伊若不是擔著家計，也許我可以早日向她表白——。想到明月那閃著光澤的黝黑健美皮膚和發亮柔順的眼睛，他心裡就充滿了柔情，他從懂得男女情事起就等著她長大，現在他二十八，她將近二十一，是很適當的年齡了。——明月，明月，我在海上對妳的思念在月滿時分更加溫柔多情，妳在家鄉攏做啥?可曾想到有一個人在海上對著月娘的陰晴圓缺想望著妳的平安——。

十二艘船紛紛收了網，新捕上來的魚攤在甲板上，因為馬上要到漁港了，幾小時內魚不必放入冰庫也能保持新鮮，何況冰庫早已放滿，這批新捕上船的要算是一筆額外的收入了。遠遠近近分布的十二艘船全朝一個方向前進，趕在下午到達安平漁港交貨。

船員都上岸到碼頭附近的旅館過宿，有人相邀去茶店吃茶，幾個老經驗的攀著大方的肩，想把這位體格碩健，風度迷人的少年仔邀到茶店小姐的懷裡，大方靦腆推辭，一個人靜悄悄從旅館溜出來。來到一條繁華的街上，兩旁商店林立，有布莊、油行、洋服店、雜貨鋪、珠寶樓……，當然更不缺府城的小吃攤。逛夜街的人很擁擠，許多打扮時髦，手提小珠包的小姐在人群裡穿梭，那樣短旗袍的打扮在家鄉看不到，他想到明月過的生活和都市裡這些小姐都不相同，他應該讓她將來不要擔鹽吃力，清心打扮享受女人的幸福。──是啊，明月，妳是個乖巧勤勞的可愛小姐，我要給妳幸福──。

大方穿梭在這群人中，尋找著可以送給明月的值錢禮物，今晚船家給他們每人發了獎金，他有足夠的錢買像樣的禮物。

繁華的街走了兩三趟，心裡想過各種禮物，最後他停在一家樂器行，買了兩把式樣相同的口琴。就是這個，雖然和原先想花的錢數相差甚遠，但沒有一樣禮物比這個更有意義，明月一定會喜歡，他十分自信，緊緊握著那兩把打上紅色包裝的口琴。

從街上一路繁華看來，和過去幾次出航的經驗，大方更加堅定他幾年前下的決定，有朝一日一定要離開鹽田地，離開為人捕魚的生活。在那塊貧瘠到只有鹽會生長的土地，一個年輕人是沒有希望的，日出日落的擔鹽捕魚，他將像父親及先人般衰老在這塊土地上，一成不變地靠陰晴不定的天氣過日子，一成不變的懷著貧窮的卑微，祈望老天送來好年冬。若他一直在村子待下去，那些遊走小路上和蹲在廟門曬太陽的老人就是他未來的影子，生命似有若無的在風吹日曬裡默默的完結了。他當然不要這樣的日子。現在都市裡興起許多建設，需要大量的人力，只要來到這個有希望有前途的所在，未來的日子會閃亮著無數意想不到的驚奇。有一天，有一天，明月能脫離家裡，他一定要帶她離開那塊沒希望的鹹土地到百業待舉的都市闖天下。

船隻繼續在海上作業兩星期，他們最後到嘉義卸了貨完成買賣就直接駛回村落。他在海上無數個繁星滿天的夜晚最思念的故鄉人就要在堤岸上看見他們豐盛的年禮，他的一顆心除了明月甜靜的笑容外再也容不下其他的東西了。

從汪洋大海到看見堤岸，十二艘船上的人都禁不住歡呼騷動，沒有女人小孩的海上日子多無聊，他們的女人和孩子自從聽到海上傳來的第一聲鑼鼓和炮響，早一傳十，十傳百都聚到堤岸來，離過年還有四天，這批漁船比前幾年停在海上的時間久，婦女們懷疑這些男人為她們帶回了什麼。

船一字進入左河道，駐兵台的老阿兵賴也站在台上的小窗口眺望船上那一名一名碩健黝黑的捕魚郎，全村因為他們的歸來陷入瘋狂的喜悅，一掃兩個月來老弱婦孺的緩慢氣氛，這群壯丁確實給看守兵賴帶來許多安全感。

臨近黃昏的海邊，人聲、鞭炮聲、鑼鼓聲吞沒了風聲水聲。

大把的銀角仔從靠岸的船隻撒下來，小孩跪在堤岸上，磨著雙膝四處搶錢，婦人也忍不住去搶，堤岸上無數扭動的身子都瘋狂了，撒下來的銀角仔這麼多，是不平凡的大豐收，可不是嗎？今年除了寒冷依舊外，無風無雨的，海上該有多豐厚的寶藏，老天賜飯給人吃呢。婦女在這陣搶錢的忙亂後，貪婪的目光調到船上，捕魚郎正把醃漬的、新鮮的魚和城裡買來的各式各樣罐頭搬下船，她們一窩蜂又叫又跳向前去幫忙。

為何這群騷動的人裡看不到明月？往年明月都和姐妹站在堤岸望著他們豐收的產品，和村中婦女幫他們卸貨，今年大豐收她怎麼可以不來？大方眼光焦急地望著堤岸，在竄動的人群中仍舊看不到明月，倒看到他父母相攜望向他的船。他下船，失望地向父母走去。

明月在家裡聽見岸上熱鬧非凡的鞭炮聲，下了多大的功夫才抑住往岸上奔去的衝動，她再也不見大方了，母親已經央人請回父親，打算過了元宵讓她相親，母親巴望她早日招入夫婿，共同為家操勞，她若見了大方，委屈的痛苦怕要加重千倍。她不想見他也怕見他，兩種情緒交雜，河上鑼鼓聲擾得她坐立難安。她挑起扁擔鹽籠，頭臉裹上包巾，向鹽田走去，遠遠走離那傳揚著豐收喜氣的河岸。

三天來大家忙過年，許多人騎鐵馬到佳里鎮採辦年貨，往年明月都會提早託人買布料為弟妹趕製新衣，今年她原是興致全失的，但為了給弟妹過年的感覺，她從五斗櫃翻出幾塊舊布料，光澤雖退了些，顏色還算新，她問明玉明嬋：「就拿這幾塊來做，妳看怎樣？馬上要過年了，請人買布不容易。」明玉明嬋拿起布，高興地又叫又跳，但凡有新衣穿，管它布新布舊。因此過年前這兩三天，明月製了新衣，又炊年糕，準備拜拜的三牲五畜，忙得不可開交。大方從明嬋那裡聽來明月這麼忙也就沒過這邊來，他自己家裡也需要他幫忙。

除夕這晚，大方摸出那兩把口琴，拆開其中一把，坐在屋簷下看譜練習，他想把譜讀熟了，學會口琴吹法就可以教明月。他按琴譜吹了幾回，除了嘴皮發癢外，倒沒有多大困難。吃過團圓飯，他將那把未拆的口琴放入褲子口袋，往明月三嬸婆家走去。

按往例，明月姐弟除夕這天都會在三嬸婆家和堂兄妹玩撿紅點（撲克牌），他和她三嬸婆的大兒子是小時玩伴，除夕夜他也常來她三嬸婆家和她們玩一兩回。村裡房子一向不關前後門，不論去到哪家都不必繞遠道，只要從某某家後門通某某家前門，再從那家前門通某某家後門，三通四轉的，很快就到要去的那家了。大方經過的家家戶戶幾乎都在撿紅點，大家看見他都熱情招待他一起玩，他一一和他們說恭喜，心裡著急地想趕快見到明月，他婉謝了他們，來到三嬸婆家。

三嬸婆家七、八個年輕人圍成兩圈玩牌，他一進門就聽到年輕人的吆喝聲，屬於過年的，可以任意分派銀錢的特有的喜悅聲音。明玉、明嬋、明輝都在，唯獨不見明月，他問明玉：「妳們明月呢？大家在熱鬧伊怎麼沒來？」

「伊等下就來。」

「伊在做啥？」

「我媽媽不爽快，伊在看顧媽媽。」明嬋說。

——明月呀，妳多乖，讓弟妹出來玩，一個人照顧媽媽，妳失去的太多了，我以後都要補償給妳——。大方萬分憐惜地摸著口袋裡的口琴。

他加入戰局當莊家，改玩二十一點，一一發牌給大家，耳朵卻注意聽前後廳的動靜。大約半小時後，他突然聽到前廳三嬸婆和明月交談，是明月來了，多久沒見面，有三個月了，他在海上日夜思念伊，伊卻狠心沒來接船，這女孩在前廳的一點點動靜都幾乎要讓他喘不過氣來。可他還是沉穩發牌，為傾聽明月的聲音。

明月本是來看弟妹的，她因怕遇見大方，先在前廳和三嬸婆話家常，一面仔細聆聽後間玩牌人的聲音，一面問：「誰人在裡面玩牌？」

「每年都是那些人嘛。」三嬸婆說。她不好再問，良久沒聽到大方的聲音，她才放心往後間去。一進後間，一群人坐在通鋪上玩牌，大方正對著她，她一走進來，大方就衝著她笑。明月不知自己是如何爬上通鋪擠在明嬋身邊看她的牌，除了進門那一眼，她沒再看大方，只心不在焉地看明嬋的牌。大方這時也開始跟著這群人吆喝，莊家做得十分起勁，他直盯著明月，問她：「妳也要來參一腳嗎？」他看見她搖頭，瞧也不瞧他一眼。——多傲慢的小姐，這哪是我的明月——？

他故意逗她，想試探她的態度：「若沒有錢可以拿個什麼來跟我抵押借款。」他注視明月，想看她臉上任何一點點變化。

「小氣。」明月礙著眾人，若不應付他反顯奇怪。

這才是明月，精明靈巧不肯吃虧。大方心裡有無數花朵綻放，明月還是明月，過年長了一歲多了一份未婚小姐做作的矜持，這矜持顯出冷漠的可愛，——可是對我冷漠該受處罰的，為了處罰妳的冷漠，這份原為過年禮的口琴必須挪到以後才送，因為它是我的熱愛與情意，不能受妳的冷漠褻瀆了——。

他珍惜這份禮物如同珍惜他的情愛，等明月已經等八年了，再過幾天又何妨。

這晚明月對他不理不睬敬而遠之的態度他視為是兒女私情的矜持，對他，是一種新的刺激，新的挑動。

4

知先接到通知即刻趕回來，他提著牛皮皮箱從鹽田小路走向村子，時正中午，冬日陽光雖薄弱，農人都不在中午收鹽，不是清早做到近午就是過了午做到黃昏，以避去十二點到兩點滾燙的日溫。知先卻遠遠見到自家鹽田上有個身影在收鹽，漸漸走近，看清是明月，何以此時不在家吃中飯歇睏，卻獨自在鹽田收鹽擔鹽。他往鹽田走去。

明月抬頭望見父親來了，百感交集，手上耙子差點落了，父親過年前才上台北，現在元宵未到就回來，她彷彿看到自己的命運正受父親那移動的腳步控制著。

「阿爸，回來了？」她眼裡滿是探詢。

「妳怎麼透中午來收鹽？」父親有責備的意思。他哪知道明月為了躲避大方，特選中午時分收鹽，她怕早晚收鹽和大方相遇不知如何對待。當然明月也不知大方誤以為她是因他對她的情愫才心生矜持。

「有閒就來做。」

「都是阿爸害妳，我不當過年前去踏三輪車，實在是我對曬鹽一點興趣攏無，踏三輪車雖然辛苦，習慣就好。」

「阿爸，你為何這麼早回來？」她明知故問。

「為著妳的終身大事，妳媽媽說有人願意給我們招贅，人扮（儀表）不錯，要我回來作主。」

「阿爸，我不要嫁。」

「哪有女孩不嫁，妳若看伊不甲意，阿爸不會強迫妳。」

「哪有男人甘願給人招贅？」

「是妳媽媽的意思，我想想也有道理，這個厝真需要妳，妳若諒解父母的困難，就要委屈一點。」

明月垂下頭，父親是個明理人，這件事卻無法依她，她還能掙扎嗎？

「伊幾時要來？」

「我在台北給伊寫信去了，要伊元宵一過就來我們村，若兩方有甲意，婚事早日辦辦，我可以把厝和鹽田交給你們管，全年在外頭踏三輪車。妳知道，明輝還小，需要栽培，明玉明嬋翻過年一個十八一個十四，也不能放久了……」

——知道，我怎麼不知道呢，只因我不幸排在第一，只因媽媽常年生病，只因明輝還小，我就得放棄所愛為家庭著想——。明月不甘心她還要爭取一線希望：「阿爸，我若嫁同村人……」

「就算嫁隔壁，意思也差很遠，嫁出去的女兒怎能將伊綁在後頭厝？」知先說著，恍然大悟，盯著神色黯淡的明月問：「妳是不是甲意同村的哪個人？……」

能說嗎，斷不能說，以後大家還要在村裡同進出，若情勢不可改，說了又何益。

「沒有。」她說。

父女兩人回家去，路上遇到村人，村人都詫異問知先：「不是剛去台北，怎麼就回來了？」不知他家出了什麼事。

「過了年較沒人客坐車，回來幫女兒曬鹽啦。」知先說，他顧慮女兒名譽，不願事先張揚，萬一相親不成，多嘴的人會把它當醜事講。

因而相親的事祕密進行著。

大方近日見不到明月著實苦惱，若不是顧慮明月的矜持，他大可在日正當中頂著太陽幫她收鹽，幫她擔鹽，幫她做一切她要他做的事。

很快到了元宵夜，這晚廟口如往年掛上許多各式各樣的燈籠，有傳統的長圓形、蓮花形、船形、鳳鳥形、宮燈形、魚形和罈罐形，都是村中老一輩還懂傳統手藝的老婦人做的，她們過了年就每天聚在廟裡開始削竹絲、剪鐵絲、裁紙形，用竹絲鐵絲編成燈形後再糊上紙形，糊好後掛在廊簷下晾乾糊紋，隔天再請人畫上彩繪。到了元宵，製好的五六十個燈籠沿著廟門兩邊掛到河堤邊臨時搭起的謎語台，點燈籠的那刻起，孩子們提著他們自製的小燈籠穿梭在這些大燈籠下，廟口燈光流梭，一片輝煌。

夕陽西沉，暮色逐漸逼近之際，村中男女老少都搬了長腳圓板凳到廟口，向著謎語台占到了容易看到台頂紅字條的好位置後，把板凳放好，然後到廟裡捻香找人聊天。知先帶著明玉、明嬋、明輝拿著板凳來了。他們來得晚，選的位置離謎語台稍微遠了。大方是今晚猜謎語和歌唱擂台的三位主持人之一，他很早就來廟口幫忙雜事及做準備，見到知先一家少了明月，心裡先是不安，後來竟覺憤怒，明月躲他躲得太厲害了，難道明月故意疏遠他，他哪裡做錯了？自從捕魚回來，他只在除夕夜見過她一次及在她收鹽回家的路上偷偷躲在廟門望過她的身影，他還沒機會在她面前犯錯，如何明月這麼明顯的避不見面？她明知道今晚他要主持猜謎和歌唱擂台，她應該像往年那樣來參加猜謎和唱歌，這不會妨礙她的矜持，他在台上根本沒有機會和她說話。

台下不斷有少年仔問知先為何明月沒來，她沒來，歌唱擂台減色不少。大方心裡湧起一陣一陣刺痛，他想念她，想見她，趁著晚會還沒開始，他快步向明月家走去。

月娘取代太陽，爬到河上照人行路，瑩黃的月色把村子照得通亮，他很快到達明月家，一眼看見明月坐在蓄水池前洗衣裳。他站到她前面，柔聲說：「明月，猜謎要開始了，大家都去廟口了，妳怎麼還在這裡洗衫褲？」

他的突然出現令明月驚訝，抬頭望他，他在她面前這麼高大，一陣燥熱沖上雙頰，她一句話也說不出來，洗衣裳原是明玉和明嬋明早的工作，她此時攬來做不過是為了有件事做以壓制往廟口去的衝動。

「妳的臉為何這麼紅？」

明月垂下頭，繼續洗衣裳。「洗衫洗得熱了。」她說。

「是嗎？」他不太相信，試探她：「不要洗了，去廟口唱歌。今晚妳不去，多少少年仔要失望，妳現在是那些少年仔的夢中情人呢。」

「別胡說，我沒閒，媽媽要看顧。今年不要去了。」

大方失望地看著她，他蹲下來，望著她注視衣裳的低垂雙眼，心中的痛刺得更深，等了八年的女孩如何對待他這麼冷淡。他問她：「明月，妳在躲我嗎？我令妳害怕嗎？」

——不是呀，明天那相親的人就要來了，我能說什麼？我怎能再見你？見了你我就一萬個不願意相親，你是獨子萬萬不可能入贅，我惟有把你放心裡，才能順從父母意思。——明月忍住眼淚，心裡已回他無限情意了。

大方等著她的回答，只見她把頭壓得更低。他說：「我這回捕魚為妳帶回一樣禮物，本來除夕那天要當妳的過年禮，誰知妳那樣冷淡，不太理睬我，我把禮物留著，要再找機會送給妳，妳竟然越來越避得遠遠，也不給我機會替妳擔鹽，我……」他從來沒有過的委屈感覺顯在臉上，他很想伸手挑起明月的臉來望著他眼裡對她的情意。

「你做人這麼好，我哪是避你，過年前後較沒閒……」

「妳若認為我是好人就應該給我一個機會送禮物，這禮物不值錢，可是情意很貴重，我要歡喜才將伊送出去。」

這時傳來敲鑼聲，廟口的擴音器向著村子的方向說：「大方，大方，請趕緊來廟口，節目要開始囉。大方，大方，請趕緊來廟口……」

「趕緊去，節目要開始了。」明月說。

「妳不去我還主持什麼節目？」

明月望著他，大方看見她眼裡有無奈的神情，憐惜之心令他不忍再追究。擴音器又響起，他站了起來，牢牢盯著她，說：「衫若洗好，有閒就來。」

大方走後，明月兩顆斗大的眼淚滴到搓著衣裳的手背上，灼熱如心中焚燒的感情。如果大方再講下去他會講出什麼來？他替她帶回禮物，大方對她的心再明白不過了。——大方，只怪我們無緣——。這晚，明月終究沒有去廟口。

隔天下午，一名青年騎了一部鐵馬，後座載著他的五嬸婆，從鹽田路上騎進村子，到了廟門口，詢問廟公明月她三嬸婆的厝往何處去，廟公指指點點，廟裡聚談的村人都對這兩位陌生客感到好奇，問明是三嬸婆的表姐妹和姪仔後親切地主動帶他們到三嬸婆家。

三嬸婆這天不敢出去撿豬糞，待在家裡等他們，一見青年載著她的表姐妹來，歡喜得不得了，兩人一會抱在一起，一會分開仔細端詳，屈指一算：「十年囉，十年不見囉！」

「是啊，阿姐一點沒變。」五嬸婆雙手插腰伸伸腰脊，說：「真夭壽，這款歲數坐這麼久的鐵馬，一條命差點休去。」

「辛苦，辛苦，難得我們十年才見一次。妳先去眠床歇睏一下怎樣？」

「不哪，為我這個乖姪仔，艱苦也沒要緊，趕緊帶我們去見女方。」

三嬸婆仔細端詳眼前青年，中等身材，體格健壯，輪廓深遂，眉宇流露英氣，眼神帶笑，這樣的人才配明月仔真適當，三嬸婆更歡喜了，給他們用過茶水就帶往明月家。

明月在河灘挖蛤仔，她明知相親不可避免卻仍要躲避，母親今早要她梳妝打扮，她偏不肯，收了鹽過了午就到河邊來挖蛤仔，臨走前母親罵她：「叫妳相個親三逃四逃像要妳的命，妳有才幹就不要回來，把河邊的蛤仔都挖去堆金山。」

潮水退去，淺灘上露出一個個長形或漏斗形的洞，一個洞就是一個蛤仔穴，找到這樣的洞她就將手中竹片往洞插入，碰到蛤仔堅硬的外殼就再往下挑起，竹片翻出，一顆黃灰的蛤仔隨即鮮亮地顯現淺灘上。有時蛤仔還未沉入沙泥中，輕易可看見露在沙外的吸水管及銀亮如新月的殼身，這時，只要竹片輕輕一挑，蛤仔就像蹦跳一樣離了洞穴。從孩兒起她就做著挖蛤仔的工作，以前都是挖滿一罐就收工，現在她手裡的竹籮早已滿了，她卻還希望一路挖下去，找盡淺灘上所有漏斗形的蛤仔洞。同在淺灘上挖蛤仔的女孩見她已滿滿一籮，都問：

「明月，妳挖了這麼多，還不回家呀，河水往上漲了呢。」

「沒趕緊，我來幫妳們挖，水再漲就挖不到了。」明月故意把時間留在淺灘，她忐忑不安，不知如何應付這一天。

過一刻鐘，明嬋在對岸喊她，不斷跟她比手勢要她回家。這刻來了，逃不掉的，明月提起竹簍，繞道渡過連通兩岸的窄橋和明嬋會合。明嬋說：「是不是要把妳嫁了？以前是大姐，現在是妳，反正生份（陌生）男人一來，我們就要少掉一個阿姐。」

「伊們來了幾個？」

「兩個，一個生份男人，一個是伊的五嬸婆。」

明月無語，默默走回家。

坐在廳裡的這名男人叫慶生，從看見明月母親的剎那就開始揣測明月長相。阿舍長得觀音臉，因長久待在厝裡，皮膚皙白，使她顯不出近五十歲女人的蒼老，但眼神略黯，身子瘦小，想是常年生病臥床的關係。慶生將阿舍的形容附會到她的女兒身上，想像明月也有一副瘦小身子，但因年輕健康，會顯靈巧，如果有她母親那樣的容顏倒稱得上標致。至於知先看來則像個不得志的讀書人，對內依順，臉上雖露風霜，倒也慈眉善目，惟一的兒子八九歲模樣倚在阿舍懷裡。他想他孑然一身，兩袖清風配這樣的家庭並無不當，只要那女子能如他想像，這樁婚姻他八九會點頭。

五嬸婆熱心與阿舍話家常，頻頻講起慶生父母的教養與不幸，讚許慶生聰明活潑，三嬸婆坐在一旁聽，喜得不住掩嘴而笑。

明月提著蛤仔直接進大廳，阿舍看她一身糊塗，臉上還包圍巾戴斗笠，十分不悅，可表面上還是裝笑給他們介紹：「明月，這是許慶生和伊五嬸婆，這是我女兒明月。明月，人客來，妳也該把包巾解下來，不要失禮。」

明月一邊解包巾，阿舍一邊說著：「我這女兒河東河西有出名，一年通天做事做不停，一家都是伊在擔。若不是這樣，我們也不會想給伊招夫婿。」

打從明月出現院子就深深吸引了慶生的注意，她因到河邊挖蛤仔，穿了一件短褲，露出勻稱修長的雙腿，有了這雙腿，全身曲線都給烘托得玲瓏有致，慶生看女人一向先看雙腿，只要雙腿美麗，身材無不跟著美麗的，她聳平的雙肩令整個身子顯現一股英豪之氣，這般高挺的身材實在和眼前這位懷裡抱著幼子的婦女相差十萬八千里。

明月解下包巾，慶生幾乎要跳了起來，這位小姐的直髮落到肩上，給聳平的肩增添柔美，圓圓的臉上有對烏黑的大眼睛，嘴唇隱約透露一股倔強之氣，這是張完全迥異於她母親的臉，皮膚雖黝黑卻有令人為之傾倒的健美神采。這位女子的美麗可愛遠在他預料之外，他幾乎當下就決定要這樁親事。

明月見這名男子眉目雖則清秀，眼神則不夠莊重，不過他簡單的白上衣藍長褲一點沒有浮華氣，與父母言談態度隨和親切，論外貌，這是個過得去的丈夫，論內才，豈是一天兩天能知。她坐在一邊，此時心情全無地聽著他們談話，她發現她根本不在乎他們談論什麼，她已經將自己的命運交出去了。

忽然間，她聽到慶生說：「我無父無母孤單一人，住哪裡無要緊，你們若不棄嫌，當你們入贅的女婿我算是福氣多一對父母相照顧，不過條件有一個，既然你們只是為了留住女兒和多個人手做事，又有明輝傳你們香火，將來我若有子嗣，請歸我的姓。」

「……」

大家都無言。知先望著阿舍，阿舍望著明月，明月暗暗思量。五嬸婆翹起拇指來說：「是啦，我姪仔有志氣，不願自己絕後子孫歸人姓氏，你們可不可以商量？……」

阿舍見明月沒張聲，自作主張說：「你既然有這個志氣，只要人留在這間厝，子孫都歸你的姓。」

明月和知先都驚訝地望向阿舍，阿舍臉上很堅定，其實她的堅定是為了掩蓋她的恐懼，她喜歡這位青年和他簡單的家世，她怕失去了機會就難再找到肯入贅的人，何況明月不是擔心願將子嗣歸他姓的男人沒志氣嗎？這位青年的志氣明月應該聽明白了，這種男人再找不到第二個了，只要能將明月留在身邊，子孫歸誰姓都不要緊，反正他們王家還有明輝。

明月此時站起來，望著眾人說：「我還沒答應，你們就已經在談子孫姓氏，既然不經我同意結婚，何必把我請來這廳裡。我事頭很多，失禮沒空奉陪。」說完一扭身，提起竹籮即踏出大廳往灶間去。

留在廳裡的人面面相覷，阿舍說：「不好意思，伊今仔日可能事頭做多，人較浮，平時不是這樣。」

三嬸婆也說：「明月最乖，小姐要嫁人心頭較不定。」

五嬸婆趕緊說：「明月確實有夠巧，本來就是我們不對，也沒問伊意思就當伊的面討論婚姻，伊會見笑（害羞）轉生氣。這麼嫺又巧的小姐慶生若娶得到實在福氣。慶生，你可是有甲意？若有甲意就要去跟小姐說。」五嬸婆向慶生使眼色。

慶生馬上反應，向阿舍知先說：「若不棄嫌就問明月的意思。」

阿舍說：「當然，當然。」她打從心裡喜歡慶生，說：「你們遠路來，多留幾天，你們也是海口人，魚蝦不稀奇，不過我們這裡有蚵仔，你們那裡吃不到的，請留下給我們奉待。」她的意思是要在這幾天內把婚事決定下來，以免人走後書信聯絡費時。方才明月耍驕的態度令阿舍十分不悅，她已經決定不管明月要不要，這個女婿她絕對要定了。看看慶生渾厚的胸肩，真是做得吃力工作的人才。

「妳要或不要不能由妳做主，伊人哪點不好？妳最煩惱的子嗣歸姓問題伊講在先了，妳還在嫌啥？」阿舍在房內對哭泣的明月說。

明月哭的不是慶生這個人，而是和大方完全斷絕希望。

「伊是每項無，這囝仔也可憐，除了那台鐵馬，身上沒三兩錢，沒父母的囝仔總是較勤力，凡事靠自己，莫怪伊五嬸婆疼伊入心，伊是人窮志不窮，妳也不是沒看到，伊一面笑嘻嘻，哪有為自己白漂漂的身家淡志。聽我說，這款人不會讓妳吃虧。」

既然和大方無緣，大方生在這村子，將來娶妻也住村子曬鹽捕魚，能留在村子看著他也好。明月的悲傷情緒因退而求其次的念頭反顯開闊了，她原對大方的占有轉為犧牲，這轉化豈是容易？她高興自己在這一刻做到了。她收起眼淚，說：「這件婚姻不是我自願，妳已經自作主張非要我嫁伊不可，阿爸也沒主張，全是妳在打算，我還有啥話好說？」

「這款人才妳還嫌，妳是以為自己條件多好？可以網一個金龜做少奶奶？也不看看自己幾兩命。」

「隨便妳打算就好，妳也不必說絕情話，我做妳女兒，哪件事不順妳？」

阿舍見她軟化，心中大安，抓著她的手放到自己心窩，說：「我就知道妳是我的好女兒，媽媽看的人不會錯，伊來後，妳的事頭就減輕了，伊會幫妳擔鹽，跟漁船去捕魚，修理厝內東西。憨查囝仔，妳好命不知！我看這件婚事要趕緊辦。」

慶生和伊五嬸婆在村子裡停留三天，婚事就已決定下來。他們住在明月三嬸婆家裡，慶生成天在村子走動，到處和人交談，村人都親切地為這位豬糞嬸的遠房姪仔介紹村子的地理天候。村子一向外來客少，慶生馬上為村人熟知，熱情的村人看見他，有的順口相邀到家中吃飯，慶生才來兩天似乎就和村人熟識了。到了第三天因婚事已定，阿舍將消息傳散出去，明月招贅夫婿成了村人的熱門話題，慶生的身分也由豬糞嬸的遠房姪仔變成知先女婿，村人都對他另眼相待，開始品頭論足。

雙方商定一個月後訂婚完婚同日舉行。知先和阿舍都為家裡將新添一位女婿、一位人手興奮不已。慶生離開前，知先把他叫到房裡談話，問明經濟情形，慶生坦然說：「我是沒半項，孤身一個。」

「自己都沒存些錢？」知先問。明月正好在隔壁房間和明玉摺疊剛收進來的衣服，這房間是她和明玉明嬋共眠的地方，父親和慶生的談話清晰地飄了進來。

「我剛退伍一年，替人擔鹽，薪水也沒多少，哪有錢可存？」

「辦婚事可有困難？」

「有就身穿多買一些，沒就隨隨便便，我除了這身，若要添東西就要跟人借錢。」

「借也得還。」

「以後慢慢還。我是不在意自己一身空，沒父沒母照顧，能活到今天健康健康我就真滿足了，你若嫌我窮，就不要勉強。」

「哪裡。這個社會哪個人不窮？每個人都是操勞吃三頓，只要勤力肯打拚就真可取。」知先鼓勵他，從口袋摸出幾張鈔票。說：「這些錢拿去買一套西裝，一雙皮鞋，其他禮數攏免，結婚前一天來住三嬸婆厝，我會整理一間房給你和明月。」

「若要我幫忙，我可以早一點來。」

知先聽了很高興，拍拍這位準女婿渾厚的肩，像對待一位期盼已久的兒子，說：「婚禮簡單就好，不會太麻煩，明月會照我的話處理，要做厝內事頭不必趕緊一時一刻，以後這間厝要靠你一人。」

明月明玉在隔壁都聽得清楚，明玉低聲說：「真可憐，要娶某，沒半項。」

「以後伊若來我們家，妳和明嬋不能因伊窮得買不起結婚身穿看不起伊……」

「二姐妳免煩惱，伊坦坦白白，做人真豪爽，哪會看不起伊。伊哪像我們有父母遮蔭。看伊那樣想我們這樣才知我們真好命，多做點事頭有啥好怨嘆？」

明月默默摺著衣服，未再發一語。

隔天一早，慶生和伊五嬸婆要走了，到這邊來辭行，明月為他們準備了早餐和路上吃食。慶生第一次吃明月做的早餐，心裡有種異樣的甜蜜滋味，這滋味甚至蓋過了番薯稀飯的香，他的注意力全在這位未婚妻的一舉一動一顰一笑，自小他未曾跟一名女子親近過，現在他因受照顧而衍生從所未有的親近，對這名女子充滿綺麗幻想。

明月趁他至屋外洗手時，走到他身邊，將捏在手裡的一團棉花交給他，說：「放在口袋，放好，來訂親時就拿這只當交換戒指。」

慶生攤開那團棉花，白色的棉絮裡躺著一只黃澄澄的純金戒指，在晨曦下光彩溫潤如蜜。他還來不及想她的體貼，第一個閃到腦際的念頭是不必多花買結婚戒指這筆錢，若沒有這只及時來的戒指，說不定得央求五嬸婆送他一只她過去嫁妝留下來的戒指，或者託她借錢買一只。慶生眼裡露出感激，但不是感激她的細心體貼，而是感激她替伊解圍。

明月很快轉身進屋，她不打算在簷下和慶生待太久，那枚戒指是明心遺贈，含著深濃的姐妹情分，而且一個在人間，一個在黃泉，她珍惜它重於珍惜自己，暫時送出去，反正終會回到手裡，她想。

這邊千叮萬囑送了客，那邊大方在家裡幾乎發了狂。

昨日黃昏大方和父親收了鹽回來，飯桌上母親一反平日安靜，顯著興奮的光彩跟他們宣布當天聽來的傳說：「我們明月仔真有法度，全村女孩子沒一個能和伊相比，」大方一聽說是明月，耳朵就豎直了，捧著一碗飯，小口扒著，怕漏了母親所說的：「進前（以前）也沒聽到什麼風聲，今仔日人就說招到一個尪，若不是伊才情，人家哪願意入贅！這個男的娶到明月仔真福氣，阿舍仔也真好命，厝內多一個人做事，伊明月仔真行。」

大方再也嚥不下一口飯，他臉色凝重，問說：「媽，妳哪裡聽來，這種事不能亂講。」

「哪是亂講？人已在村仔內了還能裝假？那個人就是明月仔伊三嬸婆的遠房姪仔，你不是有看過？勇健勇健，對人笑瞇瞇，看來不錯。現通村的人攏嘛知伊是你知先叔仔的準女婿。」

——怎麼會呢？明月妳掩蓋得多好，難怪我捕魚回來妳沒有迎上岸，難怪對我不理不睬——。大方離開飯桌，忍著的一眶眼淚到了房裡瘋狂地流滿兩腮，房裡每樣東西都模糊了，他不能清楚看見平時熟悉的東西形狀，就像他心裡看不清楚明月的感情，難道過去都是他一相情願誤以為明月對他有意？狂馬萬匹在撕裂他的心，痛苦的感覺在咆哮——你八年的等待付諸流水，你蒙蒙混混自我欺騙了八年，你在期待什麼？又在懼怕什麼？你愛伊戀伊等伊八年，連手都沒牽過，就以為伊終是自己的。多滑稽，你應該受恥笑，恥笑你沒向伊表白，恥笑你自作多情——。大方倒在床上，臉埋入枕頭裡，極力壓抑不斷冒出的眼淚。啊，海上做過的夢，夢想離開這塊沒有希望的鹹土地，夢想有一天帶明月離開村子去城市奮鬥，夢想和明月勤勞共創富足美滿生活，美夢匆匆醒來竟成噩夢一場。——明月，如今我的希望在哪裡——？

徹夜，大方未眠，人仰躺在床上，布滿血絲的兩眼痴痴望著天花板，臉部肌肉一會兒悲痛地扭動，一會兒苦苦地傻笑，有時卻是毫無表情。八年等待似乎隨風逝去，沒有聲音，沒有痕跡。

直到東方露出一線白，他憊極，兩眼忽忽睡去，猛然醒來，明月的身影在腦海裡，他彷彿不曾睡著，一直覺得這個身影在他身邊。大方跳起，從床邊櫃子拿出兩把口琴走了出去。他媽媽見他走出去，關切的聲音追著他說：「不曾見你睡到中午，也不敢叫你起來吃早，現在怎麼不吃中飯就要出門，不怕餓死……」

他來到明月家。中午，大家吃過飯都在午睡，明月無心無緒，正想到鹽田收鹽，她拿出斗笠面巾，站在簷下正想穿戴，忽而瞥見大方走進來。他神情萎喪，兩眼充血，短髭隱現，明月心驚，六神無主地望著他。

「妳瘋了，中午要去收鹽，妳以為妳是日頭曬不死的？」大方責備她自過年以來常常中午收鹽，雖然春天日暖，可正中午收鹽兩小時，足以讓人頭昏腦脹。

「妳已經避開我了，曬日頭去收鹽可有必要？」大方站在她面前問，他看見明月驚懼慌張的烏黑大眼睛直望著他，他整個心都碎了，他譴責自己不該這樣跟她說話。

「跟我來好嗎？我不想吵醒其他人。」大方放低聲音，眼睛未曾離開她。

明月放回斗笠面巾，隨著大方往駐兵台的方向去。

他們走上駐兵台下的堤岸，這裡離村子遠，村人大多睡午覺，河上沒有竹筏作業。海風鹹鹹，日頭豔豔，眼前望去是河流連接外海，他每次捕魚進出的河灣。他在岸上坐下，兩腳懸空在岸壁，腳底往下四五尺就是河水，小小的大肚魚在清澈的水裡游梭，姿態悠閒，大方呆望魚群一會，明月也坐下來後，他平靜問她：「妳要結婚了？」

明月點點頭，不能看他，不能看了，再看眼淚就會像那河水一般幽幽流下來，她把眼睛望向遠遠的，遠遠的海與天的藍白交合處。

大方拿出兩把口琴，將仍包著紅紙的那把遞給她，他說：「我元宵那天說過有樣禮物要送給妳，就是這個，如果我的話還值得妳記住，妳應該記得我說過我要歡喜時才將伊送給妳，現在我不歡喜，但是我必須送出去。」——啊，明月，妳可知我說這話時的痛苦，我當初買口琴哪會想到有這款結果——。

「我若捕魚一回來就將伊送給妳，妳選擇的對象說不定有我。是我自作孽，為了驕傲，其實我的感情值什麼？比泅水的大肚魚還渺小。」

「不要這樣說，我的婚事是父母決定，我媽媽為了留我在厝，堅持要我招贅。」

大方面向她，她垂下頭望著河面。

「妳應該早說，事情也許可以解決。」

「……」

大方平息的激動現在又復燃了：「妳可知？從妳十二歲起，我就發誓要等妳長大娶妳為妻。這幾年，我父母無時不催我結婚，因為我是獨子，他們期待早日看到孫子，妳才幾歲？妳父母厝裡攏依賴妳，我怎能要求妳？已經等八年了，我估計再過兩年明玉大得足以替代妳時就跟妳說明，誰知我慢一步了，這八年的等待只像一陣風，吹過就無聲無息。難道妳一點攏不知我對妳的情意？」

大方把什麼都說出來了，可是又能怎樣？明月撫摸包著紅紙的口琴，說：「你不必說我也知道，你對我這麼好，我怎會沒有夢想？……」明月眼淚管不住，眼前河海模糊一片，她把口琴放到胸前：「你是獨子，我們完全沒有希望。現在婚事已定，別的不必再想了。」

大方拿出自己的口琴，撫了撫，說：「這是同款式的口琴，我也買了一把，原來想教妳吹，看來只能給妳當紀念，如果妳看到它會想到我，我十分感激，我手裡這把我會將伊當作妳，看到伊就想到妳……」他把口琴湊到嘴上，對著海風吹起來，曲音很悲切，反覆著，駐兵台上的賴站在台上，聽著這悲涼的琴聲。

大方停止吹琴，唱著：

阮心內的月
光光照著阮的去路
怎樣一時風雲起
月色黯淡失天星
讓阮船行大海
茫茫找無路

他放回口琴，問：「我以後可以到妳家找妳嗎？」

「若是正當……」她發現大方向她伸過手來，她的眼淚又湧出了，模糊的視線使她看不清楚大方正伸過來顫動的手，原來想牽她手，考慮了一秒卻移到她眼眶，將她的眼淚拭去，她面頰碰到他的手整個地燥紅起來了，大方環住她的肩，將她攬近他，她迎上去，兩張臉靠近，眼裡都含著淚光，她的唇輕輕點上他的唇，心頭震盪欲裂，她掙開他，抓著口琴站起來，一轉身走下堤岸往家疾步而去。大方坐在原位，望著茫茫河海，身子顫動不已。

賴在駐兵台清楚看到這一幕，臉上交織複雜的，似乎想起自己過往的同情神色。

第三章　離鄉

1

明月全然沒有受過男女教育，村人保守的觀念絕對不會在女兒臨結婚時給予任何男女關係暗示，為人父母以他們過去的經驗含含糊糊認定兒女結婚後自然明瞭一切，天地情事都有它自然發生的時機，人本不必事先強解，然而有些父母也許忘記在他們初為夫妻時，曾和明月有過同樣的驚懼。

新婚的明月對慶生的印象只有粗暴與貪婪。每天一入黃昏，她站在鹽田中望著和她一起擔鹽的慶生，恨海無涯，為何這位與她勤勞工作的男人，一到了夜裡卻張牙舞爪撲向她，做為一名妻子，她不敢也似乎不該抵抗，最初幾天的痛楚後，她雖然偶爾也會因慶生的撫愛心生愉悅，但那感覺稍縱即逝。如果慶生不是那麼蠻橫粗野，那麼草率著急，也許她會有點喜歡。明月怕黃昏過去，怕月娘升上天的那刻。她無法理解做這樣的事除了逞慾之外還有什麼意義。她成天鬱鬱寡歡卻又不敢找人詢問商量，這種事連對自己妹妹也是講不出口的。

和先輩走過的路、閱過的經歷一樣，入夏的時候她肚子大了起來，月信錯過兩個月，這凸出的肚子豈不明白了，她終於知道男女關係種下的果，原來天地自有它的道理，自此她默默接受夫妻床笫之事，把先前對慶生的嫌惡也漸漸淡化了，肚子裡的新生命吸引了她所有注意力，沒有一件事對新生命的暗示更加令人興奮。

嘔吐的罪犯不上她，她的強壯身體和忙碌足以讓她忽視嘔吐的感覺。除了晨起偶感頭昏外，她成日屋前屋後養雞做飯下海，她每天都到河裡抓魚蝦做晚飯，原來以為慶生來了，可以替她做這些工作，沒想到慶生竟然不識水性，見水膽怯，明月倒不在乎，河上抓魚捕蝦的事仍由她做。最失望的要算阿舍，阿舍原來打如意算盤，她以為慶生可以白天曬鹽晚上隨船出海捕蝦或每年出近海捕魚一次。她以為他是海口人必識水性，相親時省了這一問，竟把全盤計畫打散了。

新婚頭半年，慶生初來人家，舉手投足十分規矩，對兩位大人百依百順，凡是阿舍交代的事，他馬上完成，這樣的勤勞補足了阿舍對他不識水性的不滿。慶生漸漸與村子混熟了，這村子不過幾百來戶，每戶人口與行業慶生大約都明白了個大概，位於村子最中心點的雜貨店是他沒事時最常去消遣的地方，在那兒買包菸，坐在店口長板凳和四路兄弟天南地北聊天，人人都跟阿舍說：「妳這個女婿真有人緣，啥人伊攏有相識。」阿舍對這半子最滿意不過了。

明月懷孕初期仍舊和慶生一起擔鹽，衣服稍微掩遮倒也看不出懷孕，但一擔鹽有一百斤，肩頭扁擔一挑，越過格格鹽田到泥台，看了叫人好不擔心。她肚子漸漸隆起時，常常找不到慶生一起收鹽，不知道去哪家講話，講了半天不回來，她只好找明玉一起收，明玉說：

「二姐我來收，妳有身不要吃粗力工作。」

望著白紛紛鹽田，她說：「雨期就要來了，現在不勤力收，雨期吃啥？妳二姐夫無法捕魚，我們沒有多餘收入，只有靠鹽田和養雞來為生。等我生完後，我們兩個就去河裡插蚵仔，以後賣蚵仔賺的全留起來給妳和明嬋辦嫁妝。」

明玉笑她：「二姐當了婦人巧會打算，可是河裡容易長蚵仔的位置都給占了，我們棚子搭哪裡？」

「就搭在外圍，蚵仔長多長少都沒關係，我們搭得比人家晚自然是要吃虧，但是有收成總比沒收成好。」她突然問：「妳今年是不是十八了？」

「嗯。」

「有甲意的人沒？」

明玉羞澀地猛搖頭。

「若有甲意的要跟二姐講，我替妳做主，免得像我和大姐一樣，年紀一到就隨便找人嫁。」她想的是不願讓妹妹們重蹈她的覆轍。

「這事還早呢。來來，二姐妳坐泥台上，我來收，我來擔。」明玉把明月推到泥台邊。

「我來收，妳來擔。」明月拿起耙子，望望天色，今年雨期來得晚才能做到入夏，保不定過兩個星期雨陣就來了，趁現在肚子還不大，能收就多收一點吧。她彎腰，耙子往鹽堆一耙，白白的鹽落入畚箕裡，明月熟練地將這畚箕的鹽倒入又寬又高的鹽籠，她比過去多了一個動作，放下鹽的那刻，她會無意地伸手扶腰。

大方和父親在自家鹽田上收鹽，連續幾天，他像往常那樣望向明月他們的鹽田，只見到明月和明玉收鹽的身影，慶生不是不來就是很晚才來，明月已然隆出的肚子令他心痛，他更痛恨的是慶生仍讓懷孕的明月收鹽，難道他沒想到她的安危嗎？——明月，妳嫁的是怎樣的人？伊對妳好嗎？妳愛伊嗎？伊可會溫存的撫著妳日漸隆起的肚子，愛惜裡面的小生命？伊為何讓妳挺著肚子來收鹽？妳又是如何好強能幹，懷了孕仍不給自己機會休息——？大方的心像受著鞭打，灼熱的痛苦都露在他遠望著明月的雙眼裡，然而除了偷偷望著她，他又能如何，他不能做出任何危及她名譽和婚姻的舉動，即使是同情也只能深藏心底。

知先自從明月結婚後就決定長年在外踏三輪車，他跟阿舍說：「現時都市謀生的人多，生意人比過去多了差不多一倍，坐三輪車的人多，趁我現在還有力氣，多賺幾年，若較有閒，我會回來厝內看看。」

以賺錢為名，她怎能抱怨知先老是不在？阿舍盯著知先結實瘦削的身軀，眼中不無懷疑他長年在外是否瞞著她什麼，這樣一個結實的男人不需要女人嗎？她常年臥病，夫妻情分也僅止於知先的噓寒問暖，自從流產後，她對男女關係完全冷淡，年紀也漸大，她越發感到一個生病的老婦人可以什麼都不要，但一定要有錢和照顧的人，現在她已經留下明月了，知先要去城裡全年踏三輪車，就算他在外頭有慰藉，她又管他做什麼，她要他把錢帶回來，每個月總不能少了一定的數目，她話講得明白了：「我們年歲也有了，還有三個囝仔要嫁娶，錢不能隨便，你在外面若有勤力賺錢隨你要做多久，不過錢要寄回來，每月十五若無收到錢，我叫慶生去看你到底在變什麼戲路。」

知先整理好行李，寂寞沿著河堤，過了橋到鄰村搭新近開駛的客運車，阿舍講話從來沒帶給他一絲喜悅，他習慣了，很早以前他就同情這位女子常年帶病的可憐，他不期待她能為他帶來任何生活樂趣，她總是他的妻，他要負責她的安全和子女的成長。日子除了做事何需多煩憂，每個人生下來就注定要做事謀生，既不喜歡曬鹽，踏三輪車有時和人客聊天認識五色人也有曬鹽得不到的樂趣呢，他很自豪自己是個耐得住寂寞的人才能長久在外，雖然這寂寞啃噬了他所有的熱情，但他覺得自己儼然訓練成另一種能參透人間嗔癡的人，清風明月才是他心裡的境界。

知先走後，阿舍就把家的財銀編派得一清二楚，她跟明月說：「現在這個厝全交給妳和慶生管了，阿爸踏三輪車賺的錢我們要留著養老，鹽田收入三分之一歸我日常買藥用項，另外三分之二及其他收入都由妳打算，家裡一切開銷和將來弟妹嫁娶攏靠妳和慶生打拚了。」多重的擔子！母親為何這麼苛待她？明月聽得神色黯然，他們家曬的鹽田本來就不多，加上雨期沒有收入，若不靠那條河謀生，錢銀只夠餬口哪還能替弟妹積存來日嫁娶用項。明輝已經九歲，還沒上學，她打算暑期一過就送他到鄰村小學讀書，屆時，學校冊簿雜支也是一筆開銷。只恨自己不是男兒，否則她也要跟漁船出去捕魚，增添收入。

她也曾向慶生建議：「現在鹽埕工會沒有多的鹽田可分出來給人曬，我們也許可以打聽看誰家願意讓出權利分我們幾格，現在有你幫忙，我們趁年輕勤力一點，將來才不會吃空。」

慶生確曾去打聽過，可是買權利是要給錢的，為數還不少，他們剛接過家計這筆錢籌不出來，明月問阿舍商量，阿舍荷包勒得緊，她說：「慶生願意多曬鹽田是真好，不過不急一時，等你們存夠錢再去跟人家買權利，肯要打拚的人哪怕時機壞，勤力的人就會遇到有人肯讓權利，你們這幾年省一點，過兩年靠自己，不要跟父母剝皮，連一點老本都要剝光光。」

慶生一聽說，當著明月面前不客氣的說：「通村人知道妳媽媽鹹又吝，求伊做啥？到時我們一走了之，衰的是伊。」

明月第一次聽到慶生批評母親，慶生這樣說，她自然要想到他是對她好意還是惡意，難道慶生忘了相親時答應母親要留在家裡，他反悔了嗎？他想帶她離開這個家去外地謀生嗎？

近兩個月來，慶生常常忘了鹽田工作時間，不是沒來就是遲到，有天她問他：「你去哪裡？找沒人，我肚子一日一日大，也不敢擔鹽，都是明玉在擔。」

「明玉大了，也該多做點事，讓伊擔鹽也是在鍛鍊伊身體，將來嫁人才有氣力替人整理厝內。」他沒有回答明月的問題。

「希望伊嫁得好命，免做事頭。」她還想問他行蹤，他卻搬了一把椅子到簷下坐，一個人在簷下唱歌唱得不亦樂乎，聲音洪亮自然，高音雄厚低音沉穩，也不管傳多遠，喉嚨一開就沒完沒了，明玉明嬋明輝都聞聲來到簷下聽，他看也不看他們，獨自唱得起勁。也是個愛唱歌的人呢，她沒想到他的歌喉這麼好，忍不住笑問他：「怎沒聽你說你會唱歌，來住半年了才開金口。」

「我是我村子裡的歌王，誰人不知我歌王生仔。每天黃昏吃完飯我就坐在門口唱，唱到隔壁拿鼓吹來把我趕走。」他得意洋洋，繼續唱。阿舍躺在眠床，聽到他的歌聲，情緒也不禁隨著他的歌聲起伏。他真該去跑碼頭走唱，她想。

好幾次，慶生唱歌時明月想起那把口琴，她把它放在櫃子的最裡層，衣服遮蓋著，多久以來她不敢想起那把口琴，平日也不碰觸它，這日聽慶生唱歌腦裡時時浮現口琴，她知道，她想的不是口琴，是人。她悄悄走離那歌聲，走到河岸上，夕陽浮在駐兵台那個方向，把河面映得通紅。夕陽真美，只是這美就像場激烈的愛情，帶著哀傷的神色展現了它的美麗後沉沉落入黑暗，只有河面這縷風，這縷風提醒她有些事情是該隨風而逝，讓美麗的美麗，讓黑暗的黑暗，只要曾有的就是一個事實，美麗的回憶不會因黑暗而抹殺，只是人要學會像風那樣輕輕來輕輕去，不要看重不要執著，日子才能過下去。

2

一個燠熱的黃昏，阿舍坐在灶間門口幫明月刨一條剛採下的絲瓜，她今天興致好，夏天讓她舒服一點，再也不必因怕冷成天躺在眠床，她可以時時到院子走動。

明月和明嬋在灶間準備晚飯，明玉則利用此時水位低，到河邊採蛤仔。前院走來村長伯的兒子明光，他和他們有同宗關係，名字也按輩分取，明月姐妹都稱他為兄。

「阿嬸，氣色不錯喲，妳女婿將妳照顧得很好。」明光說，自己搬了一把板凳坐在阿舍旁邊。

「這麼久沒見到你，在忙什麼頭路？」阿舍問。

「整天玩，哪有啥頭路？」明光望見明月在灶間，明月聞聲探頭和他打招呼：「明光兄，有閒呀？留下來吃晚。」

「多謝。」明光說，欲言又止。

「鹽田遇上雨期了，你有沒有去抓蝦？」阿舍關心地問。

「若起大風漁船就沒出去，若有出去我也是做一天歇三天。」

「也敢說。」阿舍拿刨絲瓜的器柄敲他頭，說：「你這個囝仔也是一天到晚讓你阿爸操心，吃到這麼大了，沒半項功夫。」

「阿嬸，我和妳女婿慶生哪能比？伊每項都會。」明光鬼頭鬼腦說著。

阿舍很得意：「是啊，伊每項都會，我叫伊做啥伊就做啥，很勤力。昨天叫伊釘一個雞籠，伊坐在那棵樹下，一下子就釘出來了。」

明光促狹的眼光望著阿舍和明月，剔剔牙齒說：「我是說伊每項賭都會，牌九、十胡、紅點、麻將、押莊，沒一項不會。」

阿舍手執刨好的絲瓜驚異地看著他，逼問：「你在講啥？」

「我講慶生仔很行，現在是雜貨店賭間的紅人，若不信，妳現在去賭間，伊人在那。」

「死囝仔，」阿舍將手中的絲瓜擲向明光說：「若讓我查無影，要把你的嘴縫起來。回去，回去，少來我們厝，免讓我看到你多生氣。」

明光從不在意阿舍怎麼說他，他一向就不把她當正常人看待，他倒是留心明月的臉色，她在灶間，臉色淒淒。明光嘻皮笑臉，把碎爛的絲瓜雙手奉還給阿舍：「阿嬸，別氣，要吃晚了，若氣就敗胃口，我以後再來拜訪。」他一溜煙跑掉了。

阿舍越想越氣拄杖站起來，轉身盯著明月問：「妳尪做啥出頭妳不知？常沒見到人影，敢不是真的屈在賭間？妳去將伊找回來，我要問伊哪來的錢賭？」

明月隻手扶腰站在灶前，明玉正在起火，火苗把明月的臉烘得熱乎乎。明光那席話做不了假，村子才前後三條街，除了賭間，哪有什麼地方可以讓慶生遲遲不見人影？可是挺著肚子去賭間找人多難為情，她說：「別去，伊回來問伊就知道。」

「妳尪就是這樣讓妳寵壞，竟然也會賭，削我們面子。妳不去找人，我去。」阿舍拄起拐杖，佝僂的背影急急穿過後間門，往雜貨店去。

「姐夫哪會……？」明玉望著呆若木雞的明月。

明月嘆了一口氣，走到房間來，探身往床底下拉出一隻小小罈甕，罈甕口封著泛黃的白棉布，中間緊繫一條紅繩，她解開紅繩，扯掉白布，將裡面的錢票銀角仔全倒在床上，一清點，足足少了一半。明月將罈甕摟到胸前，兩顆斗大的眼淚滾落下來，滴到手背上。——慶生，你拿錢怎不跟我講？私下拿走這些留著雨期用的錢不就等於偷竊？你自個去賭錢留我挺肚子收鹽，你良心何在？原來你窮得沒錢買結婚身穿是因為愛賭，原來你的樂天是因對生活沒有計算——。明月深覺受騙，可又能向誰哭訴？

阿舍來到雜貨店，店老闆阿金很詫異，迎出來問：「什麼風將妳吹來？整半年冬沒見到妳？近來身體勇？」

「沒勇走得到你這間賭窟？」阿舍氣呼呼瞪大眼睛說。她一眼望進雜貨店最內裡那扇幽深門扉，兩排堆滿雜貨的貨架堵住半面門，使得原已光線不足的內裡顯得更闃暗，那裡傳來一陣水果久積的腐爛味，蒼蠅不時飛進飛出，有幾隻甚至停在店前大竹盤的青菜上。

「慶生有沒有在裡面？」阿舍只是隨口問，不等阿金回答，拄起杖走向裡間，拐杖一推，將那扇虛掩的門扉撞開，一陣濃煙迎面撲來，她的視線在這陣濃煙中像是得了嚴重白內障，看不清楚眼前這一堆嘈雜的、浮動的男人，只感到喉嚨奇癢難當，她撫著胸膛不斷咳嗽，那群賭博的男人有幾個聽到咳嗽聲回過頭來看她。慶生正在擲骰子，嘴裡吆喝，骰子落在缽中，他睜紅眼盯著三顆骰子上的數字。阿舍咳嗽略定，一開口就罵說：「死囝仔，抽菸抽得滿間濛霧，不怕嗆死。」

這句話聽得慶生腳底一陣冷，不是岳母的聲音嗎？她怎麼來了。慶生一回頭，阿舍的拐杖正好劈來，落在他肩頭上，阿舍佝僂瘦小的身影站在他背後竟顯得巨大如同一座山嶺。慶生伸手接住那還要劈第二次的拐杖，滿臉漲得通紅，岳母竟然在眾人面前羞辱他，她怎敢？

「死囝仔，厝裡事頭不做，跑來這裡賭家產，一個某大肚子放伊曬鹽田，你有多少家產可賭？不是一個人而已？連娶某的本都沒有，也敢來賭？是不是想要賣某？」她拿起拐杖又想劈，拐杖卻緊捏在慶生手裡。

在場有人替慶生解圍說：「知先嬸仔，玩玩而已，沒賭大，妳慶生和我們大家兄弟，不會賭家產啦。」

「免說瘋話，誰人不知雜貨店的賭間有時會把家產沉下去，你們這些放蕩子欠人教示……」

慶生摸起腳邊的錢站起來，不高興地盯著阿舍說：「走，回來厝，要教示厝裡教示。」他幾乎是把阿舍從賭間拖了出來。阿舍來到大街上，惡狠狠問他：「你錢從哪裡來？」

「妳免煩惱，不是從妳荷包來的。」

「死囝仔敢應舌，錢從哪裡來？」

慶生不說。阿舍還要繼續罵，突然心裡閃過一個念頭：不能把他逼急，免得伊做出什麼胡亂事來，以後還要靠伊吃穿呢。於是她給自己台階：「好，你有才幹，沒賺也有錢可賭，我哪驚餓死？」

進了後間門，阿舍身子因這一折騰受不住，回自己房裡歇息去了。慶生雙手抱胸坐在屋簷下，平日的樂觀活潑一掃而空，臉上爬滿了陰沉不悅和羞怒，啃噬他所有偽裝的自尊，越發激起他心裡一股怒火。從認識明月一家開始，他並沒有說過謊，是的，慶生想，——我沒有說過謊，除了隱瞞一些事實外，我並沒有刻意騙誰，我一點錯也沒——。他企圖再把自尊建立在沒有說謊的「優良品德」上，羞怒卻啃痛了他，那痛正是他的行為無法受到別人尊敬的警示。

明月見他一個人坐在簷下，也搬了一把椅子過來坐在他身邊，反正除了明玉在灶間做飯外，院裡沒人，正好講話，若在房裡講，難保母親不聽到。

她輕聲問：「那些錢是你拿的？」

慶生看她一眼，不回答，蹺起腿來不斷晃動。

明月的個性非要把事情談個清楚，像跟商販子談價錢一樣，她辛苦賺來的就不能有一分一毫的委屈：「你知道我存了多久？剩那一點點這個雨期要吃啥？明輝暑假後讀冊，我拿什麼給伊繳學費？」

「明輝又不是妳後生，伊要讀冊不會去跟伊娘拿。」

「你不是不知道媽媽怎麼說，這個厝要我們擔，你不能沒責任。」

「我又不是妳家請來的奴才，再說奴才也有薪水拿。」

「你當初說要顧這個厝……」

「妳靜靜可不可以？」慶生不能忍受人家要他擔責任，自從他父母去世，五嬸婆疼他，哪會要他為什麼事負責任。

「你沒問我就拿了錢，我怎能靜靜？何況你去賭博我還沒追究呢。」

慶生的自尊像給猛咬了一口，——剛才妳娘教示我，現在又輪到妳來教示我，妳們這兩個女人要把男人縛死才甘願——。慶生皺起眉頭說：「叫妳靜靜不會聽？我賭我高興，妳管什麼？」

明月不依了，她豈能吃虧。她怒說：「我是你的某，我哪樣事沒艱苦到？你鹽不收，跑得不見人影，我肚子一日一日大，蹲不下去了，你還裝作沒看到，偷拿錢整天屈在賭間內，不怕見笑……」她還沒講完，慶生一巴掌熱辣辣刷在她臉頰上，這女人多煩哪，慶生把剛才在賭間阿舍給他的屈辱都藉這一巴掌還給了她女兒。——那老怪物，竟在我肩頭上狠狠劈了一棍，我男子漢怎能吃下女人的氣焰——？慶生惱怒，又是一巴掌刷過去。

明月冷不防接到這兩巴掌，身子差點從椅子上震落下來，這男人多粗暴，竟敢動手打妻子，她咬牙切齒站起來，多想回他一巴掌，可是那豈不玷辱了這雙正直的手。她撫著滾燙的面頰轉身回房，熱淚一邊落下來，她雖恨他，但也同情他，因為他是那樣窮得不得不偷她的錢，藉賭博麻醉責任的背負，因為他是她的丈夫，她夜夜與他同眠，肚裡還懷著他的孩子。啊，她倒在床上，眼淚止不住地崩潰而出，來不及了，一切都來不及了，她無能把孩子消失，也無能撿回過去沒有慶生的日子。那流出的眼淚彷彿是心靈泉源的湧出，一點一滴，泉源似乎要耗盡了。

明玉見二姐夫打了二姐兩巴掌，心裡痛恨非常，拿了煎杓想衝出去理論，才跨出灶間門口一步就馬上折回來，二姐夫方才憤怒的臉現在委靡地縮到牆角邊呆呆地望著空中，陰鬱的神色把本來飽滿的方臉吃掉一口，顯得瘦削而駭人，明玉退回灶間放下煎杓，趕到明月房。

「二姐。」二姐也是一臉狼狽，淚水把眼眶泡得紅腫不堪，明玉拿袖子擦擦她眼睛，說：「想不到姐夫伊是這款人……」

明月急急抓住她手，說：「不要跟人家說伊打我，伊一時氣憤，才會這樣。」

「好，我不說，可是妳有身自己要多保重。伊現在就像一隻落水狗，倚在牆邊不震不動，不知在想啥？看起來很落魄。」

「這個人一向是真好，不知為何最近變款。」

「伊哪有錢賭博？」明玉問。

「也許跟人家借的。」明月不願慶生在姨子面前因偷錢一世人抬不起頭。

明玉輕嘆一聲，說：「我還得去炒菜，晚飯還沒做好。」

「我來幫妳，我歇夠了。」明月爬起來。她想做的事誰也攔不住她，她先洗了一把臉，就到灶間幫忙。慶生已經不在簷下，明月看到簷下那兩把空椅子，一陣心痛，可是她已分不清心痛的原因。

堤岸上，慶生往西走，往駐兵台那片汪汪大海走。臨近暮色，許多竹筏準備結束工作回家吃晚飯，小漁船上也有水手提了探照燈準備晚上漲潮時出海捕蝦。一群挖蛤仔的姑娘在對岸辛勤地彎腰尋找蛤仔穴，而河水正一吋吋往她們踩著的淺灘上爬。慶生看見這一片河景，恐懼追擊憤怒、羞愧而來，他從來怕與水親近，卻落在這一片海口地，除了曬鹽，他幾乎一無所會，阿舍把家裡這樣一副重擔交給他和明月，若不靠這條河補貼收入，如何能支撐家計？而他對河水海水竟是一點臨近的勇氣都沒有。他心虛到幾乎畏縮，恐懼自己的能力不足以支撐家計，現在只有靠明月打算。他怕見明月猶如怕見這條蘊藏許多金錢的河流，明月能力勝於他，沒有他，她依然可以擔鹽，可以下海抓魚蝦，每次見到她他都有一種管不住她的感覺，剛才她又那麼叨唸他，他若不給她巴掌，這女人眼裡終會沒有他。但是打她又令他不安，他愛她，他自認他娶的是全村子最能幹最引人注目的女人，如果她不甘心，是否他會失去她？失去這個棲身的所在？他是招贅的丈夫，控制得了她的氣焰嗎？

慶生深深被這樣的問題困擾著，卻沒想他賭博的對錯，人生若不賭日子怎麼度過？玩各種牌不但是他的樂趣，他也寄望這些遊戲帶給他一些好運，贏錢過日子。

他走在堤岸上，一來避免方才的尷尬場面，二來心虛的感覺引領他來對河水嘗試親近的勇氣。直到他走到駐兵台，望著河面呈扇狀向大海緩緩流去，無際的天海遼闊氣勢令他心生彷彿要遭毀滅的膽怯。他更加肯定他不屬於海，除了曬鹽外，他在這村子無法另謀出路，可是明月能，明月總是有辦法的，管他呢，時到時擔當，沒米才煮番薯湯。

慶生往回走，臉上又恢復一向輕鬆不在乎的神氣，見到撐竹筏的阿伯，他和他們揮手打招呼，人生本來就要輕鬆過日子，擔心什麼呢？慶生輕快下了岸，已然將落在明月雙頰上的兩巴掌忘卻了。

3

這年雨期來得慢卻拖得長，近中秋仍時有風雨，往往晴了三四日田上結出白亮亮的鹽，卻突來一場風雨將鹽溶得一乾二淨，雨水散去後引灌海水進來，剛結了鹽又是一場雨，沒有人知道雨期到何時才會結束，每下過一場雨他們就以為這是秋天的最後一場，過不幾天，陰雲又來，他們失望地算計著氣候過日子。有經驗的老一輩都說：「中秋過才無風雨。」這年農曆閏八月，第一個中秋過了，他們拿不準哪天可以有連續兩三個星期的晴天。

雨期裡為了貼補家用，明月和明玉明嬋四處替人家剝蚵仔殼，一串串剛從河裡採來的蚵仔連殼堆在地上，剝殼的人圍坐四方，明月挺著日益隆起的肚子坐在小板凳上，弓著身子一手拿扁針一手拿蚵仔殼，一個一個剝著，取出的蚵仔放入腳邊大碗，為了在論斤計兩上領先多拿錢，她快速剝殼，不管那扁針與食指頻繁接觸磨出的楚痛。往往剝完一大碗後，她才站起來將那碗裡的蚵仔端上頭家的秤桿，看見秤錘一直往後挪，她臉上的欣喜蓋過了腰間和脊椎的痠疼。

她央人幫她在河中搭蚵仔棚，並四處向有蚵仔收成的頭家討取多餘的蚵仔殼，買來數綑塑膠繩，姐妹三人通力合作將繩裁成十六尺半一截，再對折，對折處打出一個圓形掛耳，先將蚵殼以鐵釘釘洞後再一一穿入塑膠繩，蚵殼每隔三吋用塑膠繩打個結，這樣一邊塑膠繩大約可以結上二十來個蚵殼，每串兩邊就有四十來個，長度從八尺縮短到六尺餘，掛入河中正好是容易結蚵仔的深度，四十來個空殼可以結出數百個蚵仔，運氣好的話過年就可以採收了。明月興奮地叫著：「看，明年我們就有自己的蚵仔了，要不是知源伯幫我們搭棚子，哪有辦法？我們連一隻自己的竹筏都沒有，若不是知源伯願意幫我們掛，哪有辦法？」

「以後收成怎麼辦？」明玉問。

「跟人家租竹筏去採，現在我們還買不起竹筏。」明月說：「過了年若能採收，明玉妳要較吃力，我那時肚子夠大了，不能再做粗重事。若收多就請人來幫忙剝，若收成不好，妳和明嬋多剝點，我若身體可以也能剝，明輝也讓伊玩玩，九歲的囝仔也可以幫點忙了。」

「只有二姐夫不必剝。」明嬋半帶譏諷與不滿地說。明玉偷捏她一把，不准她在二姐面前說二姐夫的不是。

「伊是好命人……」明月嘆口氣：「唉，說伊沒有用。」

自從阿舍到賭間找回慶生，慶生化暗為明，反而光明正大去賭間，這地方是他整個雨期的遮蔽處，他和那群賭兄賭弟公然在雜貨店口和廟口談論賭經，他牌藝精湛，運氣好時可以贏得一整個月的生活費，霉運來時也可以輸得精光。賭贏時他故意在明月面前數錢，抽出幾張鈔票遞給她，嘻皮笑臉說：「哪，養家費，妳不能說我沒有替厝擔責任。」明月起先把鈔票扔回給他，說：「這款賭博錢，我嫌臭。」後來慶生數次賭輸欠人錢，要求她替他還債務，她一生不願欠人，丈夫欠人她也不願意，軟心替他償了後，對金錢耗散的恐慌，使她不得不想：他贏的錢她為什麼不要？她當然要，就當是慶生欠她的。孰料她收了他贏來的錢，他更明目張膽地賭，連阿舍也管不住他了。

阿舍恨起來就罵明月：「這間厝會敗在你們尪某手裡。」

明月心中怨嘆無處訴，她抱怨：「是妳硬要招伊入贅。」

「妳別怨恨，是妳的命，當初慶生看起來也真好，誰知伊愛賭博，這個三嬸婆也真青盲，給我們介紹這款人。妳不該給伊錢，若不是妳給伊錢，伊哪能賭。妳連尪都綁不住，莫要怨嘆。」阿舍把所有錯都推到別人身上，她自況是那受害的人，明月應該同情她。

「媽媽，人說虎毒不食子，妳為何攏無為我說一句公道話，還把事情攏怪在我身上，我一年做通天還不夠？」

阿舍無話可講了，她也一樣管不住慶生，還能怪明月嗎？自認倒楣罷了。她突然懷念起知先，知先雖常年不在，可自結婚以來，他一直奉承她的脾氣，沒有抗拒，沒有厭煩，更沒有嫌她沒教育不識字。他現在在做什麼？每月寄錢回來，信上總說平安，想是安家人的心而已。阿舍心裡盪漾了，這個厝仍需知先做主，她仍需他給她一點安慰。她跟明月說：「給妳阿爸寫封信，問伊身體好否？何時能回來？」

轉眼入了冬，曬鹽的人每天上鹽田收鹽，寒冽的冬風吹在臉上暖在心上，勤奮的人就怕無事頭可做，一有事頭日子就有豐收的期待，每年每季，春去秋來，等待的不就是那可帶來飽暖的豐收嗎？村裡的漁船又要出海了，這趟出去要到過年前才回來，大方將家中鹽田交予父母，準備跟這批漁船出海，他估計，今年雨期慢，又冷得快，雨一停幾乎就穿上冬衣，這個冬天可能比過去都冷，海上魚群會比去年更繁密，天公賜飯給漁家吃，他要把握這冬天再賺一筆，積存將來去外地闖天下的本。

臨出海前，最令他放心不下的還是明月。

雨期鹽田停工以來他再也沒有見到明月，村子裡流傳的消息他一條也沒錯過：慶生成天在雜貨店賭間賭錢、明月挺著肚子替人剝蚵仔殼、央知源伯搭蚵仔棚掛蚵仔。——啊，明月，妳勤勞依舊，如果可以，我一定去替妳搭蚵仔棚掛蚵仔，可是堤岸那一吻已注定我們得把感情深深埋藏，驚若再碰觸，誰也受不了煎熬。我是否無緣再替妳做任何事了？妳總是閃避我，是否驚我見到妳的辛苦？慶生愛賭一定帶給妳許多煩惱，是這個原因讓妳閃避我嗎？雨期後只見慶生和明玉在鹽田上收鹽，慶生還是對妳體貼的吧？妳是否愛這個男人較贏愛我？出海前我一定要看看妳，否則，在海上我無法一日安寧——。

他來到明月家，仍是一個午後，院子空空，他不能站在院外叫人，如何是好？明天船要開了，今天若見不到明月大方絕不安心。他穿過大廳到後間門，出了門是大街，又從大街上走入後間穿過大廳到院前。村子門戶開放，前廳後間隨人進出走動，他來回走了幾次，探見後間兩側房門緊閉，不知明月有否在裡面，他故意哼了一首歌，若明月在，一定可以認出他，出來和他相見吧？

他走了數回終究沒有動靜，整個厝似乎都在沉睡中，他整顆心失落了，在茫茫大海中找不到方向，明月莫不是避不見面吧？大方幾乎要發狂，——我只是要見見她，並不會危害她的婚姻，老天，我有幾個月沒見到她了——？他又走了幾趟，提高歌聲，為怕吵著阿舍他不得不放棄，只好走上堤岸，站在堤岸上可以看見明月家的院子，他要站到看見明月的身影才肯下岸。

明月正在後間為懷裡的嬰仔縫製肚兜，初聽大方的歌聲心頭不禁一陣怦動，大方在這後間門和大廳來回走著呢，她聽見他腳步聲，沉重、匆忙、不安。大方必定是來找她，他明天要出海了，若不是惦記她，怎會現在來？熱血衝上心頭，大方的容顏占滿這小小房間，她現在才知道有多想他，恨不得馬上見到他，她急急放下工作爬到門邊想把門打開，手一觸門把突然有所顧忌，不敢打開了，甚至連呼吸也不敢用力，怕大方發現她就在這片門後。

她已是有夫之婦，懷著大肚子見大方，情何以堪？她憂傷地聽他沉重的腳步及越發高亢的歌聲。——沒用的，大方快走吧，給人家知道你在我家走來走去，人家會怎麼想？快走，你快走，我不會開門的——。明月抱胸痛苦地默喊著。

岸邊有十艘漁船準備明日起航，漁船上工作的捕魚郎看見大方一動也不動的背對河面不知往村子尋找什麼，一站就是幾小時，有人喊他：「你有閒那裡站，不如來船上開講。」船上看不到明月家，大方哪肯依。

「你瘋了不是，站在那裡像死人不震不動。」他的船頭家來罵他。大家以為他這反常的樣子莫不是生病了。大方話也不講，他是瘋了，他站了幾小時望得雙眼血絲滿布，望得心要碎裂，剛才這一剎那他看見明月從前廳慌忙出來，天哪，她的肚子已大得叫他認不出她來了。慶生追在她後頭緊緊拉著她裙角，一隻手往裙口袋裡掏，明月掙脫開來，慶生猛力一拉將她抽過去賞了一巴掌，明月捧起臉往房裡去，身影消失在院子，慶生也走出院子，往賭間的方向去。天殺的，大方舉起步來想衝下岸狠狠揍慶生一頓，船上的人見他瘋了似又吼又罵地往岸下衝都圍過來抱住他，他們跟船頭家說：「大方一定中著煞，人好好突然就像瘋子。」

「將伊拖入船肚內，讓伊躺下來，給伊顧好，阿火仔，你去通知伊父母。」船頭家說。

大方不斷掙扎，他完全失去理智，這群人圍上來，狂亂、迷惑、憤怒、痛心、思念像一陣潮浪捲來，他不知道已航向海的哪邊，要往何處去？眾人將他壓在船艙床鋪上時，明月受到巴掌的震動身影彷彿在船艙每個角落向他求救，他不能躺下去，他要爬起來，明月等著他救援。他奮力扭身，兩名同船船員一人一肩將他壓住。

「放我走，放我走。」他向他們喊。

「不行，你中著煞哪能亂亂走，船頭家有交代，要你躺下來歇睏。」

兩人緊壓他肩，把肩胛骨都壓痛了，他平躺床鋪，從沒有過的挫折如浪擊襲心扉，看見明月被打的心痛遠遠超過了明月結婚時的痛，他終於知道明月為什麼避不見他，那是多難堪自卑的感情！眼看著她受苦，他卻一點幫助的力量也沒，人真卑微得不如一隻蚊蠅，連傳達感情都得受到層層束縛！

「怎會著煞，伊一向好好。」是母親慌張的聲音。

兩老走進船艙，看到愛子給兩名船員押躺床鋪，一臉關懷與莫名其妙，船頭家隨後進來，問兩名船員：「人較好沒？」

大方開口了：「放我起來。」

母親說：「你真的著煞？明天可以出海嗎？」

「我很好，明天可以出海。」他恢復了鎮定，向船頭家擠出一絲含著自我嘲諷意味的笑容。

船頭家心中大石落定，說：「沒事最好，這趟出海若沒你，我不知要損失多少？」

第二天清早，船要離岸了，船頭的鞭炮和糖果爭相往岸上飛落，小孩依樣興奮，大人依樣期盼，惟獨岸上看不到明月身影。大方手抱口琴坐在船艙頭，沉靜望著岸上人群，希望雖然很渺茫，他還是等待，等待她來相送。

明月聽到鞭炮聲，知道船要開了，她挑了這時候走上岸。——只要一眼就好，看一眼我就心滿意足了——。

上了岸，第一艘船已經在挪位置，往西扭轉，第二艘也蓄勢待發，她往第四艘船望，正好和大方正面相迎，啊，他看起來多落寞，過去那神采飛揚的雙眉如今是沉沉無澤，他眼裡的灼熱燒痛了她。——不要這樣看我，大方，忘了我，去海上，過你青年豪邁的日子，海才是你的安慰，我已是有夫之婦，不值你依戀了呀——！明月心裡吶喊著，可是他能懂嗎？

大方的船終於轉了出去，明月還是來送他了，有了她那一眼，他到海上去還有什麼遺憾？大方握緊口琴，甜蜜的笑容裡隱隱含藏一絲椎心的痛。

4

整個冬季，明月偶爾到鹽田走動，看慶生和明玉收鹽，她肚子已大得不適合再收鹽。慶生不高興時雖會打她，但見她臨近生產也自認了分，每天早上黃昏各收兩次鹽，若有空閒才去賭間，明月見他這一季勤力工作，心裡總想著他的好，第一次感到有丈夫可依賴的幸福。如果慶生不要再到賭間去，他們收入能預算，她就不必對日子感到惶惑不安了。

過年前知先回家來，這一趟要待到明月生產後才回台北去。他給明月帶回許多嬰兒用品和衣服，免得明月大身大命還要走半小時過橋到鄰村搭客運車去佳里鎮採購。明月看見這些嬰兒東西，難隱即將成為母親的喜悅，無論慶生的脾氣多麼喜怒無常，她越近臨盆越覺慶生親切，因為他是孩子的父親，是他們兩人共創了這個小生命。

慶生的嗜賭和摑打明月的種種，阿舍一五一十告知知先，知先是這家庭的大家長，她要知先教示慶生。知先考慮後說：「伊們是尪某，我們父母少管伊們的事情，慶生若有不對，我們也不能當明月的面前教示伊。」

慶生父母雙亡後，他就如一匹放野的馬，五嬸婆可憐他無父無母，平日並不加管教，慶生隨興做事，心裡沒有管教這回事，可是在知先面前他還是有些約束，知先平和無爭的個性在慶生看來是令人肅然的神威，雖然他不會因為知先回來就根絕賭博，但他知道如何掩飾與做作，在知先面前他保持相親時的隨和坦然，他沒有忘記，知先送他錢買結婚身穿，光這一點，他就值得他尊敬。

這一季來，他對自己的表現也有幾分神氣，不但沒跟明月要過錢，還幫她做了許多事，這位充滿魅力的太太即使是挺著肚子也姿態出眾，他的虛榮心得到很大的滿足。他由於自己的勤奮，心裡飽滿，在明月面前抬得起頭，像個男子漢，因此再沒有想要打她罵她。他和她一樣興奮地等待孩子出世。

農曆十二月初，有天突然大姐夫來了，那瘦瘦的老實面孔帶著幾分神采與靦腆，身邊跟了一位瘦虩和善的小姐，小姐害羞地抿嘴笑，兩人手上都提了厚重的禮。阿舍說：「自己人還客氣。怎麼來的？」

「騎鐵馬到佳里搭客運車到鄰村，再走路來。現在闢了這條汽車道路真方便。」

「是啊，時勢在變，一年一年不同，人也是得跟時勢變。」阿舍頗有深意地望著小姐。

那小姐也是伶俐人，一接到阿舍的眼光就說：「伯母是明心姐的媽媽，我也應當叫媽媽才是。」

「是這樣，」大姐夫小心翼翼，生怕壞了好事似地說：「我們有打算年底結婚，禮數上還是要來請示兩位大人的意思。秀瑩堅持和我做夥來，說這樣禮數才周到。」

知先說：「真功夫，真知禮。」他欣賞地仔細打量秀瑩，問：「日子訂何時？」

「十二月二十二。」大姐夫說。

阿舍見秀瑩文靜乖巧模樣，不免想起明心，可憐女兒，未享人間清福，為人妻未留子嗣，阿舍伸手擦眼淚，秀瑩心細，輕聲輕語說：「兩位大人若不嫌棄，可歡喜認我做義女？過去明心姐在伊厝每項事頭都做，人人稱讚，我應該謹守本分，不要越了她的位置。以後我會替明心常常回來探望兩位大人，將大人當作自己的親父母。」她跪了下來，希望知先阿舍認她當義女。

阿舍悲傷之淚瞬間成為歡喜之淚，突然多了一位乖巧的女兒就好像舊米缸底下久藏的鈔票在窮困頹危之際突然給發現，就像久旱後一場賑災的雨水，雨期後第一道耀眼的白日。他們興奮到慌了手腳，明月連忙將秀瑩拉起，和明玉明嬋親切地以大姐稱呼秀瑩，當她是明心化身。

「不知我有這款好命，有妳來認做父母。」阿舍聲音微顫。

「前人種樹後人涼，明心姐仔給我一個做人媳婦的模樣，讓我免失禮得罪公婆，攏是您會教示，才有明心姐仔這款才情女兒，我來替伊是我的福氣。」

「妳免客氣，不要像明心那樣操磨，自己身體顧好。」阿舍望著大女婿，說：「自己的某要會顧，顧不好，你最吃虧。」她故意提高音量，也是講給慶生聽。慶生待客善笑臉，一直在旁陪笑。

認了親大家歡喜，秀瑩掏出禮物來父母姐妹各送一份，她給明月的是條孩兒的金鎖片。

「金鎖片太貴重，大姐，不能讓妳破費。」她要把鎖片退回給秀瑩。秀瑩又推過來：「妳不認我這個姐姐？」

明月為難，阿舍說：「伊給你們的，就收下，不能白拿人家的，妳們認姐姐也要禮數，不要忘記來日相補。」

慶生望著那塊金鎖片，心裡估量著價值，想不到秀瑩出得了這樣的闊手。

鹽田忙得最紛亂之際，海域響起鞭炮鑼鼓聲，捕魚的人回來過年了。這一趟去了兩個半月，村人仍是帶著滿懷期待站上堤岸等待逐漸駛近的漁船。豐收，豐收，又是一個豐收的年，船上撒下的銀角仔和不斷搬下的醃魚、罐頭、年貨把村子裝飾得喜氣洋洋。阿舍躺在眠床上光聽到那長長的、嗚徹天霄的炮聲就知道捕魚郎帶回多豐厚的錢銀，她想到慶生，這個放蕩子，沒為生活做一點打算，年輕力壯來到海口人家竟不學水生技巧，早知今日，當初不該叫明月招他入贅。她對明月感到抱歉，但除了保持緘默少說她外，還不至於要嘴巴上跟她認錯，一來她是母親，二來她找到了很好的藉口掩飾自己的過錯：阿舍認為一個賢惠的妻子能使浪子回頭，明月管不住丈夫，任慶生賭博，是她的無能。

明月聞鑼鼓炮竹，若有所失。從孩兒起每年送船迎船是件連睡夢裡也焦心期待的大事，鹽田歲月裡沒有什麼事比看船出海、入海、撿銀角仔、搶糖果更令人神往。她現在為了大方的緣故錯過這儀式，好像錯過鹽田生活的一部分，脫離了興奮的期待。大家都上岸去了，她卻故意把歡樂遺失在情感的矜持裡。

鑼鼓聲聲催，鞭炮串串響，岸上傳來嘈雜人聲，村子浸淫在歡喜狂迷的氣氛裡，明月不自覺找出大方送給她的口琴，這是去年他出海時為她帶回來的，這一趟出海，他好嗎？明月撫琴，矜持放下，雙腳不聽使喚，往鑼鼓聲的方向行去。

知先、慶生、明玉、明嬋、明輝都在岸上，她擠入他們之中，慶生取笑她：「大身大命的人也愛湊熱鬧。」

她臉上羞紅，對慶生感歉意，她來這裡哪僅是湊熱鬧？她站離慶生遠點，以為這樣可以減少愧疚感。大方的船停在右方，她注視那船上工作的船員，卻不見大方，大方父母在岸上一副焦急模樣。船上正卸貨，未等船員一一下船來，大方父母問船頭家：「我們大方呢？」

船頭家對兩位大人歉意地說：「真不好意思，大方交代我一靠船就跟你們講，我忙得忘記了，真失禮。你們大方早上在台南安平下船了，伊說要四處看看，過幾天才回來。」

大方去看什麼？明月難掩失望，對船返來儀式頓感索然無味，她走下岸，原來過去的興奮是因有大方，如今沒有大方，船返來也只是船返來，鞭炮鑼鼓只是繁俗的喧譁罷了。

過年時節，家家玩牌，慶生藉此時機在賭間屈了三天三夜。連午晚飯都在賭間就便，知先擔心明月承受不住這樣的事，提醒她：「男人若讓人管不住就不要多氣惱，伊雖然愛賭，別項也有可稱讚的。」

在明月眼中，父親待人寬厚到不知人間煙火，慶生賭博錢財輸贏推來湧去，日積月累，錢財都輸在賭間的抽頭上，她已經沒有錢再替慶生還債，床底罈甕空淨見底，鹽埕工會領來的曬鹽錢，經慶生手裡一轉，也只夠三餐，她不得不靠養雞採蚵開闢財源。慶生守在賭間三天三夜，她自然要計較的。

慶生回來那天，靜悄悄走進房裡，倒頭就睡，明月跟進來，這人瘦了一圈，飽滿的雙頰露出兩片凹痕。她坐近他，他雙眼已閉，她故意問：「贏了多少？賭得這麼勤力，夠不夠用到雨期？」

慶生眉頭微微皺起，眼睛未睜，樣極疲倦。明月見他這副疲倦狀，心更憤恨，這人就糟蹋自己，她問：「我生產錢你留下來沒有？」

「妳煩不煩？」慶生猛然坐了起來，揪起她頭髮大罵：「別趁機會教示我，告訴妳，我輸得差點要脫褲子典當，妳要生，去跟妳娘要錢，伊肚子邊那包錢袋值得好幾副棺材本。」

「將我頭髮放下。」她氣得滿臉通紅。慶生卻抓著她頭髮左右搖晃，口中喊說：「少來煩我，妳厝的事頭我不是沒做，我賭博免妳管。」

明月深痛慶生抓她頭髮的惡劣行徑，她伸出手來反擊，痛恨地搥他肩，他把她抓得更緊，明月完全失去控制，兩人扭做一團，慶生正想揮她一巴掌，手無意間碰到她挺出的肚子，他突然把手縮回來，將她頭髮放了，這女人快要順月了，她竟然瘋得不顧自己肚裡的孩子，她不愛生命，他愛。慶生為自己比明月懂得珍惜孩子生命感到沾沾自喜，只要多發現她一項缺點，他在她面前就更理直氣壯。他放下她，心虛消失，他不必對這女人感到抱歉。

明月的手顫抖著，這個男人要逼她怎樣？她也學會動手打人了，這雙手再也不嫌玷辱，她還有什麼事不能做？她還可能做出什麼事？恐懼、不安、失望、茫然，未來有什麼可期待？金錢不能預算，一輩子要過窮日子嗎？明月想逃開這房間，逃開沒有希望的令人挫折沮喪的氣氛，她低低飲泣，兩腳懸空往床底找拖鞋，慶生突然伸出雙腿夾住她，翻起身來從後抱住她，溫熱的鼻息吹在她頸項上，他輕柔地將她壓倒床上，明月要掙脫，他壓住她肩，側身夾住她，雙手在她身上游移。啊，這是丈夫，拜過雙親蓋過章的丈夫，這是慶生，發過脾氣後不當一回事，跟她嘻皮笑臉。她掉在一個可喜可悲的泥淖裡，爬不出來了。

慶生側臥她背後，撩起她裙子，身子急不郎當貼過來，明月心裡只閃過一個念頭，大方去台南看什麼？過年也該回來了吧？除夕那天是否去三嬸婆家玩牌？明玉回來怎沒提起，莫不是大方還沒回來？或者已經不去三嬸婆家玩牌了，因為他知道她再也不去了？

5

這年元宵節廟前掛的燈籠比去年多，因為船頭家今年利潤多過去年，捐贈給廟裡一筆豐厚的金錢辦慶典。慶生首次在村子參加元宵節，開了眼界，廟門下午就開始擺桌拜拜，家家戶戶挑起扁擔竹籮，將灶間煮好的拜拜牲品分趟擔到廟門口，找到了空淨的桌面就擺上牲品，捻香，敬神，燒紙錢，領發糕，廟門男女川流不息。黃昏一來，拜拜收了場，村子壯男義務將桌子全堆到廟門的儲藏間，廟前一騰空，家家同去吃拜拜。一小時後，夕陽逐漸西沉，月娘輕挪上天，燈籠一盞盞亮了，與天上星子爭相輝映，趕熱鬧的小孩提燈四竄，用過飯的大人也提了板凳三三兩兩結伴而來。慶生在自己家鄉不曾度過這樣的元宵，每年除了廟門拜拜外，哪有猜謎與歌唱擂台？連那高掛的各式各樣燈籠也見不著，同樣過節，此熱彼冷，說起來，他的村子比這個沿海小村還要大幾倍，離市鎮近，人口也密集熱鬧，元宵慶典如何就比不過這小小幾百戶人家的村落。

知先告訴他：「百多年前我們祖先駛帆船從泉州來，船在這海邊靠岸就此落地生根，那條河岸最先是伊們雙手挖土圍起來的，那時不到尺寬，人走在上面不能相閃身，後來人才把它慢慢又拓寬起來。幾十年間，時有人駛帆船來，大多是先來這批的後輩親戚，慢慢這村子移來的人多了，除了少數幾個姓外，大都是同宗的王姓，自有歷史以來，元宵就是這樣過，祖先傳下來的。」

知道了這段典故，慶生對元宵感到興味盎然，何況他有一副好歌喉，這晚上他決意把他這屬村中少數的姓高高揚在王姓村。他像下命令似的要求明月也去廟口聽他打擂台。幾天前明月無意中聽到人家談論大方尚未回村，今年元宵得另找人代替他的主持位置，明月此番去廟口湊熱鬧可以毫無顧忌，卻又若有所失，沒有大方參與，樂趣都打了折扣，她想不到過去喜歡的事因這個人的缺席現在都覺索然無味了。

她帶了一把圓板凳和弟妹到廟口，知先到廟口轉了一圈就回家陪阿舍。晚會節目安排是每唱完一首歌就撕下台上高掛的紅紙條覆紙，由主持人將紙條上的謎語唸出，大家猜，猜對的到廟裡領獎品。慶生的演唱順序排在中間，一上台演唱，四座震驚，沒人知道他的歌聲竟充滿感情，唱〈安平追想曲〉，唱〈鑼聲若響〉，餘音纏綿，悲壯雄渾，眾人如痴如醉，有人想到明月也有一副善唱的歌喉，要明月上台與慶生對唱，明月提不起與慶生對唱的興致，推說不舒服。慶生唱畢抽去一張覆紙，露在紅紙上的謎題是：「本行做到老。」

明月興起，舉手猜題，那主持的人見她舉手，別人不叫，唯獨叫她，因為她是剛唱歌這人的妻，因為她坐在眾人間顯得靜好大方。明月答是：「從一而終。」主持人說：「請到廟門拿獎品。」

「妳去拿。」明月跟明玉說。

「不行，那廟公只發給猜對的人，妳得親自去。」

明月離去，慶生回到坐位來，心想妻子這份獎品是因他才有機會得到。

明月越過眾人來到廟口，廟公坐在廟門左側，面前一張長桌，大小獎項擺得滿坑滿谷。其實她只想走走，有沒有拿獎品倒無所謂，多半只是毛巾肥皂之類，沒拿倒也不算什麼損失。廟公遞給她的卻是一隻大盆：「這個送妳最適當，可以給嬰仔洗身軀。」他指指她的肚子。這麼大的盆子怎麼拿，只能寄放這裡，散會時再請慶生或明玉拿。她舉步正想回座，後面有隻手抄過來拉住她臂膀，回頭一看，是大方。他將她拉進廟裡，站在觀音神像前，緊緊地盯著她。明月心驚，問他：「幾時回來？」

「今日下午，趕回來的。」大方望著她，似有千言萬語不知從何說起。

「妳知道我留在台南做啥？」大方問她，他想知道她的反應。

明月搖搖頭。

「我去放蕩了。」他說，似懺悔求取諒解又似要刺她，看她有多痛。

明月垂下頭，心想大方也已三十了，她應勸他早日娶妻。

大方神色轉嚴肅地說：「我要離開這裡，到都市謀生，在台南我四處看，看現時有什麼行業在做。很多工廠設立，汽車業、建築業、紡織業、製衣等事業都在發展，需要許多人手，不過台南還不是最好的所在，最有前途的所在應該是高雄和台北，高雄是港口，附近工業多，台北設政府，遍地是黃金，許多鄉下人都到這兩個都市打天下。」

「你要離開，怎麼可以？」明月既震撼又傷心，大方離開這塊土地，她對這土地的情感要往何處寄託？大方怎能遺棄這塊她和他共同成長，共同勤力曬鹽的土地？

「是不可以，我放不下妳。」大方很想捧起她憂慮的臉頰，從這張可愛的臉頰上他看到她對他的戀戀不捨，這廟裡空無一人，所有的人都在謎語台前，如果他願意，他可以做到，甚至在這張他渴望了很久的嘴上獻上熱情一吻。可是他顧著她的名譽，沒有她的允許他絕不能冒犯她。

「伊打妳，是不？」大方問她。

大方彷彿要撕破她的自尊，為了維護自尊，明月一直在隱藏自己，卻不知給他這麼一問，她所有的委屈如河決堤，只有眼前這人才是真正關心她的，她多笨，為何委屈自己避不見他，不是說要在這塊鹹土地默默守著他嗎？而今他說要離開，還有什麼比這更痛？

她兀自傷感，抬頭一見大方緊張的臉，她才知，他的痛比她的多。她說：「你若歡喜去都市就該去，不要為我擔誤，我……」她低頭，示意他看她肚子，「插翅也難飛了，已經是別人的人，你不要太掛念。」

「妳若不愛伊，可以反悔離緣，囝仔生下來，我來養，我們做夥去都市打拚。我不能看妳在這裡給人糟蹋。」

明月眼裡含淚，震撼、感激、悲慟、難捨交雜於心。她沒讓晶瑩的淚水滾落下來，在慶生那裡受的挫折使她學會了堅強。

含淚的眼睛是最令人心悸的眼睛，大方憐惜地望著她，然後轉向觀音，雙掌合十，說：「我林大方在慈悲的觀音面前咒誓，我剛才講的全是真心話，若有半句虛言，此生在外落魄潦倒，永遠不能回鄉。」

——大方，一生一世，我要如何感激你的疼惜——？明月見他凝望觀音的虔誠雙眼淚光閃爍，心如刀割。

「別憨了，我不可能離緣，你自你去，有閒回來家鄉探望，我總是在這塊鹹土地討生活。」

她匆匆走了出來，在裡面耽擱太久，萬一被人察覺兩人淚眼相對，以後如何在村中站起。她鎮定神色回到坐位，慶生問：「怎去那麼久？」

「在後面走走，空氣較好。」

甫說完，台上謎語猜完，下一個上來的是大方。台下掌聲響起，眾人一來對他趕回來慶元宵表興奮，二來認為他是唯一可與慶生對抗的人。慶生興致勃勃跟明月叨唸著：「聽說這小子歌喉不錯。」明月不語。

大方卻說今晚不參加擂台不唱歌，純粹表演一項新玩意。他從口袋摸出一把口琴，看也不看台下一眼，神色異常肅靜。口琴湊到嘴邊，輕柔的樂音響起，是村人從沒聽過的曲子，明月知道，那是明心去世時，大方為她作的，隨著那口琴聲，她心裡默默哼著：

白鷺鷥在田邊
秋風冬霜　白白的身影飛來去
白鷺鷥在田邊
等阮的腳步來伴伊
伴伊過了風過了雨　過了炎熱和寒露
伊說阮呀　搖搖的腳步
親像一隻　風中吟唱找食的慈鳥
白鷺鷥在田邊
秋風冬霜　白白的身影飛來去
白鷺鷥在田邊
等無阮搖搖的腳步
等過了風等過了雨　過了炎熱和寒露

伊說阮呀　忘了鹽田地
不知去到　天邊哪個逍遙好所在

由於曲調輕鬆，頗得大家好感，尤其口琴在村裡還算新鮮東西，陶醉的人也就更多。大方音調一轉，聲入悲切，緩慢哀傷的琴音在燈火如花的夜色下痴情地吹奏著，明月再也受不住了，心裡一陣一陣麻痛，這人呀，要割了人心肺才甘心！他吹的是河堤上那首：

天頂的月
阮心內的月
光光照著阮的去路
怎樣一時風雲起
月色黯淡失天星
讓阮行船大海
茫茫找無路

大方獨自吹得忘我陶醉，明月聽得如生如死，心裡思忖著，她眼裡的淚光可是收斂了？

這晚慶生果然成了歌唱擂台的魁首，成了村中的新歌王，他高興地幫明月把那獎賞來的大盆拿回家，沿路抬頭挺胸，風光露在臉上，明月未曾見過他這般神氣，但今晚她沉醉在大方的感情裡，無法與他共享他的快樂，也忽略了慶生的音樂天分和熱愛。

6

春末雨期來臨時，明月產下一名結實的小男嬰，因時逢春末入夏，慶生按自家輩分，給男嬰取名祥春，盼還能留住春天的尾巴，留住大好時光。兒子承他姓是他最光榮驕傲的事，他一向說服自己，讓自己相信來住此村完全為幫忙明月的家庭，招贅只是名義，兒子歸他姓讓他在明月面前免去為人贅夫的尷尬與不滿。他隨時隨地注意明月對待兒子的一舉一動，不停提醒她餵奶時間，明月稍有延遲，他便惡言相向，咒罵的時候，他有一絲快感，使他沉迷於挑剔她的毛病，藉機辱罵。明月初為人母，育兒手忙腳亂，慶生責備她餵奶延遲，她非但不以為惡，心裡反而有絲甜蜜，因為慶生必是深深愛著兒子，否則怎會在乎她稍稍的延遲。

去年掛河的蚵殼，雖未趕上過年收成，但到了雨期已結滿肥厚的蚵仔，明月坐完月子第一天就租了竹筏自己撐篙到河中採蚵串，明玉相伴，兩姐妹將今年雨期的希望都寄託在這成串的纍纍蚵仔，只要賣到好價錢，雨期可以撐過去。

蚵串採回來那天慶生也來幫忙，他以前未曾見過人家剝蚵殼，很想親自體會其中滋味。他前一天就和知先兩人蒐集竹枝竹片，把東廂房間的絲瓜架延伸到路邊，留三尺與路旁榕樹相鄰，方便路人通行，再在架子頂搭上帆布遮陽蔽雨，採回的蚵串就堆在這架子下，原來的絲瓜架下養了七籠雞，他們在帆布架下剝蚵殼，雞群不是在絲瓜架下打瞌睡就是在附近散步覓食，排泄物傳出來的氣味，雖不甚入鼻，聞久了卻也不知其味。

剝下的蚵殼又給曬乾打洞穿入塑膠繩，重新掛回河中棚架，幾個月後又可收成，只要河水不受污染，這是條吃不完的寶藏呢！

這一批收成足足讓他們忙了一個月，蚵販子來收蚵，看見那肥肥胖胖的蚵仔，收價都抬得高，慶生有時趁明月餵奶之際把當天賣得的部分價錢收入私囊，明月隔天還要跟販子爭執，他們賣出的斤兩不只這些，等販子拿帳冊一核對，明月不免跟慶生大吵一架。她歡喜見他做夥剝蚵殼，卻不能見他背地裡撈取辛苦掙來的錢財，賣蚵的錢原本是打算為弟妹積存來日結婚支出，現時為了度日不得不挪來急用，難道慶生都不擔心米缸見底那天的來臨？她一狀告到父親跟前，知先勸勉她：「尪某冤家，父母插手會增事端，妳好好跟伊講，沒錢日子無法度，若有顧某子，賭間少去，無法賺至少也要會守。」

「我怎沒講，每次講都冤家。」

「伊若放蕩妳就要多忍耐，伊雖然較愛賭，對父母攏有尊敬，叫伊做事也有認真做，這點真可取。」

「伊既然有尊敬你，你就跟伊講，若再愛賭，早晚這個後生養不起。」

知先說：「哪個賭博的人相信自己都賭不贏？期待一個人馬上將賭戒掉是會失望的。」

他安撫明月，又說：「不必煩惱弟妹將來的嫁娶，父母應該要拿得出來，我辛苦踏三輪車為啥？總也是為子女。妳媽媽說的話妳免掛意，阿爸會想辦法。」知先一席話，明月心頭放鬆，眼前沒有比把生活過下去更重要的事了。

知先離鄉前把慶生叫來跟前，說：「我這一趟去又是好幾個月，厝內你要多照顧，明月帶嬰仔也沒啥閒空，你事頭多做一點，屈在賭間不會有前途，自己要會想。」

慶生一向尊敬知先，坦然說：「阿爸你放心，我賭博是有較壞子，但是鹽田和厝內事頭同款有做，叫我不賭是不可能，鹽田的工作我會較勤力，厝內大小我也會照顧。」

知先不是個囉嗦的人，他以為一個人肯聽，一兩句提醒的話就聽明白了，若不肯聽，十句二十句都無濟於事。明月夫妻的事，他也只能到此為止，免生事端。他放下眾人，又進城踏三輪車去了。

雨期過後，慶生果然勤力曬鹽，黃昏從鹽田回來就逗兒子玩，明月這時將雞隻趕回籠裡，將肥大可賣的歸同一籠。絲瓜架下有九個雞籠了，每天清早都可撿十幾個蛋，她把撿下的蛋一個個排在一隻箱子裡，每星期雞販子來時就連同雞賣掉。所得雖不多，也足夠做為嬰兒用項支出了。

有時她將嬰兒交給明嬋，也和明玉、慶生一起收鹽，三個人收鹽，連日頭都會嫉妒得高溫折磨人，有了慶生，她和明玉實在輕鬆不少。鹽田上，只要她有心，遠遠一望，常可望見大方和他父母一起收鹽，他仍在村子裡，他留下來了，明月有勝利的感覺，是她留住了他嗎？那天他說他不放心她。看見他仍在村子固然高興，明月又十分擔心他真為她擔誤前途。

入秋後，天氣轉涼，祥春時患感冒，明月為他至廟裡求平安，手中一炷香默禱完畢，大方的母親走進廟裡，看見她，叫她：「明月，妳有閒來？」

「是呀，光敏伯母，祥春時常不爽快，我來求平安。妳呢？」

「我呀，唉，說來話頭長。」光敏伯母將明月雙手拉到自己胸前，無限委屈似的，一臉憂愁說：「妳也不是不知我們大方，吃到要翻三十一了，孤子一個，也不娶某，不知跟伊講幾年了，我和伊阿爸想要抱孫想瘋了，伊年頭說要去都市發展，沒某跟在身邊照顧我怎放心伊去。我跟伊講，伊若娶某我就讓伊去，不阻擋伊前途。妳看，年頭講到現在快要年尾，伊也不娶某，我只好常來求神明，保佑伊早日娶某生後生，給我們傳香火，這樣我對林家也有交代。妳看伊人扮哪點輸人？吃到三十還娶無某，不給人笑得落下頦？」

明月默默為她點燃三炷香，她接過說：「三炷香哪夠？我連小菩薩都要求。」她指指兩牆和角落諸神像，向旁邊案台抓起一把香，湊近燭台火苗。

「今年伊要出海嗎？」明月問。

「要呀，伊每年寒天都出海，這囝仔真勤力。」

「說不定這回帶個某回來。」

「那就得請神明成全了。」光敏伯母虔誠舉香走向神壇前。

聽到這消息後，明月不知怎的，一有空閒就為自己裁製入時衣裳，每回去佳里鎮，她一定到時裝店看最新式的服飾，裁了適當的減價布回來照樣縫製，粉紅、嫩黃、天藍都穿上身，流行的小翻領、無袖連身窄腰洋裝、打褶裙，沒有一件不裁來穿，羨煞村中小姐，人家但凡看她身上穿什麼就知道當今城鎮流行什麼款式。連大方見了都把她拿來跟城鎮仕女比，只要提上一隻小皮包，點上唇膏，她就像月曆紙上的美麗女郎，沾染了一點點城市的虛榮與華麗，他喜歡華麗的感覺，她是他心底的驕傲，他喜歡她的打扮，即使生過一個孩子，窄細的腰圍仍令人遐思不已。大方心底明白，她的打扮全為了他。

夏天一到，村中青年男女結伴戲水競游，明月是水中好手，不由分說早給安排參加這場比賽，大方也在同隊，現在凡是有大方出現的地方，她再也不避諱，她知道大方終將離鄉，她能守他的時間有限了，她過去如何愚昧得不知珍惜？一旦知道即將失去才急著愛護臨近。

大群男女下水後，大方的雙眼從未離開過她的身影。男女游泳只比速度不比招式，蛙式、自由式、仰式紛紛出籠，青春氣息在河中翻滾，岸上連老人都來享受這年輕歡樂的氣氛。

明月游完一圈上岸，大方見她濕透的衣服緊貼微凸的小腹，他暗叫道，——天哪，懲罰我吧！我的等待與痴心真是卑微得一文不值——。他游完一圈後上岸坐在她身邊，在眾人喧譁地注意河中時低聲問她：「啥時陣有的？」

明月一時不知他所指，但望他兩道黑眉，親切都在這兩道眉，這張臉令她不安。

「伊還打妳？」他毫不掩飾地望她微隆的小腹，明月雙頰飛紅，想不到這樣小小一點改變他也看得出來。——大方，我怎能拒絕尪婿，夫妻生兒育女本是天經地義，錯在我們不該痴心妄想，你不要用那怨懟的眼神望我——。

——妳一定早就忘了我在觀音面前發的誓，也許根本不當一回事，我等待的是啥？是妳這樣狠心一次次給我難看嗎——？

「大方，我說過我已經插翅難飛，過了年老二就要來了，這啥時代，我一個女子有啥力量去承受人家的批評？你若有替我想，就不要再糟蹋自己。」身旁的人多了，明月話到舌尖卻難再啟齒。大方憤而一躍下水，他第一次感到失去力量抗爭。

隔春，明月產下一子，取名祥鴻。祥春已能四處走動，只要明月上鹽田或入河，他成天與院前雞群為伍，嘴裡泥土雞屎不分，抓到什麼吃什麼。明月進門見他滿嘴污髒，抱怨阿舍明玉等人任他院前亂爬，阿舍卻說：「你們小漢時也是吃雞屎長大，身體沒病沒痛，胡雜吃胡雜肥，隨伊去。」明月不依，在前廳門前釘了一把木柵欄，凡是她要出門就把祥春放在那柵欄裡，不准他到院裡來。

為了帶小的顧大的，明月留在厝內的時間漸多，鹽田幾乎都交給慶生、明玉、明嬋，慶生在外行為她亦疏忽顧不著。

這天義姐秀瑩帶著禮物來見阿舍和明月的新生兒，好心相問，慶生曾跟她借過錢，是否家裡經濟有困難？需不需要幫忙？明月一聽，眼淚滾滾，她視秀瑩如明心，家務不怕在她面前獻醜，只盼秀瑩能為她分憂。

「這人真放蕩，不知見笑，竟然向妳借錢，伊一角錢我攏沒見到，一定是借去還賭債，大姐，我嫁這款人，咬牙切齒又瘀心，沒一日好吃睡。」她把強忍多時的委屈全訴與秀瑩，秀瑩同情地說：「我來苦勸伊。」

阿舍一聽說慶生向秀瑩借錢，氣得兩排牙齒打顫，小畜生，腦筋動到義姐那裡，仗著人家心腸軟，竟開口借錢。明月說：「媽媽，大姐對我們情義攏有，恩情已還不完了，哪能欠伊金錢，這筆錢一定要還，可是我手頭實在空空……」

阿舍躺在眠床上，不能相信明月對慶生無能到這種被蒙在鼓裡的程度，可是她說得有理，秀瑩是好孩子，不該為難她。阿舍從五斗櫃底層拿出一只小盒子，枕頭下摸出一把小小鑰匙，將那小盒打開，裡頭是一疊鈔票。

「這些錢是妳阿爸辛苦踏三輪車賺來的，人不怕一萬只怕萬一，我勤勤儉儉還不為了這個厝，慶生工作雖然勤力做，卻賺不夠伊一身人用，我也知你們這樣下去只能賺吃三頓，今天我為了秀瑩把錢還了，以後絕不再開例，若連這點底也空了，做人就悽慘了。」明月收下錢，感謝母親想得周到，當初要她負擔家計無非要慶生謹慎營生，怎知他沉迷不悟！

慶生絕不會違抗秀瑩的勸告，他對有錢的人總有點妥協，雖不知秀瑩財力深淺，可是他知道她拿得出手，她是一座救急的燈塔。在秀瑩面前，他必恭必敬，強調自己從不懈怠鹽田工作，小賭是消遣，他自言賭博是他的久年沉疴，少賭可以，戒掉則不能。他答應少去，給秀瑩十足的面子。

然而他只是敷衍，整個雨期，明月姐弟忙著剝蚵，他算算，剝蚵人手足夠，三姐妹手腳都俐落，用不著他，他大大方方屈在賭間玩麻將。有天回來已過晚飯時間，他飢腸轆轆進灶間找吃的，櫥櫃裡一無所有，桌上也收得乾乾淨淨，不由得脾氣上來，衝進房裡要明月為他弄吃的，明月手抱祥鴻餵奶，想他多日晚歸，積恨難消，以餵奶為由遲遲沒有動靜。慶生耐不住，咒罵一句：「妳娘，要我說幾遍，妳爸肚子餓了。」

「我爸在踏三輪車，不在這裡，你餓了不會在賭間吃，賭間飯較香。」

「妳娘敢應舌，妳神氣啥？」慶生最不能忍受明月的驕氣，他心底恐懼受這樣的驕氣控制人家會笑他不是大丈夫。

「不要滿嘴惡言？給我耳朵留個乾淨，你愛賭已經教壞囝仔了，那張嘴還要教壞伊們嗎？」

「妳爸的事少管？妳要不要煮？」

明月想放下孩子去弄點東西給他吃，心卻不甘，說：「你兩隻手好好不能自己煮？沒看我忙著。」

飢餓的肚腸令慶生失去耐性，他將安靜坐在床上聽他們講話的祥春一把扯過來，翻開他的衣襟，扯出掛在胸前的金鎖片，說：「真浪剩，你爸餓得沒東西吃，你小漢囝仔還有金鎖戴。」他轉向明月說：「妳爸要拿這塊金去買東西吃。」

「祥春的東西你敢拿？」

慶生掉頭就要走，明月手抱嬰兒站起搶前拉他衣服，要把金鎖片搶回，兩人拉扯間，慶生隨手拿起小桌上一只缺角的飯碗往明月頭部擲去，明月伸手一擋，缺角從她的手背劃到手肘上，她只覺一陣麻熱，手一抬高，碗正落在餵食的胸膛上，缺角將胸膛割出一道血痕，嬰兒受驚啼哭，幸好沒傷到孩子，明月將孩子放下，見手肘有幾處傷得深，血不斷冒出，她拿起旁邊嬰兒乾淨的尿布把胸口的血和手背的血擦掉。淚水模糊了她的視覺，除了痛的感覺外，她看不見那直冒的血，真不該把那只缺口的碗留著，早該丟棄，不想一只小碗也能割出那麼大的傷口，慶生真是畜生，下得了這麼重的手。明月抱著祥春哭泣一陣後，將眼淚擦乾，她想，再也不為這人流淚了，他不配奪取她的眼淚，連替她端水擦腳都不配。

7

金鎖片自給慶生拿走後未見歸還，明月已不把慶生當一回事，她曬鹽、插蚵、養雞、抓魚、捕蝦，過著自給自足的日子。每個月抽出一天和明玉走到鄰村搭車進佳里鎮採買家庭用項，她依舊留意新的服裝款式，只有穿上新服式的剎那，她才能體會做為一名女人的樂趣與日子的趣味。阿舍常叨唸她老把兩個孩子丟給明嬋照顧，沒個母親樣，明月想，飯都快沒得吃了，不多花時間在外勤力工作，拿什麼養一家人。

這段時間相傳佳里鎮有商販收購結晶鹽，私製精鹽出售，鹽埕工會已發出通知，禁止曬鹽人私將鹽田收成的鹽賣與不肖商人。偏偏慶生知法犯法，他連續一星期和村中數人每天偷擔一擔鹽賣給佳里鎮私製鹽的商人，鹽埕工會查出慶生他們這批偷鹽人的名單，報給派出所，派出所發出通知，要查辦他們，這群人不知法律輕重，一時心驚，紛紛出走，慶生打起包袱，說要回家鄉避一陣。

明月揶揄他：「我以為敢做賊偷鹽的人有幾十個膽，原來是連一個也無。」她提醒他：「你不怕越逃罪越重？」

「避一陣就沒事了，偷鹽啥大不了，那幾擔鹽不過抵幾口麵而已。」

「那你為啥要偷？」

「人家在約，好玩嘛。」

「你就耳根軟，人家講啥你就跟陣，怎好的不跟全跟壞的。」

「妳再囉嗦就吃巴掌。」他威脅她：「警察若來，就講不知道我去哪裡。最好你這一去不要再回來，我再也不想見你，明月心想著，終究沒說出口。她見他躲查辦的緊張模樣，不禁心生同情，人豈是天生來犯罪，若他父母沒死在轟炸時，他應會受到約束，不至於心無規矩，隨興作為吧？

慶生走後一個月，派出所又來通知單，慶生不到，警察親自上門來，一家家抓人，全村的人都來看熱鬧，給抓到的偷鹽者不知犯法輕重，臉上充滿了驚懼惶恐，他們的父母跪地為不肖兒子求饒，警察說，偷鹽算不得大罪，但是既觸法就得查辦，這些跪地的父母總算鬆了口氣，轉而在眾人前教示兒子犯法活該給抓去坐牢。這次沒抓到慶生，警察每隔兩星期就來明月家一趟，仍不見慶生，只好下最後通牒：「伊若再不來投案，我馬上就要通緝伊。」明月寫信央知先勸告慶生歸來，知先城裡接信，速速給女婿去了一信，毛筆正楷整整齊齊寫著：

慶生賢婿：

近獲明月來信曰警察屢至村中察見無人，揚言一周不至，寄發通緝，盼爾見信速回，竊鹽事小，名譽事大，況明月母子唯爾是依，宜早服刑法早去罪，撫幼慰長。

謹此

拙丈人　知先筆

慶生接信並未馬上回村，表面上以為既然罪小怕它什麼？心底卻躊躇滿懷，畏見明月。她帶兩個小孩，此時他不在必是和明玉兩人上鹽田擔鹽，離開三個月這時回去必遭她冷落。想到明月他同時也有股衝動想見她，走在路上給人指說明月是他的妻，心裡的爽快就像夏日吃冰，透心涼。

五嬸婆雖疼慶生，慶生白吃了她三個月，又擔心他坐牢也勸他早日回去，用心良苦說：「你回來我真歡喜，不過看你是回來避風頭，我的心就像針在扎，對你父母怎交代？下次你要風風光光帶明月和兩個孫回來，才不會讓我怨嘆養你無目的。」

慶生視五嬸婆如母，既連五嬸婆都一再催促他回去，他即刻收拾包袱回小村。不回小村，又能去哪裡？

慶生因多次傳未到，給判坐牢三個月，三個月雖是轉眼間，明月卻覺難在村中站起，她本乾淨清白人，而今因丈夫不潔，她也玷污，說不出的苦處，連抬頭見村人的勇氣都沒了。

而此時大方人在海上，他是她的慰藉，她連最後的慰藉也失去了。

漁船歸來之時，慶生已坐牢一個月，明月依舊裡外忙碌。過了年，她上鹽田收鹽，有時將祥春帶在身邊，任他在泥台上玩，明輝已開學半個月，除了星期日外天天走路至鄰村上學，明嬋在家看顧小祥鴻，明玉已長到二十三歲，去年底人家來說親，阿舍本要將她嫁了，明月堅持要明玉與對象先交往一年半載再談婚嫁，阿舍也不多管，只說：「時勢不知怎樣變，現在男女未嫁娶也能相約去散步，隨你們去，我人老了管不了了。」因此明玉偶爾要約會，不能到鹽田來幫忙。

數天來，明月過了中午就上鹽田，直到夕陽浮在鹽田線上，視線不明才收工，祥春若玩累就在泥台鋪上母親的衣服睡覺，可小孩最好動的，他小腳已踏遍附近每一寸鹽田地。

這天大方見又是明月獨自收鹽，他要父親早點回去歇息，父親一走，他也收了工拿起工具往明月這邊來。日頭還有一小時才會降到鹽田線與河面上，他拿起耙子、掃帚、畚箕、扁擔、鹽籠，收明月鄰格的鹽。明月心頭說不上的溫暖，見到這人就夠令人高興了，他卻還幫她，日子彷彿回到過去，她未嫁的年輕時日，可以無所避諱地與大方在鹽田上擔鹽唱和，然而，日子去了不會再回，昔日的自然早已由矜持與顧忌取代。

「怎可勞煩你？」明月說，一顆心七上八下，又盼他留下，又盼他走離以避人耳目。

「妳這幾天每天攏做這麼久，鐵人也會倒。」他默默將鹽掃做一堆，動作俐落，只要多替她做點，她就可以少做。──明月，我怎能見妳獨力做這一大片鹽，妳身為兩個囝仔的母親，難道要把身子拖垮才甘心？妳知道我會多心痛──？大方任汗水大顆小顆流落，連空下手來擦汗都不肯，他要爭取一分一秒多收幾擔鹽。

夕陽挪近鹽田線上與河面，白紛紛的鹽田呈現一片霞紅，白鷺鷥也載著霞色低掠鹽田上方，四方沉浸在夕日柔和的安靜裡。大方收了工具，站在泥台上拿掃帚柄將鞋底鹽巴摳掉。他突然蹲下來執起祥春雙手，柔軟的、孩兒的手，純潔一如信守不渝的心！大方說：「伊真乖，靜靜在這裡陪妳收鹽，今年幾歲了？」

祥春開口說：「四歲。」

「哦！已經四歲了？」大方驚訝地望向明月，明月摘下斗笠解下包巾，秀麗的臉龐受著霞光浸潤，柔美動人。她回說：「再兩個月就滿四歲。」

「妳結婚也這麼久了？」大方嘆口氣，將祥春柔軟雙手緊握掌中。

「叫阿伯。」明月吩咐祥春。

「阿伯。」祥春乖巧地依明月指示。

「把我叫老了。」大方說著，正好碰上明月雙眼，四眼相對，縱然時光飛逝，這兩對眼的情意未曾老去，只是剎那接觸，心頭已震盪不已。她二十六歲，風韻正當嫵媚的小婦人，他三十四歲，散發著成熟男人的魅力。歲月呀，流著多少不為人知的情愛？他們迅速挪開雙眼，同時落在祥春身上，明月說：「走，祥春，回厝了。」

大方陪她走了一段，問她：「慶生何時回來？」

「再一個月吧。」

「伊對妳有無較好？」

明月不說，默默點頭。大方也不說什麼陪她走到廟口第三棵榕樹，他抬頭看看這棵樹，指著樹梢跟明月說：「妳看到沒？以前我幫妳挑水時站在這裡從樹頂上還可以看到廟頂，現在已經看不見了。」

那是多久的事了，有八九年了吧？

明月也抬頭望樹，才發現枝葉已繁密得像個大遮棚，榕鬚千絲萬縷垂到浮出的樹根上，樹根糾結盤纏，樹下有三張長木板凳，老人常坐在那板凳上乘涼聊天。大方說：「這棵樹已經很老了，我做囝仔的時陣伊的樹身就真粗，我常常在這棵樹下踢毽子，打尪仔標。」他望著她，連自己都詫異：「那時妳還沒出世呢！」

他為何老提醒她時間呢？莫不是要離鄉了？明月望他，萬一他離開，她在這村裡還有什麼期待？她不覺心頭沉重，大方馬上看出，問她：「妳在想啥？」

「我想我該走了。」她拉起祥春的手頭也不回地往河堤方向去。大方望著她母子背影，暗自吶喊——伊怎知道我心裡情意？伊怎知我視伊重於一切？我不惜違抗父母之命，延遲不肯結婚。我一直在等待，伊卻一直從我身邊走離？啊，我的等待難道錯了嗎——？

過了一星期，有天早上，明月要明玉和明嬋至鎮上買番薯簽和乾貨。鄰村往鎮上的客運車只往返四個班次，早上六點、十點及下午三點、六點，她要她們搭十點的車，趕下午三點回來，好替她看顧祥鴻，她可至鹽田收鹽。明玉明嬋聽說可到鎮上，興奮莫名，難得出一趟門，佳里鎮幾乎是她們成長以來走得最遠的地方，甚至連鄰近的台南府城都未曾去過，佳里的街街巷巷就是她們的世界，那裡有許多小吃，車站附近是派出所，不遠處有家戲院，站前大街兩邊各式商店林立，有相館、鞋行、布莊、時裝店、農具五金行、美容百貨等等，她們收鹽挖蛤仔所戴的斗笠面巾及剝蚵的扁針塑膠繩，家中大小項，沒一樣不是在這裡買的。兩姐妹九點不到就擔起準備來盛貨的扁擔竹籮，往鄰村去，怕誤了車班，破了這天逛街看五色物的美夢。

中午飯桌上只有明月、阿舍及祥春。祥鴻在房裡睡覺。阿舍想起什麼，跟明月說：「妳幫我拿一張藥單給妳光敏伯母。」

「做啥？」

「早上三嬸婆來說光敏伯母最近腰身痛得不能走，說是生骨刺，唉，勞動人的症頭。剛好我有一張藥單，以前妳阿公也生過骨刺，我後頭厝拿來這張藥單，說是治過不少人。妳阿公照這藥單吃了半個月的藥，竟然腰身就不痛了，我一直將藥單留著，等一下妳去找，在五斗櫃上層，那裡有五六張藥單，寫紅字的那張就是。」

這樣的事大方怎沒跟她提起？難怪已有好一陣子未見光敏伯母收鹽。可是要她送藥單實在為難，去大方家，多難為情，多令人膽怯。

「我要去鹽田，明玉回來就叫伊送。」

「死查某囝仔，等伊回來都要吃晚了，一個人病在那還放著讓伊嚴重？吃過飯就拿去，祥春我來押伊睡午。」

明月終究聽話，洗淨臉，換了一襲短袖細花洋裝。要去大方家，有種異樣的感覺，小時常去那裡玩，長大了因暗戀大方，反而不敢去，卻故意從他家門前經過，看看他是否會坐在院子讀書或做什麼。結婚以來，那裡成了禁地，她再也不敢踏到村子的最後一排房子，怕見大方難為情哪。現在為送藥單，逼上梁山，卻又有點竊喜。

來到院子，未聞人聲，只有院邊雞隻吱喳。她走到廳前，探見無人，以為光敏伯母必在房裡，便往廳旁的主房喊：「光敏伯母，光敏伯母。」心裡想的卻是，大方過去的房間在西廂，不知換過沒。

這不是明月的聲音嗎？大方幾乎跳了起來，以為只是自己幻覺，掀開窗口布幔，卻見一窈窕小姐站在廳前，不正是明月嗎？他簡直不能相信自己的眼睛，人未出去，聲音已喊出來了：「明月！」

明月循聲音方向回過頭來，豈不是西廂，他仍住在那裡。她手執藥單，走到他房口。

「妳來了。」大方控制不住喜悅，濃黑的眉眼歡喜地望著她。

明月見他神態，突感不安，這人怎麼一點都不懂掩飾？

「門外熱，進來。」他給她搬過來一把椅子，靠著窗，她站著，沒有留下的意思。

「聽說光敏伯母生骨刺我媽要我送藥單來，我阿公曾照這藥單治好骨刺引起的疼痛。」

大方略顯失望，但失望掩不住他見她在他家裡的喜悅。

「我阿爸帶我媽去鎮上看醫生，下午才會回來。」他不管她來幹什麼，多少年來，她第一次來他家，穿著這身亮麗動人的洋裝，他怎能不怦然心動？他怎能不回想起她小時候來他家和他玩跳繩的天真可愛模樣，他是在這房子愛上她的，她來了，她終於又來了。

「我把藥單留給你。」明月將藥單遞到他面前，他看看藥單，失聲笑道：「哈哈，這張藥單對我較有效。」

他接過藥單，抓住她的手問：「這是怎樣？」她手背上有一道疤痕直直掃向手肘。明月不語，他臉色凝重望著她：「是不是慶生做的？」

明月輕嘆口氣：「你不要再問，這種事我也看得很開了。」

「我看不開，妳要講給我聽，誰把妳傷成這樣？我不允許。」明月是他的，誰敢在她手上割下這一痕？

「大方……」

「……」

「有天伊搶走掛在祥春胸前的金鎖片，我想把金鎖片搶回來，伊不肯，拿了一隻破碗向我的頭擲過來，我伸手去擋，破碗的缺角正好割下來……」

大方把明月攬到胸前。明月掙扎：「不能，不能這樣，……大方……」

「我不准有人傷害妳，慶生回來我要跟伊計較的。」

「伊是我尪婿。」

「伊應該保護妳，伊一點攏沒資格當妳尪婿，妳知道誰才有資格。」

「大方，不行，……」大方不容她再說了，他的唇壓著她的。她是他的女人，她一直都是。——明月，我等妳多少年了？那天在鹽田妳說祥春四歲了，我才驀然驚覺我已經等妳十三年了！十三年，多漫長坎坷，我還有多少個十三年可等待？看見妳這傷痕，我已沒氣力再搏鬥，明月，妳知道我有多心疼，多麼無法忍受多一刻的等待。妳也是愛我的，不是嗎——？他的淚水沾濕了她的唇。

明月掙扎出來說：「大方，你要啥？」

「我要妳，妳不知道我是最疼惜妳的人嗎？」

明月雙手勾住他的肩，她的哭泣幾近哀嚎。她緊緊箍住他的頸項，將哭泣的臉埋在他溫熱急切的胸前。

「這也是伊弄的？」他吻她胸口的疤痕。

「也是那碗割到的。」

——畜生，伊不配妳，明月，我怎能讓伊褻瀆妳。妳知道，我才是妳最好的，只要妳願意妳仍可和伊離緣，我一直在這裡等妳，不管阻力有多大，我都要將妳從伊那裡救贖到我身邊來——。

「妳自己來的，不是嗎？妳終於來找我了。」

「是。」

兩顆火熱飢渴的心在春日宜人的午後各自尋找著偉大神聖的理由，做著長久以來夢寐以求的結合。明月把她所有的溫柔和熱情都給了他，他給了她一個男人對愛人所能展現的魅力和野心。原野的火燎起了，一生一世，最誠摯最激情的一次。

8

明月一直不知道她在大方家那一次是對是錯，只知道這件事萬一給發現，她和大方不僅名譽掃地，家人也要為之蒙羞。可是他是她的，她也是他的，他們彼此互屬，她不後悔給了大方，那是他應得的，她從沒有過和大方在一起時男女肌膚相親的這般熱烈如生如死的感覺，直到現在，她都要想盡辦法壓抑再一次享受那感覺的慾望，這種事哪可能再有第二次？他們絕不可能了，她的手腳綑在道德的繩索下，她不敢也不奢望重溫他胸懷急切的、愛憐的溫熱。然而不管她如何抑制自己去找他，她已得到了最好的，沒有什麼事比這個更令她滿意，她很確信她懷孕了，懷了大方的孩子，是的，他們的愛情有了最好的結果，她得到他最好的部分了。她的月信一向很準，已錯過一個星期，她很確信懷孕了，甚至她在大方家時，潛意識裡就知道會有這樣的結果，她故意讓它發生，她要留下他最好的部分。她有時會想自己做的事真是賤得不如一條狗，但是大方對她的愛值得她這麼做，她給了他最好的，她就要有他們兩人的結晶，孩子會一半像他？或一半像她？啊，那是他們的共同體呀！

慶生再一天就要出獄，他必然會急著跟她肌膚相親，不管她願不願意，她都得和他在一起，她必須讓他及所有人相信，這孩子是慶生的。

大方連日來的心情都是和春風唱和的，沒有一個女人能讓他這麼迷戀，她一點沒有辜負他的情意，他不相信有任何女人比她更知道如何在床上討好他，她一定是像他一樣幻想過無數次，才能第一次身心結合就完美無缺吧。——啊，明月，我的明月，妳值得我為妳付出這麼多——。大方心想，慶生回來後，一定要找機會促成他和明月離緣，他要說服父母讓他娶明月，撫養明月的兩個兒子。

鹽田逐漸接近雨期，慶生坐了三個月牢，一回家裡來，異常安分勤力，每天上鹽田收鹽，帶兩個兒子到廟前玩耍，他進牢前，祥鴻還不會說話，現在已能發出簡單的音，他教他叫爸爸，琅琅幾口，祥鴻就跟著伊呀學音，直把慶生逗得樂不可支。看兩個兒子在廟前廣場橫衝直撞，他心裡不由得驕傲，明月又懷第三個了，這女人十足是他的，在他掌中，逃也逃不掉，他無須擔心沒有棲身之處，有了三個孩子，他的根已深植在這個小村落。他覺得在明月面前更安心也更理直氣壯。

除了到河中採蚵串外，明月儘量少出門，一則自生心虛不願出門見人，二則這次她暈吐得厲害，把她折磨得四肢軟弱，連剝蚵的工作也多由明玉擔當。最初三個月，她時常臥床，心裡不但不為苦，還想是大方賜她好命，讓她懷他孩子時免去操勞，可得閒空想念他。慶生出獄後的表現也讓她滿意，若不是他照顧祥春祥鴻，她哪能安心度過困難的前三個月。到她能出來走動時，雨期已將結束，她哪知大方因見不到她心急如焚。

大方只以為明月必是害臊避著他，其實已經不必了，他想告訴明月，既然有了那麼熱烈的愛情就沒有什麼可以阻擋我們了，我定要為妳解脫慶生的虐待。他兀自做著美夢，他的母親腰身疼痛雖有起色，但這場病給了她不少啟示，她非要大方結婚不可了，她幾乎懷疑兒子得了什麼隱疾，否則哪有一個男人到了三十四歲還不娶妻，難道他對女人一點興趣都沒有？那豈不是林家祖先缺了德，存心讓他們家絕後。她不客氣的對大方說：「你若是有啥症頭，早日治療，今年你若沒給我娶個媳婦進門，我就沒你這個子。」

母親的結論雖令人啼笑皆非，可是他也不願再等了，他強烈地需要明月，有了那場熱烈的肌膚之親，他已沒耐性再等待了，他不願再見明月身上有任何傷口，為了顧及明月的名譽，在她和慶生的事未解決前，他不能跟母親講他的決定。他急著要見明月，母親已經四處放話託人為他做親。他跟母親要回那張藥單，謄抄一份後，每天把原藥單帶在身上，想收鹽時若看到明月就以還藥單為名與她商量。但是雨期過後這兩個星期未見明月，只見慶生和明玉，他怕是明月出了事。這天黃昏未到他收了工，見慶生仍在鹽田上，他往明月家來。

明玉、明嬋在棚架下剝蚵，祥春、祥鴻在院中玩耍，獨不見明月，他問：「明玉，妳二姐在哪裡？」

「在灶間，有啥事？」

「我還伊藥單。」

他走向灶間，從窗口看見明月背對著窗整理水缸邊的柴枝，他站在門口喚她，明月扭過頭，見是大方，猶豫了一下，說：「進來。」

大方跨進灶間，明月轉過身來，大方的顏面與四肢近乎痙攣。——喔，天，怎麼會？怎麼會？這件事怎麼會發生？伊不值得妳這樣做，伊多卑鄙，才回來三個多月就讓妳的肚子這麼大，伊真是一刻也不肯饒過妳？還是妳對伊戀戀不捨，一點都不懂保護自己——？

大方站在那裡，沒有言語，心裡一條血河不知去往哪裡，他看到一叢荊棘滿布前路，他和明月都跨不過去，他不能原諒明月了，不能原諒明月不為他們的將來著想。

「大方……」明月看見他失魂落魄模樣，心生恐懼，關懷盡在眼裡。

「明月……妳不該，不該再有伊的囝仔，我們的將來要怎麼辦？」

「我講過，我無可能離緣，村子裡哪有聽過這款事，我若做出來，父母一世人也不認我，我在人前要怎樣舉頭？你好好一個人，何必拖這些囝仔？慶生也絕對不會甘休。」

大方的心給刺得那麼深，眼中神采盡失。內心交戰著——我懷著多大的希望來見妳，想都沒想到妳這款對待我，妳是絕不願和慶生分離嗎？願意一直替伊生子？妳素手就已將我心拆得四分五裂。明月，我只好離開，我再受不起任何傷害，上天知道我愛妳依舊，但為了留取殘身我必須離開——。

他將藥單遞給明月，勉強擠出一句話來：「明月，我已無可救藥，連這藥單也無效了。

今後妳要多保重。」他轉身要走，明月叫住他。

「大方，我沒惡意。」

他想再看她一眼，再看一眼，他心裡對她還是有牽掛。他提起一隻手撫她面頰：「明月，我就要離開家鄉去奮鬥了，妳要好好保護自己，不要太委屈，我才會放心。」

「你真的要走？」

「我已經幾歲了？再不走機會就沒了。只要妳還在家鄉，我總會有妳的消息。記得，要好好愛護自己。」

「大方……」

大方走了，從院子向河堤走去，未曾和院中剝蚵的人打招呼。她看著他的背影消失在她朦朧的眼裡，一返身，奔回房間，止不住眼淚大顆小顆和著鼻涕混在枕頭上，枕頭濕了一大片。——大方，大方，我怎能讓你知道這個孩子是你的？你若知道，一定不肯罷休，非要我不可，那時我倆會是村裡的笑柄，會讓父母無顏做人，這是我們生長的土地，若使得父母也難在這塊土地上站起，我們一輩子也不會幸福的。大方，你一走我會多孤單，以後我在村子裡也只是餬口度日，把日子一天天過下去，到老。不，不，我還有希望，我要看著你的囝仔大漢，是，不管是男是女，你都不會離開我，你最好的部分還是陪著我——。明月擦乾眼淚，不但不孤獨，她有了新的期待，她失去，又復得了。

那年農曆八月初，秋分未至，大方家張燈結綵，謝神拜天公，一夜喜樂喧鬧到天亮。獨生子娶妻，光敏伯母非常隆重，這對象是她千挑萬選看中意的，女孩子家住佳里鎮，小學畢了業，識字呢，識字的女孩子一定有家教，她父母在鎮上開油行，這女孩子乖，小學畢業就幫忙家裡，快三十歲了，雖是大了點，大方也有三十四了，兩人正相配。光敏夫婦高興得不得了，從下聘定親那日起，就沒有一天好睡，日夜都想著這婚事要如何張羅。大方則張羅著離鄉的事，他已經決定去高雄，這個新興的港都發跡機會比台南多，他聯絡捕魚時在碼頭認識的朋友，為他注意哪裡有工作機會，並為他尋找一個可以暫時棲身的住所，他要把妻子也一起帶去。結婚前一日他已將自己的皮箱整理好，可能用到的衣物都放進皮箱裡，關上皮箱的最後一刻，他從床頭抽屜拿出口琴，不斷搓撫琴身，想著什麼，冰冷的琴身溫熱了，他湊到唇邊虔誠賜予一吻，然後將它放入皮箱最隱密最重要的位置。

同年十二月，除夕前五天，明月產下一名女嬰，這不是過去大方捕魚回來的日子嗎？明月在陣痛恍惚間聽到河上傳來的炮竹鑼鼓聲，以為是大方趕回來看她，清醒的剎那，她才憬悟，大方不會隨漁船回來了，漁船的鑼鼓聲裡不再有大方挺直的身影和親切的笑容。

9

明月問知先：「阿爸，有沒有一個字，意思是四方遼遠，無阻無礙。」

「我們海口人，水字旁『浩』字最合。」

「那就取做『浩』。」

「女子喚祥浩恐怕太硬氣。」

「水又軟又柔，怎會硬氣？」

明月相信天地間，溫柔最美，祥浩就有那令人欲親之臨之的溫柔氣質，生來安靜不煩厭。她的臉蛋完全像明月，兩頰豐美，雙眼渾圓烏亮，嘴唇薄厚適中，鼻子小巧稚氣，只有一個地方不像，那是大方的，兩道濃黑眉毛，彎曲的角度和大方一模一樣，來日長大，這兩道眉必然更濃黑細長，手腳似明月又似大方，他們本都有一副高挺細長的身軀手腳。

慶生十分寵愛祥浩，她是他見過最可愛最美麗的女嬰，那靈活含笑的雙眼真像明月高興的時候，這是他的女兒，無論抱到哪裡，都能贏得別人的讚嘆驚喜，因為這孩子的關係，他對明月常存感激，每當他想對她發火，只要看到祥浩，心頭火就消了一半。祥浩成了明月用來對付慶生的利器，只要她手裡抱著祥浩，慶生的拳頭就不至於落在她身上。

件洋裝裡。

為了防止慶生私拿她積存的錢，明月也學母親將荷包袋繫在腰間，為了掏錢方便，她從此不再穿洋裝，那件短袖細花洋裝成了她的紀念物，摺放在櫃子的最裡層，她將口琴裹在這件洋裝裡。

臨秋時，明玉要出嫁了。明月拿不出添嫁妝的錢銀，找阿舍商量，阿舍說：「女孩子有就嫁多，沒就嫁少，看男方給多少聘金，再決定這筆聘金可以買多少東西，人家若給伊多，是伊的福氣，若給少，我們不是多有的人家，自然不能添多。」

「明玉伊替厝內做了不少事，艱苦也吃到了，今日要嫁，不應刻薄，免將來給那頭的人看無。」

「平平是女兒，妳們結婚那時，我沒添啥給妳們，現在輪到明玉，厝裡依然是空空……」

明月想著父親那筆踏三輪車積下來的錢財，如何母親不肯拿出來？

「金銀首飾明玉是一樣無，伊也從沒要過，不管男方送啥來，我們起碼要給伊準備兩條項鍊，幾只戒指。」

「我有一只戒指給伊，其他的還是拿聘金買。」阿舍這般堅持不為別的，為的是孩子長大了，一個個嫁出去令她惶懼不安，如果老了身邊子女都走了，她一身病唯有留住金錢才是後路，因此到了要用錢的時候，她猶豫不肯出手。

明月看重明玉多年來替她分擔不少家務，姐妹情深，今日覓得歸宿，她該有所表示，做為祝福。她有兩只戒指，一是明心遺贈，一是結婚時母親所贈，她想把這兩只戒指送給明玉，她能給明玉的也只有這些了。

她找戒指時，發現放在抽屜盒子裡的戒指不見了。除了他還有誰。明月心知肚明，她的這只給伊倒算了，可他不該把明心的也拿去。她憤怒地四處找慶生，河堤和鹽田上都找不到，抱起祥浩，她來到賭間，第一次來，最憤怒最無視廉恥的一次。賭間依舊是煙霧瀰漫，床上有人玩十胡、骰子，地上擺了兩張麻將桌，慶生坐在麻將桌前吞雲吐霧，摸牌的姿勢十足是樂在其中，她從沒看見他那麼專注過，不由更加惱怒，她走到慶生邊，問道：「我的戒指呢？」

慶生沒想到她會出現在這裡逼問他戒指的事，女人到賭間來找丈夫已夠令人沒面子，還在這麼多人面前問他要東西，他臉色僵硬說：「不知道，妳的東西為何找我拿？」

「別假了，把戒指還我。」

牌桌因她的來到氣氛變得十分緊張，慶生很覺尷尬，這女人真是太久沒修理，不知好歹，他趕她：「要戒指找妳娘要，這裡沒妳的事，妳回去。」

「你跟我走。」

「妳娘，再講吃打。」慶生臉色漲紅了，賭間裡的聲音沉靜下來，這種沉靜異常的氣氛令慶生更加難堪。他站起來想給她一巴掌，卻見祥浩在她懷裡，在眾人面前算是饒了她一次。他說：「妳先回去，這圈賭完我就回去。」

「我就在後間門等。」

明月抱著孩子走了，她本就想早早逃離這煙霧瀰漫的所在，祥浩嗆得眼淚直流卻吭也不吭一聲。她拿了一把椅子坐在後間門口，賭間都踏進了，她還顧忌什麼？非要跟這放蕩子爭一場，查出戒指的去向。

明月一來，不但出語不遜，一走，把他的好運都帶走了，他連連輸局，心中咒罵，一圈結束，摸起剩下的幾張薄薄鈔票，告別玩牌的兄弟，揚揚眉毛，神氣說：「這女人太拿喬欠教示，非修理不可。」

他出了街，走幾步路，果然看到明月手抱祥浩坐在後間門口，待走近，明月怒問的聲音已經傳來了：「明心給我的戒指還我。」

「在當店，有辦法，妳去拿。」他站在她面前，居高臨下，方才在賭間的羞辱湧起，什麼顧忌也無地，刷地一巴掌落在她面頰上。明月只覺臉頰熱辣辣，心頭怒火轟然燒起，她站起來，也想給他一巴掌，卻怎麼也打不著。兩人在門口拉扯，慶生口中不斷咒罵她是瘋女人，明月的憤恨都在緊握的拳頭上，她掙扎著要把這拳打在他下顎，讓他痛得不能口出惡言。慶生卻大手一揮，一拳撞在她頭上，她昏頭轉向，腳步難穩，懷中的祥浩掉落了，掉在門口的小水溝裡，半邊身子泡在水溝中，啼哭聲乍如平地一聲雷，撼動兩人，明月猶頭暈腦脹，不辨東西，慶生彎下身把祥浩從溝中抱起，她僅著一件短袖連身裝，身子的右邊全濕透，小臉因啼哭漲得通紅。明玉明嬋在前院聽到祥浩如雷貫耳的啼哭，都跑過來，明月正當清醒，一手奪過祥浩，擠開這群人，將祥浩抱到院中洗澡更衣。

祥浩的手臂屁股因撞到溝邊，數處瘀紫，屁股尤其嚴重，難怪哭得這麼厲害。明月為她淨了衣服，自己因慶生頭上那一拳，耳中嗡嗡作鳴，別人說什麼，她聽也聽不仔細，——這畜生，怎可往頭上打，真天殺的，老天為什麼不殺了伊——？明月知道自己也高貴不到哪裡去，她能罵人，能打人，能咒人，什麼事能難倒她？

她的耳鳴到第二天就好了，祥浩卻日夜啼哭不止，進食就吐。祥浩一向安靜，不斷的啼哭把明月的心都哭碎了，慶生心疼地抱她去廟口散步拜拜求平安，仍未見好轉，阿舍突生一計，問明月：「妳記得怎麼收驚嗎？妳十幾歲，阿嬤她還在時不是教過妳？」

這麼久的事了，為了祥浩，什麼方法她都願意試，她努力回想，竟也不怎麼困難就記起了，於是取來白米一杯，蓋上祥浩的衣服，點燃三炷香，左手抱祥浩右手拿香及罩了衣服的米杯，在祥浩面前揮動，口中唸道：

香煙通法界，拜請收魂祖師降雲來，四大金剛降雲來。天摧摧，地摧摧，金童玉女扶同歸。收起東西南北方，收到中央土神公。本師來收驚，不收別人魂，不討別人魄，收妳信女許祥浩，本命宮一歲。收妳魂魄回，備辦魂衣魂米，拜請列位尊神助我來收魂。三魂歸做一路返，七魄歸做一路回，燒金燒錢燒化江湖海，毫光發現照天開。拜請收魂祖師下金階，神仙兵將降雲來，緊急如律令，神兵神將火急如律令。仙人為我敕白米，祖師為我敕白米，眾神為我敕白米，白米敕起起，敕離離，消災解厄心無病。香煙拿起通法界，三魂七魄收返來，收魂三師三童子，收魂三師三童郎，不吃黃泉一點水，萬里收魂也得歸，魂飄飄，歸路返，魄茫茫，歸路回。魂歸身，身自在，魄歸人，人清采，收妳祥浩三魂七魄回返來，緊急如律令，吾奉太上老君敕，神兵神將火急如律令，緊急如律令。

收驚文唸完，她掀開蓋著白米的衣服，平滑的米杯上浮起三四粒白米，方向指向後間門口，她記起小時候阿嬤替她收驚的動作，她照樣，抓起那浮起的米粒往後間門的方向撒去，口中唸道：「無驚無驚，不給祥浩驚，給狗驚，給鼠驚。」擱下香炷與白米，她把祥浩攬到胸中，又親又吻，祥浩安靜了一會，哭聲又如破天，明月擔憂依舊，望著阿舍問：「媽媽，收驚有用？」

「已經收了，有用沒用只好看伊的症頭。」阿舍也面露驚憂了，愛憐地看著這位可愛的孫女。

大方，你要保佑女兒平安無事，明月胸懷祥浩，心中默禱。她十分想念大方，默求他的保佑時心裡有絲甜蜜，因為無人知道她心中還有一股力量，可以默默求助，雖然這股力量已不知離她多遠，落在哪個她不知的所在，過什麼樣的生活，但她默默與他分享女兒，這就夠了。

入夜後，祥浩不吃不睡，原來如洪的啼哭聲音弱了，臉色逐漸由蒼白轉青，明月止不住眼淚奔流，她抓住同樣慌張的慶生說：「該怎樣？看伊似乎要斷氣，臉色青得這樣。」她跪下來，雙手合十祈求上天庇祐。

慶生縱然後悔不該在後間門摑明月那巴掌，也無能改變嬰兒受傷的事實。祥浩微弱的啼哭和發青的臉色令他驚惶不已。他拉起明月，急切地說：「給伊穿件厚衣服，妳自己也整理整理，我騎車，妳抱伊坐後面，我們去佳里找醫生。」

「天這麼黑，路途這麼遠……」

「不去伊就會沒命。快，我去找個手電筒。」慶生轉身出去了，明月快手快腳替嬰兒和自己套上厚衣服，也替慶生拿了一件衣服，數數荷包裡的錢，應該夠吧？

阿舍、明玉、明嬋、明輝全懷著憂傷擔心的臉色站在院前送他們，慶生將手電筒綁在鐵馬前的把手，這是初一夜，四處漆黑無光，他踩下踏板，載著明月、祥浩騎向那灰黑的鹽田路。

海口夜涼，月光全無，四方一片漆黑，只有車前的手電筒尋找狹窄的鹽田路，車鍊子的轉動聲在寂靜無聲的鹽田地急切如火，慶生為了辨識方向，常需把手電筒挪高，探見那一格一式的方正鹽田間，哪條小路才是通往佳里的徑道。他的額頭在夜風冷露中淌著汗，踩踏板的腳痠了，但不能停，一刻也不能擔誤，孩子的哭聲不是比車鍊聲更微弱了嗎？他甚至可以聽到明月緊張擔憂的心跳聲。明月坐在慶生後面，黑漆漆寂靜的趕路夜晚令她害怕，她看不到祥浩的臉色，但透過這層裹著的厚衣物，知道祥浩還是溫熱地呼吸著，慶生趕路的忙亂與艱辛，令她又感動又羞愧得雙頰發燙，如果他知道這孩子不是他的，伊會怎麼想？伊還會疼祥浩嗎？明月將臉貼近孩子的頭，默唸著：「祥浩，妳要記得在這黑暗暝，妳的爸爸慶生為妳趕路找醫生，伊雖然害妳跌到水溝裡，但那是對我不是對妳，妳若有福養大，不要忘了伊的恩情。」

鐵馬騎到一個小村落，村口廟門有熒熒小燈透來，是他們整條路上僅見的一線光芒，這光芒帶來溫暖與鼓勵，他們兩人情緒略為鬆懈。過了廟門，又是一片漆黑。唉，明月嘆道，沒有月光的夜晚更增趕路焦心人的恐慌，如果她的能力辦得到，她往後一生做人願像父親給她的名字，明月，明月，照人心明，照人前路。慶生雖放蕩愛賭，對兒對女卻真情負責，他本是失了父母疼愛的孩子，她應該讓他有享受疼愛的感覺，她願是他的明月，幫助他，讓他在人生的路上做個成功的人，不要成天屈在賭間當那看不見日頭月娘的人。

兩個多小時後，車子停在佳里鎮車站前街道最顯眼的一家診所，時近凌晨三點，街道靜悄悄，黑暗不能淹滅他們的希望，慶生走到診所前，敲門又按鈴，站在街的任何角落都聽得到屋裡短促慌急的鈴聲，他們的心跳也如那鈴聲一樣短促慌急。五分鐘後，醫生和醫生娘來開門，這樣著急的按鈴和敲門讓他們意識到可能是一位緊急的病人。慶生將祥浩抱給醫生，醫生攤開她的衣帽，在日光燈下，老醫生嚇了一大跳，這嬰兒的氣息微弱，臉色青白，雙頰凹陷，他瞪著兩位父母責怪地問：「怎麼放到現在？」

「不知會這麼嚴重。昨日中午摔下水溝，手腳屁股攏黑青了，吃米奶就吐，一天就消瘦落肉了。」明月說。

「醫生拜託你一定要救伊，若救得活，我一定一世人報答你。」慶生幾乎要跪倒求助。

醫生娘請他們坐下，醫生摸摸孩子的肚子，脹脹的，戴上聽診器聽過後，他說：「氣不通，可能是腸子絞做夥，一定要送去台南動手術，這麼小漢的嬰仔，最好送較大間的病院才安全。」他問他們：「多大了？」

「八個月。」慶生說，注意著醫生的神情。

「一定要手術？」明月聽說這麼小的孩子要動手術，六神無主。

「要馬上送去台南找病院，看醫生怎樣說。看伊的情形，沒吃刀仔尾不行。」醫生很肯定地說。

慶生謝過醫生，抱起祥浩，出了門要騎上鐵馬趕往台南。醫生和醫生娘出來阻止，醫生娘說：「你這時騎去台南起碼要四、五小時，車震動對嬰仔也不好，不如車放這裡，去車站坐五點五十分往台南的早班車，一小時就到了。」

還要兩個多小時，祥浩能撐嗎？他現時即使騎鐵馬也不會比早班車到台南的時間快，醫生娘說得對，再慢也得等，祥浩一定撐得了。

兩夫妻坐在冷清的車站座椅，眼巴巴盼望天色轉白，從來沒想過，夜，竟是這樣長。明月抱著祥浩，慶生擁著明月，這漫長的夜像首寂寂的、悲切淒涼的曲子，老是唱不完。他們的雙眼都不曾離開祥浩青白虛弱的小臉。

年輕的外科醫生說，再晚一步就不行了。他從手術室出來，說那嬰仔是摔落時屁股突受重挫，挫力太猛，小腸滑進大腸，腸套結，血液循環受阻，不能進食也不能排泄。嬰兒血管細，割了兩腳皮肉做靜脈注射及輸血。肚臍邊割了長長一刀，十來公分。

孩子送回病房，黑暗的心頭終露曙光，兩人守著病床邊的小病人，疲憊和煩憂鞭打著彼此的面目，慶生說：「妳在這裡顧伊，我趕回厝通知伊們，順勢借錢付住院費。」

「這筆錢恐怕不少。」明月愁眉不展。

「夠我們曬幾年鹽來還了。」

慶生走了，明月獨自一人陪著祥浩，祥浩小小年紀，雙眉深鎖，那濃黑的眉是大方的，祥浩若有不幸，她豈不是連大方也失去了嗎？和慶生共經了這場痛人心腸的經驗，無非是她對大方不死的情意，堅守著兩人共同的女兒，她怕女兒若遭不測，失去大方的悲痛會令她的生活毫無意義，然而就在慶生疲憊又慌忙轉身離去的剎那，她無寧相信祥浩是慶生的孩子。

「剝了我的老皮都不夠付嬰仔的住院費。」阿舍從慶生口中得知住院費高達數千元，皺紋攀爬的嘴唇拉得更薄，她盤算著五斗櫃小木盒裡的錢，全數傾出也不足應付，這對夫妻以為她有多少底，知先賺回的錢東補西貼的，哪能全數歸她。但為了可愛的祥浩，她忍痛拿出一半來，覺得這世界上再也沒有比她更仁慈的老病人了，她對慶生說：「連明玉的嫁妝攏貼下來，總共只有這些，不夠的只好去借，祥浩若好，你和明月兩人就要勤力賺錢還債。」

慶生原是有賭債的，為了祥浩，他開口向賭友借，向村長借，向三嬸婆借，向不相干的人借。東借一點，西借一點，湊了一筆整數，卻覺人格給踩到底。向賭友借賭錢容易，借住院錢人家當你要捲款，他縱然心裡不爽快，拿了錢也像見了祖宗似的，跟人家拜了又拜，心裡卻咒罵，等你爸哪天發了財，看你們這些人還能為這點錢搖擺多久？

知先回來為明玉主婚，明玉丈夫在台南一家塑膠工廠吃頭路當領班，高中畢了業，斯文人一個。知先一點不替明玉將來擔心。雖然阿舍堅持不肯拿出錢來，男方倒不看重這些，明玉的身穿嫁妝全是聘金買來的。她嫁那天，知先偷偷塞給她幾張鈔票，是他自知道明玉有對象來往後每個月暗暗為明玉省下的。薄薄的幾張鈔票給了明玉後，他再也無能替慶生夫婦還債，事實上，女兒們自小為家庭付出，出嫁只給那麼幾張鈔票，偷塞給她時，心中的痛，像一條無聲的淚河。

10

民國五十六年春。

小村落的鹽田路上揚起一陣風沙，灰黑的，有點黏，只一剎那就落定。遠遠的，灰黑中的一點小影子，慢慢變大了，廟口擠滿的人潮眨也不眨一眼地緊盯那影子。影子過了往鄰村的橋頭，向村子的方向爬了個淺坡，廟口的人抵不住喜悅，歡呼之聲，天震地動。

這是駛進村來的第一部客運車，鄰村連鎮，人口多，通駛客運車已五年了，這個小村落才有了自己的客運車。從此，他們再也不必頂著寒風冷露炎陽酷暑走那迢遙路過窄橋到鄰村，日子有新的喜悅新的希望，以後從廟口可直達佳里，至佳里可轉台南，台南可通高雄、嘉義、台中、台北。真真是一條通往世界的路，村人的前途因著這班客運車的駛入充滿了奇異的幻想，外面的世界不再是那麼深不可測了。

人們可以每日輕易往返佳里。過去擔魚上佳里販賣的村人，現在只要照那車子進村時間等在廟口，三十來分鐘人就可置身鎮上，賣完魚，趕十二點回村的車子，時間充裕得不知如何打發，坐在車站裡遇上同村等同班回程車的人就聊將起來，說那佳里的商店、小販、廣告看板及種種市街改變，他們把外頭進步的消息帶回村裡，村人開始神氣地談論時勢種種，儼然這個村子不再是個被遺忘了的封閉世界，只要撥出空，廟口一站，車子一來，就可以通向世界的窗了。

同年六月，有件令村人更能昂然與外界交通的是，村子要設小學了。村子的代表和教育廳來考察的人協議，要將小學蓋在廟門東方面向鹽田路的方向，讓人們一進村就先看到學校，因為這所學校是全村民渴望多時才成立，他們的子孫再也不必在外地寄宿讀書，貧窮的人也不會因為負擔不起外宿開支而廢學，就近讀鄰村學校的學童也可轉到新學校，不必每天走上近小時過窄橋就讀。

七月校舍動土開工，廟旁的一排榕樹都成了校園，蔭蔭綠綠的，對過是河流，放眼是白紛紛無垠鹽田，橋頭浮起的小坡是運鹽小板車的窄鐵軌，那座通鄰村的跨河窄橋實際就是板車的軌道，兩條鐵軌分割三條木板，中間粗，兩邊細長，全橋寬不過來尺，長卻有幾丈，心若無膽，一上橋見那橋下河水滔滔必然寸步不敢行走，但那長長的鐵軌橋無疑是長久以來，小村與外界聯絡的通道，細細長長的，夕日掩映下，安穩美麗。如此教室未成，操場校園已展風姿。頭一年校舍未蓋好，學生借用廟裡廂房上課，老師都是剛師範或高中畢業的年輕人，來到村中為師，村人視他們如聖賢，漁產蔬果時有相贈。帶孩子上學，或在廂門外看孩子上課，間而也跟著孩子讀一兩句課文成了他們的新樂趣。

祥春正好趕上第一批學生，明月每天送他到廟裡廂房，學生制服是她替他縫製的，可是沒餘錢給他買皮鞋，只好讓他將就穿平日穿慣的塑膠拖鞋，祥春上了幾天學，卻是連拖鞋也不穿了，學其他村童打赤腳上課，他把唯一的這雙塑膠拖鞋洗淨藏放床底下，只有明月帶他上佳里時才穿著。

這年秋天，明月生下第三個兒子，取名祥雲。祥雲生得酷似慶生，方方的小臉落出兩團圓腮，雙眼俊秀明亮，無有喜怒時亦覺含笑。慶生雖亦天生一對含笑好眼，一旦心中不快，怒意飛來，那含笑的眼立時如五馬狂奔，令人驚魂，明月望著祥雲和父親一模一樣的雙眼、鼻嘴，有一種說不上的悲哀，想那慶生小時該也是天真可愛的，怎奈際遇把人捏變了形，一上牌桌，六親不認，喜怒全令人捉摸不定。

慶生嗜賭好比是皮肉上的一刀，刀疤隨人一生一世，再也無法抹去。他和明月吵架時說：「把我十隻指頭砍掉我還是要賭。」

明月換了一副溫婉態度問他：「我們一空二白，你拿啥底去賭？」

「有就賭大，沒就賭小，別管妳爸。」

想慶生的嗜賭成性真令人肝腸寸斷，明月已不想跟他爭吵了，她總念著他對兒女的好，她暗暗發過誓要幫助他在人生路上爭一口氣，莫讓人因他愛賭把他看低了。誰知慶生竟一點也不知爭氣，他在外借的賭債和當初為女兒住院欠下的債務已令他們無法在村子抬頭了，人們怕慶生還不起錢，再不肯把錢借他們，村子裡流傳著這樣的耳語：「阿舍伊明月是真賢慧扶厝，不知怎樣歹命，哪會招到這個壞子囝仔做尪婿。」

耳語傳到慶生這裡，加上借款被拒，他對這村子頓生憎惡，他恨起來就立志出人頭地，恨氣一消馬上忘了曾立的誓，牌桌一靠，也不想那出人頭地的事了。可是明月在這村中已到了坐立難安的地步。

她原是村中備受讚美的好女子，與慶生結為夫妻後，家境不但未見好轉，近一年來負債難還，人人不敢再借錢給他們，她一出門，就低頭俯首自卑得無言無語，這原不是她的個性，以前她與人和諧，人緣好得像春風，人人喜與她親。現在她恨不得每天不必走出大門上鹽田下河岸，只怕一出門，背後人家就要談論她那天真志短，不求上進的夫婿。

祥浩常跟她上鹽田，繞在她身邊陪她，常趁她不注意，偷偷追抓那打眼前過的白鷺鷥，鹽田泥滑，經常摔得一身濕泥，逗得明月開懷大笑。她真像大方，總有別人不曾有過的夢想，怎會想去抓那靈敏翱翔的白鷺鷥呢？多次不成功卻還要抓。每次替祥浩擦泥巴不由要想起大方，離村三年多了，未曾回來，她知道這個人的，若沒成功絕不會回來，幾年前他不是在廟裡觀音像前發誓受在外落魄潦倒，永遠不能回鄉的罪？他是有這等志氣的。明知如此，每年元宵廟前燈會擂台不見大方，仍令她心頭寂寞不已，不知他此時此刻在做什麼。

這年方入秋，鹽田每天結出成千上萬顆鹽，明月和慶生、明嬋每天都到鹽田收鹽，工會載鹽的小板車一天要進出兩趟，把堆在泥台上的鹽載去製成食鹽。這天下午的板車剛過，鐵軌那頭走來三名衣衫隨便的青年，一字排開往慶生他們的田上來，明月先看到，碰碰慶生的肩膀，問：「那不是阿柳伊們嗎？好像是來找我們。」

慶生舉頭一看，腳底已發麻，罵道：「伊娘，討債討到這裡來，我真的會欠債走路？」他覺得人格給掃落地，握緊手中扁擔。

三人一來，二話不說，一人一拳，落在慶生臉上、肩頭、肚子，慶生抱腹揮起扁擔要向他們劈去，明月伸手抓住，這扁擔會劈死人的。她正色問那三人：「怎樣一句話不說就打人？不怕我們告你們？」

「告？誰告誰？一筆債欠半年，我手頭緊了向伊討，伊還會在我臉上吐涎，伊祖嬤哩，我沒砍死伊已經很給面子了。」阿柳向前抓起慶生的衣領，猛向他肚子揮拳，慶生也不讓，試圖要把這個仗著幾文錢欺人的阿柳打個落花流水，兩人在鹽田上翻滾，另外兩名兄弟要來幫阿柳，明月明嬋不讓，一人守一人，與兩名兄弟扭打。別格田上收鹽的人看到這邊混亂，紛紛放下工具跑來勸架，費了大勁才把這三對人拉開，慶生和阿柳一身泥和鹽巴，慶生鼻孔鮮血直流，勸架的人見狀都不准他們再打了，大家都怪阿柳不該找人找到鹽田來，先打人的就是不對。

阿柳抱著痠疼的雙頰，威脅說：「十天內不還錢，看我把你厝放火燒。」他和兩名兄弟悻悻離去。

眾人見事已平息，原來是欠債未還，他們素知慶生，不便說什麼，免他開口向他們借，都說：「巧早回去把傷糊糊，沒事就好。」然後回到自家鹽田繼續工作。

明月和明嬋相對無語，兩人第一次和男人打架，震嚇未過，竟不知有這等力量，等神色稍恢復，明月看見慶生抓起衣角擦鼻血，全身都是爛泥和鹽巴，她說：「回去歇睏，十天內要還的錢我來借。」

聽明月說要替他還債，他頓時安心不少，為了答謝她，他故意擺出男子氣概來，堅持不回去歇睏，還要收鹽。

「還是回去吧，你這一身黏糊糊，人怎會清采？」

「不要。」慶生堅持。拿起扁擔，埋頭擔鹽堆放泥台。

明月無心工作，望著大片鹽田無垠的白紛紛，心頭也亂紛紛，容顏慘澹，愁眉不展。

這筆錢是阿舍替他們還掉的，阿舍說：「老皮貼老骨，貼得光光光，你們要賺還我，若無，這間厝內沒有你們好吃睏。」阿舍故意低聲咬了一句，要慶生僅記在心：「囝仔攏四個了，還在落魄了然。」

慶生聽到了，連這個老丈母都看不起他，這個難站起的村子還有什麼可留戀的，他想逃離這地方，逃離這群討厭的人，也逃離債務遠遠的。

有天，在鹽田上，他跟明月說：「明月，我們要離鄉了，在這裡一世人給妳媽媽咬死了，有何出頭？」

明月很驚訝他說要離鄉，良久才說：「你若是村裡站不起想離開就不要說是我媽媽咬死你，你的債若無伊還，人家不知還要把你打成怎樣。現在我們還有債，怎可離開村？」

「去外地賺來還，若不去外地賺，這塊鹽田地做一世人也不能出頭。」

咦，多像大方的口氣。

「去哪裡？」

「高雄。」

高雄！那是大方住的地方，她也可能去到那地方嗎？他們能離開嗎？媽媽會答應嗎？

「當初媽媽有講，不准我們離開伊這間厝。」

「彼時此時不同款，妳看，學校也有了，車子也通了，時勢每日在變，明輝都十七歲初中要畢業了，等伊今年熱天畢業，厝交給伊和明嬋，我們就去高雄討生活。」

「明嬋已經二十一歲，厝內也待不久了。」

「妳去跟妳媽媽講，熱天一到我們就要離開厝。」他堅持。

興奮與擔憂同時折磨這位小婦人，她何曾想過有日要離開這塊土地，便利的交通改變了一切，通車以後，村子出外謀生的人多了，使慶生也萌發離鄉的念頭，雖然他逃避賭債的心態多於奮鬥的決心，可是去都市奮鬥總比死守著這片鹽田好吧？大方是對的，他比誰都快了一步，一想到大方也在高雄，她就覺得到那地方必然不寂寞，只要想著大方跟她在同一個都市飲水呼吸，日子必比在村中有趣味多了。然而媽媽會放他們走嗎？明輝已說不再讀高中，可是他願意曬鹽嗎？

她照慶生的話跟阿舍說，阿舍拿起床頭杖就要往她肩頭打，看她也是一副躍躍欲飛的樣子，心碎地放下拐杖，問她：「這間厝要怎麼辦？」

「明輝畢業可以扶了。」

「一個讀冊囝仔，我不敢望伊有氣力擔鹽。」

「擔一陣子，不行再說，妳沒看很多人都去都市打拚了，妳若讓我和慶生去，不定幾年有成功，較贏曬一世人鹽田。我們若賺有，怎會沒妳一份？趁這時明嬋未出嫁還能照顧妳，妳就放我們去奮鬥。」

阿舍想著外頭世界，真的有金山銀山等人開墾，明月肯吃苦，放她去，不怕伊不打拚，倒是慶生學好學壞難說，她擔心的是慶生。

「明月，不是媽媽無情要留你們看我老，今日慶生在我們厝，妳若受委屈還有父母在，伊不敢太過分，你們若出去，伊的個性不穩定，若在外頭受啥不爽快的事，回來找妳出氣，我驚的是妳吃苦無人照顧沒人讓妳靠。」

她聽得心酸腸裂，天下沒有不是的父母，媽媽還是顧慮得周到，身子雖糊塗心眼卻明，守分守兩，原是怕她吃了慶生的虧。

「媽媽，我有自己的家庭，囝仔也四個了，不能再靠妳遮蔭，妳免為我煩惱，我自己會保重。」

「唉，鳥仔翅長硬了怎還留得住？看慶生伊是一時也待不住了。你們要去就去，不過囝仔要留在厝內，一來你們初去，地頭生分，又要找頭路，囝仔帶在身邊只有拖累，二來，賺了錢寄回來養囝仔，慶生才不會拿錢胡來，你們還欠人家一筆債，初去時若不趕快寄回來還，以後腳步要踏進村就難了。」

「多謝媽媽替我看顧囝仔，我若生活安定下來就把兩個大的先接去讀冊，兩個小的留著，每月會按時寄錢回來給妳。」

「我若收到錢，替妳跟會，過個一年，先標會還錢，再慢慢納死會。」

母親已經同意他們離開了，慶生得意得心頭沸騰，明月問他：「我們一時去高雄，要住哪裡？」

「煩惱啥，一班車轉到高雄，先去找我同村的，我知道有幾個已在高雄討生活了。」

「先通知一聲才不打擾。」

慶生照她的意思做了。

離開那天，明嬋手裡抱祥雲，祥春、祥鴻、祥浩並站在院子，祥春已讀二年級，懂得父母這次離鄉很不平常，他安靜地看著他們，祥鴻拉著明月衣褲，哭泣著要扯下她的包袱，四歲的祥浩睜著圓亮的大眼睛問明月：「媽媽，妳要去哪裡？」

「去很遠，妳要乖乖聽阿嬤的話。」

「妳是不是去賺錢給我們買米奶和衫褲？」

「誰跟妳說的？」

「阿嬤。」

「是，媽媽和爸爸有閒會回來看你們。祥鴻，放手。」她抱起哭泣的祥鴻，祥浩走來扯她手，不讓她抱祥鴻，慶生見狀將祥浩抱起，祥浩小手環住他的脖子，不知離別，高興地說：「爸爸，我長大了也要去賺錢。」

「賺給爸爸花？」

「還給媽媽花。」她笑得兩眼閃亮閃亮，讓慶生難捨難分。

放下孩子，阿舍將祥鴻祥浩攬在身邊，兩夫婦轉身走了兩三步，明月回過頭來，看見祥春站在屋簷下，與她四目交接，安靜地淌著眼淚。她回過身來，眼淚也悄悄落下來，腳步艱難又沉重，卻又不得不狠心跨出去。——我的心肝子，為了將來，我不能不走，你要記住昨暝媽媽交代你的，要好好看顧弟妹，你一定會聽話的，心肝子，你最知媽媽的心了——。

第四章

港都夜雨

1

今日又是風雨微微異鄉的都市
路燈青青照著水滴　引阮心悲意
青春男兒　不知自己　要走叨位去
啊……飄流萬里　港都夜雨寂寞暝
想起當時站在船邊講得糖蜜甜
真正稀微你我情意　煞來拆分離
不知何時　會再相見　前情斷半字
啊……海風野味　港都夜雨落未離
……

誰家的收音機時時播放這首歌曲，悲切的歌聲，傳滿整條炊煙裊繞，暮色昏黃的窄巷，明月坐在屋簷下，拿葉扇對著小泥爐搧風起火，臉上燻得通紅，喉嚨嗆塞，有時咳兩聲，有時淚水點點，也不知是傷悲還是煙燻的，只覺初來高雄的茫然給那歌聲傳到了十分，聲音雖是男兒的感慨，兩情相比，足夠令人心酸魂斷。

那天別了家門兒女，轉了一天車，到高雄已是黃昏，港都飄著斜斜細雨，他們右手撐傘，左手拎行李走了將近一個小時才找到住在鹽埕埔的慶生同村朋友。那朋友在漁港工作，租了一間小木板屋，裡頭只有一張通鋪和一個小小廚房連餐廳，一家四口都睡在通鋪上，為了他們到來，在通鋪連廚房的走道上鋪一張草席，她和慶生睡在這張草席上，身上蓋的是他們行李帶來的薄薄被單，走道上可以聞到廚房油膩的臭味及廚房外廁所的尿騷味，屋外雨水打在鐵皮窗板上，滴滴咚咚，蟑螂爬在他們身上，麻麻癢癢的，濕黏黏的身子，陰慘慘的異鄉睡夢，出外人的悲涼誰人能懂？她第一個想到的是，大方初至高雄，是否也受過同樣的罪？這都市的窄屋窄巷實在比不上村子厝院的寬闊呀！

然而都市畢竟是都市，車子駛進高雄的那一刻她就體會出這個大都會的壯闊，是她從來也無法想像的繁華世界，街上有那麼多的攤販和人群，過了一條街又是密密麻麻的住宅。車子走了半小時，沿路都是住宅與人群，這樣的盛景佳里小鎮哪可相比。過去她只以為佳里就是繁華世界，今日方知那不過是汪汪大海裡一顆小小的珍珠，難怪常出海至各港口的大方幾年前就下定主意來都市。這裡有五光十色誘人的霓虹，但那霓虹也令人如船行大海，茫茫失落不知去向。好幾個夜晚，她和慶生走在霓虹閃爍的街上，夾在人海裡，直覺得自己要被這人海燈浪吞噬了。工作未有著落，身上只有幾塊錢，城市越大越顯個人的卑微渺小。舉頭處處是機會，找起工作卻處處碰壁。

找不到工作的窘態下，明月連想找個顧家下人工作也乏人引介，他們認識的朋友都是出外謀生的勞工階級，和需要傭人的家庭牽扯不到關係，想到市場或夜市擺個攤位又乏資金，每天兩人相伴到街上找機會，人海茫茫，無有結果。慶生的同村朋友給他介紹漁港工作，他們需要多一位卸貨搬魚的人，慶生天生不愛水與腥臭，即使失業也不願就這份差事，明月搶著要這機會，可是漁港需要的是男人。

怎會是這景況？陌生的港都霓虹之夜，雨絲斜斜飄來，飄得出外人心裡一陣淒涼。每天在外漂流，口袋錢銀越來越薄，明月心裡也越來越焦急。

正當這位同村朋友逐日對他們的久住感到厭煩時，慶生的大兄也從嘉義搬到高雄來，他來探望這位朋友，不想遇到慶生夫婦。慶生見到兄長彷彿見了救星，一刻也不能等地開口借錢，令第一次見到大兄的明月窘迫得不知如何自處。

這位大兄比慶生年長十一歲，他見了慶生，掩不住喜悅：「慶生，你何時來高雄，我怎不知道？」

「才來兩星期，在找頭路，身上的錢快要乾了，大兄，你有沒有錢可先借用？我必須先找個地方住。」這位大兄自父母過世後靠走私養底下幾位弟妹，慶生對他既崇拜又敬畏，既逞驕又依賴。

「我也才來高雄十天，錢是沒，但有好運給你，現在高雄港缺人，我就是來碼頭做事的，你也來，一定進得去。」大兄長得人高馬大，十分碩壯。

明月聽說有工作機會，趕緊問：「女的需要嗎？」

「現在很缺人，連女的也要。」大兄注視這位初謀面的弟婦，想不到出落得標致動人。

經大兄引介，他們進了碼頭當臨時工，因在岸上工作，慶生倒能接受。工資按天數算，有輪船靠岸他們卸貨才有薪水可拿，遇上進口淡季，一個月有半個月不出勤，不出勤也罷了，可利用時間打零工，可恨的是，慶生原性不改，等船隻進港的空檔常和工人在碼頭裡聚賭，因怕警察抓不敢賭大，但若常賭，小輸贏累積下來，也夠令人為生活提心吊膽。

他們在這臨馬路的巷子租下一間日式木房，與大兄家只隔馬路。木房原是一個宅院分割加蓋的，裡面只有一張通鋪，下了通鋪一迴身就是大門，吃睡都在通鋪上，鋪邊一扇小窗，窗外隔條陰溝又是一戶人家，收音機的聲音從這小窗飄進來，也飄到門口，明月常蹲在那裡生火做飯，男子唱歌的聲音令她感傷。下雨的時候，把小火爐搬進門內那一片旋身之地，人趴在鋪上俯身炊煮，煤炭煙味迎面嗆來，燻得眼淚鼻涕交流，蔬菜米飯都擺在通鋪邊緣，做好飯，碗盤底下墊張舊報紙，兩夫婦對坐在鋪上夾飯菜，人家的收音機又送來男子歌聲：「今夜又是風雨微微異鄉的都市……」真是個淒冷的風雨港都，她有時吃到自己眼淚鹹鹹的滋味。

但是這樣的艱苦何嘗會難倒她？再困難她也不退縮，既然來到這塊繁華地，只要肯做，還怕餓死嗎？

頭一年，她急於還債，每月賺的錢留下房租和伙食費，剩餘的全數寄回鄉下。祥鴻也進小學了，她寄回去的錢不止要繳會款，還要養小孩，她把伙食費減到最低，經常是有一餐沒一餐地餓肚子。一年來，身穿也沒添一件，豐潤的雙頰消落了，臉龐顯得窄尖。

錢財的事慶生是由她安排的，因為家鄉那筆債都是明月張羅著還，他想像著她能神通廣大替他還債務，他完全推卸了掌家的責任，薪水從沒有完整到過明月手裡，若當月手氣不好，他甚至一文錢也沒給她，他以為她總有辦法把家撐下去，因為她一向有辦法。明月想的是，這個人好賭，錢財若交與他打算，猶如羊入虎口，若不交他打算，他完全不知撐持家計的難處，對家庭沒有一點責任，她想把孩子帶來身邊，孩子一來也許他會多陪孩子少去賭博，也許對家計會有點擔當。

為了掙錢繳會款，早日還清債務返鄉，碼頭輪不到工作時她就在住家附近的沙石廠打零工，工人需要通力合作將混雜的大小沙石鏟進一個三尺長五尺寬的鐵絲濾網，沙石裝滿後，兩人合作將濾網抬起，左右搖動，讓那細沙篩落下來，有時起風，沙石漫天飛，眼睛睜也睜不開，沙石又重，要不是擔了多年的鹽，這款錢是沒力氣賺的。

第二年冬天，她收到一封信，是父親從家鄉寫來，信上說：

愛女明月：

汝與慶生在外年餘，父母時多牽掛，幼子亦念念。今聞汝母言已標三會償債。若年前有空，盼回鄉一敘。

父字

讀信思兒，慶生回來的時候，她跟他說：「慶生，我們這個年回村裡過，趁祥春祥鴻寒假，把伊們轉學來高雄。」

慶生讀完信，離開兒女近年半了，想起他們一張張可愛的模樣心裡就戀戀不捨，似有所思地說：「祥雲也該會走會跑會講話了。」

「祥雲最像你，囝仔三日變，現在不知長得怎樣了？」

想到孩子，兩夫婦對這個年充滿期待，再過三個月就可以見到孩子了，怎不令人興奮！但新的隱憂又來，她提醒慶生：「債雖還了，三個會都是死的，一兩年才納得完，囝仔又要跟在身邊，你賭博要節約一點，若能按月把薪水給我，才有出頭天。」

「妳看我們來高雄才一年多債就還完了，還擔心啥？天公不會餓死人。」

「死會還沒納完，等於我們借了會錢還錢，又不是全這一年來賺還的，若無我搖沙石賺來湊，要靠你我們就餓死當外鄉鬼了。」

「哈哈，妳真行，我慶生娶某看得很準。」慶生得意洋洋，伸手欲抱她，她躲開了，多不知見笑，她只覺他齷齪：「不應該只靠我一人，你排不到班的時候也可以兼副業。」

「男人在碼頭的事頭重，每天扛黃豆扛得皮要脫了，哪像妳們女人坐在那裡縫布袋嘴，輕輕鬆鬆，無事還可兼業。」

慶生說得是，碼頭裡的男人工作比女人重，他們最常接美國進來的黃豆船，船卸黃豆時，黃豆從船上順著漏壺滑下來，岸上的工人將滑下的黃豆裝入有半人高的麻布袋，裝了八分滿拖到廣場中給女工人縫合。這些頭戴斗笠，面圍包巾，手著長布套的女人在烈日下，拿起穿了麻繩的大鋼針將布袋口一針一針縫密，男人再把縫好的麻袋扛上肩膀送到大卡車上，一袋黃豆有八十公斤，趕工時，從早上七點扛到晚上十點，強壯的有時一次扛兩袋，男人扛得肩膀又痠又疼，女人縫得手粗如繭。所以一有船隻來，各碼頭工人輪流做，為的也是讓工人休息一陣子，可是大家為了活口，不工作的時候偶爾打打零工，到各工地搬運磚頭或扛水泥，反正他們什麼沒有，就是有氣力，唯有靠氣力活口。慶生卻是不願意的，他以為平日工作已夠辛苦了，不輪班的日子他要休息，而且要玩玩小牌，那是他的消遣，他認為現在只玩小牌已經是很為家計著想，很有責任的做法，這次返鄉他可以風風光光進村子，讓人家說：「唉呀，慶生在高雄發了，才去一年半冬，就把幾年的欠債還清了，真打拚呀！」

明月卻另有心思，她想念祥浩比誰都迫切。當初打算來高雄時，她想像和大方在同一個都市共飲水共呼吸，港都裡有他也有她，她和他的距離又近了。誰知一個都市竟是四面無界，八方遼闊，雖是同都市卻不同定點，反覺這人遠了，過去還能知他在高雄，有個地名可想像，今她亦在此地，卻不知他方位，連想像的餘地也沒有。她有重重的失落感，急於從祥浩身上找回一點夢想和真實。

2

祥春、祥鴻、祥浩坐在床上，三個人扯著一條被子玩捉迷藏，嬉鬧聲把整條巷子吵得輕浮煩躁，明月在門前炊煮，不堪孩子把鄰人也吵了，抽身進門大喝道：「祥春，你來。」

祥春半跪在通鋪上，磨著兩膝將身子挪到鋪緣，看得祥鴻祥浩蒙被偷笑。

「你是大兄，怎可帶頭吵人？靜靜玩就好，若無，吵了巷內的人，這頓飯就免吃。」

祥春已是三年級的學生，媽媽的意思他懂得，待媽媽一出去，他馬上轉身對弟妹說：「被摺起來，不玩了。」

三兄妹各抓一邊被角，對摺到懸空的那端，祥浩把手上的這端摺到祥春手裡就溜下床來，出門坐到媽媽身邊的小板凳。

「媽媽，爸爸為啥還沒回來？」

「伊做暝工，要很晚才回來。」

「我們睡覺的時候伊才回來？」

「是。進去，這裡都是煙，妳別來。」

祥浩注視著爐火，躍躍欲試，說：「媽媽，我會搧風，讓我搧好嗎？」

——怎麼不好，妳是我唯一的女兒，將來有多少家事需要妳幫忙呢——。

「來，扇子這樣拿，直的，不要歪了。」明月抓著祥浩的小手，教她搧風的姿勢，祥浩一點也不含糊，坐在爐前小板凳對著風口不停搧風，扇子歪也不歪一下。剛滿五歲的孩子，——祥浩妳真能幹，媽媽像妳這麼小的時候也已經跟著明心在灶間團團轉了，趁早做點家事是好的，妳生到我們這樣的窮困人家，將來前途全靠自己，今日多吃苦，來日才能挑重擔，妳爸爸大方是個勤奮的人，伊一定不會怪我從小就訓練妳——。

「媽媽，碼頭是啥樣子，我可以去嗎？」

「阿兄們若去上學，妳一個人在家無人看顧，媽媽一定要帶妳去。」

祥浩小小的，乾淨美麗的臉上興奮地期待見識碼頭，爸爸曾跟她說那裡有海水，有大船。多大呢？好幾層樓高，好幾部大車長。她眼睛巴眨巴眨閃著，腦子似乎已在想像那船的模樣了。

那期待的興奮臉龐多像大方！雖然長相像明月，可是那神色是大方的翻版呀，那對濃黑的眉毛充滿了慧黠的神采。

這次過年回去帶孩子，明月原是抱著希望也許大方也會回鄉過年，他離鄉五年了，獨留父母在家，總要回去過年安慰兩老吧？誰知他竟沒有回鄉，真狠心呀！五年，他竟可以五年不回鄉？難道是落魄潦倒嗎？不可能，村裡的人都傳說大方時常寄錢和日常用品給兩老，那他為何不回鄉？是不想再見她？她曾讓他那麼傷心的走出她家灶間，他也許恨她浪費他多年光陰吧？可是那天他說只要她還在鄉他總會有她的消息，他要她好好保護自己，而今她也來高雄了，他卻不曾回鄉一趟，他回來見不著她了，哪能得到她的消息？他置她五年於不顧，他根本忘了他說過的話。

「媽媽，稀飯滿出來了。」

明月回過神，鍋裡稀飯沸滾的氣泡頂開鍋蓋，沸湯流到火爐邊發出一陣滋滋聲音，她竟然沒聽到。

「別搧了，留溫火，慢慢熬。」明月說。

慶生要到深夜才回來，她為孩子收拾妥當，兩個大的在準備隔天上學的東西，這是他們轉到高雄上課的第一天，兩個孩子都是既興奮又害怕，這幾天明月為了讓孩子適應生活，沒去搖沙石，碼頭要到下個星期才輪班，她有充裕的時間為孩子準備上學衣著用品，雖花去不少銀兩，但這是生活，養兒育女。

她正擔心這個月不夠錢寄回鄉，房東敲上門來。

「許太太。」房東在外頭叫，明月開門出來。

「租金不是還沒到？」

「我是來通知你們，外面那條車路要拓寬，這條巷子靠車路的厝再過一禮拜攏要拆，我要大家趕快去找厝。」

「這麼迫，怎現在才通知？我們一時去哪裡找？」明月想這房東為了留房客，想把房租賺到最後一天才這麼晚通知，她心裡不服，說道：「這麼緊才要我們找厝，哪裡湊得出兩三個月的押金，這個月的租金不能給你了。」

「許太太，我們靠租金吃飯的人，沒租金收入日子怎麼度，厝又要拆了，損失大哩！」

「政府不是沒貼錢給你們，你們當厝頭家的人沒情沒意，為了怕房客早搬，一件消息壓到現在，說趕就趕，現時外地人來得多，厝又貴又難租，就不怕我們一時找不到去睡路邊。」

「唉喲，當初你們來租，我也沒收押金，好人也有做到了。」

「這款破厝收押金誰還來租？橫直這個月的租金不能給你。」

明月就在門口和房東論起理來，嚷嚷了半天，房東怕隔鄰聽到也群起效仿，壓低聲音，討價還價以收半個月房租講和。明月進得門來，失聲笑了起來，很久沒這麼暢快的笑了，她想起以前和蚵販子雞販子討價還價，她一點也不讓，村裡是出了名的，大方就說過她是連前輩子人家欠她的都要催討。她要耍起蠻橫來，對誰都有效，唯獨對慶生失靈，真是前世冤孽，想是她欠他的，今世來還回去，連欠他人的她也要銀貨兩訖，算一筆乾淨帳。

孩子都聽到她和房東的談話了，祥春問：「我們要搬厝了嗎？」

「嗯，我們要趕緊找厝，若無，會睡路邊。」

「我們會搬到有灶間的厝嗎？」祥浩問。

「有沒有一張寫功課的桌仔？」祥鴻問。

「沒有，沒有灶間也沒有桌仔，這款厝我們租不起。」

一個陽光和煦的早晨，窗外如常傳來車鍊子的轉動聲，祥浩和以往的早晨一樣準時七點睜開惺忪的雙眼，卻發現天花板變成了藍天，兩三縷白雲飛散，屋頂破了個大洞，這如夢如幻的早晨成了她一輩子抹也抹不掉的童年記憶，那一片藍天，是對人世的第一個驚訝，不過是一夜之隔屋頂就不見了，一分鐘之內，她看見拆屋工人站在屋頂邊緣繼續拆木板，伯父和三名堂兄姐正在搬通鋪邊的家當，父親不知人在何處，母親坐在門邊捧腹乾嘔。祥浩迅速爬到母親身邊，因過度驚嚇，抱著母親嚎啕大哭。

「別哭，乖，厝要拆了，妳在睏，我要伊們別叫醒妳。」

明月一說完，吐出一口血來，她慌忙撕下牆上一張日曆紙擦，大堂姐看到，問說：「四嬸有無要緊？」

「不要緊。」

然而在祥浩後來的追憶裡，她鮮明記得母親見到那口血時的驚嚇模樣，臉色蒼白得好似沒有一點點掙扎的力量，但母親畢竟掙扎著站起來，將她抱起，貼在胸懷，過了馬路，往大伯家走去。路上她哭問媽媽：「妳為何吐血？」

「不是大病，是好幾天沒吃飯，餓成這樣。」

母親的雙頰是凹陷的，她望著她無神的臉色問：「為啥沒吃飯？」

「租厝頭個月要很多錢，我和妳爸爸為了籌錢都省吃。」

「爸爸呢？」

「在找厝，我們不能在大伯厝住太久，伯母不肯的。」

明月什麼也不瞞孩子，尤其是祥浩，祥浩是大方留給她的安慰，雖然是小小年紀，她已將她當解心人。

慶生這天騎著腳踏車在附近急忙找房子，過去一星期，他和明月忙著為上學的孩子打點和工作，晚上下工後偶爾去找，卻找不到中意的，都是房租過高，這次他往小巷找，小巷比較可能找到便宜房子，他知道非找到不可，大嫂已經表明不歡迎他們在她家寄住，從知道房子要拆開始，大嫂就擔心他們會住到她家去，這天實在是房子在拆了，大兄看不過去，無視妻子臉色，帶了子女來幫忙把東西暫時搬到他家。

沿巷一家家問可有空房，轉到第七條巷子時，時已過中午多時，慶生忍著肌腸之餓，仍舊一家家問去。有個婦人抱兒站在門邊，看見慶生沿巷問空房，她入內與丈夫商量後，出來喊慶生：「這位兄哥，你找房子呀？」

「是，不知有沒有空房可以租？」

「有是有，這厝我也是租來的，只是空了一間，你若歡喜，我就做個二房東，反正我在厝帶嬰仔，沒收入嘛，省點房租給嬰仔貼奶粉錢，我不會算你貴啦。哦，有沒有囝仔？」

「三個，九歲到五歲。」

「那不行呀，只有一間。」

「如果是通鋪就可以擠一擠。」

「是通鋪，你入來看。」

慶生為找到房子得意非凡，在明月面前笑瞇瞇的，他為全家解決了難題，這個家多需要他呀！

當天傍晚他們又從大兄家將東西綑在腳踏車後，都市裡的人稱鐵馬為腳踏車，和鄉下的鐵馬相比，這腳踏車小多了，後座只能綑一點點東西，慶生和大兄分趟將衣服棉被、鍋子碗盤搬妥，已是入了夜。大家在搬時，圓胖矮小的大嫂躺在床上睡覺，搬完也不留慶生一家吃飯。

三個孩子都肚子餓，大人也一天未曾進滴水，明月腹胸皆痛，卻未有呻吟。身上的錢繳了租金還不夠，明月跟房東太太玉珍央求，明日慶生領薪水就可把差額補上。玉珍睜著白眼見他們進門，懷疑這一家人會白住她的房子。慶生欲跟大兄借錢，明月擋了下來：「大嫂不借，何必給大兄為難，你明日就領工錢了，一天餓不死人。」

「囝仔不能餓。」慶生說。

明月四處搜索，可以變賣的只有一隻洗衣用的缺了角的水桶，往後只好用鍋子代替水桶取水。她帶了一家人到街上找到收集破銅爛鐵和舊貨的商人把破桶子賣了，七角錢，一隻桶子只賣了七角錢，不值得呀，可不賣又不行，她點點頭，從商人手上接過七角錢，能買什麼給孩子吃？她和慶生四眼相對，他在找她眼裡的答案，她卻是恨他沒錢又愛賭錢，若不是賭輸了錢，她手頭不會緊到這麼窘迫，這人是明知錯也無能改變。

七角錢，她走到甘蔗攤，販子削給她一大段，七角錢不能買一整根嗎？販子說，若是去年就可以，今年物價飛漲，只能一段，他已經算她便宜了。

慶生要販子將那一大段斷折成三小截，分給孩子們，孩子們沿路吃回家，祥春懂事，祥浩能察顏，祥鴻啃完了甘蔗站在路邊不肯走，嘟起嘴來說：「吃不飽，我還要買。」

「沒錢買了。」慶生說。

祥鴻哇哇哭了起來，死拖活拖都拖不走，慶生只好拿腳踏車的輪胎撞他，逼他走，祥鴻是硬脾氣，寧可兩腳給撞出血來也非要再吃一截甘蔗。明月扭動慶生的腳踏車手把，她不准他撞祥鴻，慶生飢餓加惱怒，一巴掌刷在明月臉上，恨她多管事。路人側目，明月含淚抱起祥鴻往前走，她控制不讓眼淚滾下來，她想，若滾下來也不是為你這翻臉不認人的慶生，是為了我可憐的受餓的孩子們。

不管怎樣，家是搬成了，他們的房間在進門處，玉珍夫婦的房間在後面，後門有個簡陋的廚房，明月和玉珍共用，卻處處不方便，玉珍沒有留鍋盤的位置給她，鍋碗盤碟還是都堆到房裡來。狹長的室內總是陰陰暗暗，因為巷子窄，房舍錯落，兩旁的屋子都比他們的高，遮掉了大半陽光。

白天兩男孩去上學，慶生和明月帶祥浩去碼頭，但他們兩人常在不同的碼頭做事。明月將祥浩帶在身邊，碼頭也有女工將孩子帶來的，孩子都在福利社玩，女工們在廣場的炎日下縫布袋口，一抬頭，可見孩子們在福利社裡外跑跳。中午吃過便當，孩子找到簷蔭，隨地午睡。遇上加夜工，孩子裹上衣物，躺在福利社地板睡覺，若是孩子哭鬧吵架，媽媽們停下工作調解，但不能耽擱，否則廣場上的布袋會堆得令人縫不完。

祥浩在碼頭開了眼界。輪船沿岸一艘艘停靠，船身長如城牆，船上建築巍峨參差，桅杆架在數層樓高的艙房上，高高插入藍天白雲，海藍、天藍、天海毗連的遠方也藍，這一片海洋比家鄉的河海還壯闊遼遠，這一艘艘輪船比家鄉的漁船高不知數倍，長不知數丈，氣勢真闊呀，爸媽在這裡工作令人好驕傲，她不再疑問父母為何離開家鄉，因她亦見識了這片大世界，生活原來就是在大世界裡呀！

祥浩不喜與小朋友喧鬧，喜歡安靜坐在福利社走廊泥地，背靠牆，眼望工作的男女和輪船、大海。明月的同事見了祥浩都說：「伊比妳嫡，將來要當大明星，妳後半世人不必做，靠伊吃穿就好了。」

「伊眉毛彎彎映黑晶，眼睛又這麼圓，不知要迷死多少少年家。」

男工人常來捏祥浩圓腮一把，故意在她面前對明月吹口哨，明月見慣這種輕佻，不搭理，只注意那些男人莫要傷了祥浩，心裡卻總有著惘惘的威脅，碼頭人雜，她得低頭縫針，不能時時盯著祥浩，而且輪夜工，祥浩睡在地上也怕受涼。

她正為祥浩心猿意馬，玉珍適時說：「妳若不方便帶伊去做工，就留伊在厝，橫直我也是在厝，可看顧伊。」

再好不過了，玉珍恩情不知怎麼答謝。高雄港進出口輪船每年增加，這年的工作特別多，往往做完一艘又接著另一艘，即使休息也不過五天。玉珍既肯幫她看顧祥浩，她就更加利用時間，日夜不停加班，晚飯時間她騎腳踏車趕回來做飯給孩子吃，又匆匆裝了便當騎回碼頭。慶生也是忙的，但是空閒或等船入港時，他寧可聚賭玩牌，反正祥浩已有人看顧，明月又可回家做晚飯，他不必操心，盡可歡心玩牌。

明月料不到慶生真能放下孩子由她一人忙碌，這放蕩子原是不可指望呀！她咬緊牙根加班，為的是會款未納清，孩子在身邊讀書要錢，吃穿要錢，阿舍也要她寄錢回去奉養，祥雲託她照顧呢。為了應急，明月也私下跟了會，她要的是在這大都市立地生根，有一塊自己的地方，自己的窩。

就在兩人日夜忙碌之際，有天她趕回來做飯，祥浩淚水淋漓，坐在通鋪上不吭一聲，她見了心疼，追問了數次，那孩子才說：「玉珍嬸嬸今天打我。」

「為啥打妳，妳不乖？」

「伊的嬰仔從床上滾下來，伊講是我推嬰仔，我講沒有，伊就拿藤條打我。」

「打在哪裡？」

祥浩掀起裙子，大腿上有七八條瘀紫痕跡：「好痛。」

這樣深的痕跡怎會不痛？明月抱著祥浩的頭，熱刺刺的眼淚滾了下來，都是父母不該，日做夜做，只顧賺錢，孩子放得無人疼惜。

「玉珍嬸怎會賴妳？伊嬰仔滾下來時妳怎會在身邊？」

「伊每天去菜市場、煮飯或去找鄰居時就叫我替伊看顧嬰仔。」

原來玉珍別有用心，不但沒看顧祥浩，反而要小小的祥浩替她看嬰仔。

當晚，明月將祥浩帶至碼頭，深夜十一點才回到家來。明月輕聲跟慶生說了原委，不想慶生卻是不在乎，他說：「孩子在厝無事，替伊看嬰仔也不過分。」

「可是伊不該打祥浩，嬰仔是自己滾落地的。」

慶生雖心疼祥浩挨打，卻因賭博到深夜，精神疲倦，無法顧理，埋頭就睡。明月卻是輾轉難眠，心事重重，祥浩本是安靜乖巧，不喜煩人的小孩，近日不但心浮氣躁，夜間更是噩夢連連，若非今天知道了這件事，她倒忽略了祥浩的異樣。

過了幾天，這艘船的工作收了尾，下午四點不到明月就回到家，腳踏車一騎進巷子口，卻見玉珍的先生坐在門口和祥浩玩，抱起她親她面頰撫她肩胸，明月止不住震驚與憤怒，快速踩著踏板，停了車，一把搶過祥浩，抱在懷裡，兩眼氣虎虎瞪著眼前這位三角眼的男人問：「你在幹啥？」

「和祥浩玩，伊甲意。」

「免了，多謝你好意，下次別讓我看見你碰伊。」

那男人要追究，明月理也不理，抱了祥浩進房，問她：「阿叔常親妳？」

祥浩點頭。

「怎不跟媽講？伊有沒有對妳怎樣？」

「伊親我的臉，摸我的頭。」

明月心頭放了下來，可是她決定了，要把祥浩送回鄉下，祥浩太漂亮了，無論把她放在家裡或帶去碼頭都令人擔心，不如讓她回鄉下再住一年，將來讀書進了學校，有老師看管再把她帶來。

她跟慶生說：「玉珍的尪手腳不乾淨，祥浩得暫時帶回村裡。」

慶生隨手抓起一根棍子，要衝出去：「幹，我去打死伊。」他不能容忍男人占這小女孩的便宜。明月抓回他，說：「不行，事情過了就好，鬧大了，萬一傳得不好聽，人家會誤會。幸好祥浩沒有傷害，若不是早發現，誰知那人會做出啥事？」

慶生放回棍子，卻難洩心頭恨，望著熟睡的祥浩，這張漂亮的臉蛋已經惹出麻煩了，他又喜又驚，喜的是他的女兒在人前是顆難掩光華的閃爍珍珠，驚的是，漂亮的女子注定要冒風險，他擔心別人傷害她。

「這艘船做完，我就送伊回村，明年接伊來時，我們得換個厝住。」明月說。

「不，明天我就送伊走，妳在家看顧兩個大的。我回來就去找厝。」

明月一隻手環住慶生的胸懷，溫熱的感覺多令人心神欲醉。——慶生，慶生，你縱然愛賭，縱然對我時喜時怒，可是你對祥浩是真的好，感謝你，感謝你為祥浩付出的關懷和愛意——。明月將慶生摟得更緊，似乎這是一股安撫她、保護她的力量。

3

炎炎仲夏，雨期剛過，田上的鹽像一叢叢爭相怒放的白花，忙在暖陽乍現時吐蕊比豔。勤奮的曬鹽人形容自己的骨頭在雨季裡發了霉，日頭一出來就得趕緊來鹽田把骨頭曬乾，老了才不會呻苦病痛。

今年雨期按時來按時去，沒有拖入秋，才能夏日一到就滿地雪白銀亮。大方站在自家鹽田上，看著父母依然一身收鹽人打扮，安分地做著同樣的動作，這動作從年輕到老，竟然可以做幾十年。六年的時光似乎沒有在他們身上留下痕跡，臉上同樣是曬鹽人慣有的黧黑，同樣是收鹽擔鹽的矯健身手，同樣是一雙布鞋一頂斗笠，啊，這故鄉，這他曾日夜相親的土地與鹽田，是這樣熟悉又陌生，他原是屬於這裡，出去了六年再回來，卻怕碰觸一支扁擔一個畚箕，這方鹽田上他曾做了多少年的夢，夢想著不遠處鹽田上那個勤勞美麗的少女身影。他怕，他怕一站上田裡工作就會情不自禁感懷過去，他只是站在泥台上陪著父母，陪著這對他暌違六年，日夜思念獨子的父母，可是眼尾卻仍不自覺要往明月家的鹽田望去，那裡除了一隻白鷺鷥漫步外空無人影。

獨子返鄉，父母的喜悅掩不住，光敏夫婦連收鹽都是滿面笑容，母親時時注意大方，兒子在身旁真令人歡心，以前這幾塊田都靠他，自他走後，兩夫婦做不來，讓出一半給人家，現在他回來，少少幾塊田當然也不需他做。她想：伊現在已是都市人，做不來鹽田的苦工了。她勸他：「憨囝仔，不要站這裡曬日頭，帶婉惠去四處走走，伊一嫁你就跟你去都市，對我們村內不熟。」

光敏在一旁說：「大方昨天才回來，總是會想念鹽田，讓伊在這裡站站有啥要緊。」他歡喜，想要兒子多在身邊做伴。

「阿爸，」大方問：「知先叔伊們那塊鹽田還有沒有人曬？怎不見人來收鹽。」

「有啦，伊們明輝和明嬋在曬，可是明輝沒啥興趣，攏歇到鹽要滿了才來收，有時你知先叔回來也會來幫幫忙。」

那明月和慶生呢？他滿臉狐疑想問，卻又不願父母看出他的任何異樣，他相信他現在臉上必定是嚴肅又怪異，因為他從來沒有想過明月的身影有一天會在鹽田上消失，過去六年，他一想到她就想到這片鹽田，他相信她還在這白紛紛的鹽田上工作著，他以為她總會在這裡等著他回來探望，他不願相信過去六年的想像原是錯誤。

大方在附近泥台上閒逛以壓抑起伏的情緒，他想不到明月的消息仍讓他心波盪漾，然而堅持六年才回鄉為的不就是要明月看著他的成功？明月在哪裡？他數次走到父母身邊想直截了當問了，又怕心急的表情會令他們覺得太突兀。明月是他心裡的一個祕密，痛苦、甜蜜、珍貴的祕密，沒有一個人有資格讓他洩露一點點他對她的感情。

他走到學校來，一排嶄新的校舍橫阻馬路，昨日黃昏，他搭最後一班客運車入村，一翻過橋頭小坡，這棟校舍成了最明顯的進村標誌，他心覺納悶，問了司機才知那是村子的小學，這是村人盼望了多久才有的小學。這村子改變了，六年的光陰足以令許多事從無到有，可以令一棵幼苗長成大樹，他竟已離開六年了，當年出去是一對夫妻，今時回來身旁多了一對兒女，時光怎不令人驚訝？

校園右方一排榕樹前有四五個鞦韆架，大方走到第三棵榕樹，不覺驚心，這棵樹的枝葉已快和第二棵連接，六年真有這麼久？

六七個小朋友在鞦韆架上盪鞦韆，他們看起來都是二三年級的孩子，離鞦韆遠一點的地方有兩三個小女生在捏泥土，把泥土捏成碗狀、盤狀、杓狀，及各式桌子椅子。這是他小時候那些女生們愛玩的遊戲，想不到還流傳至今，他想回家帶兩名兒女來這裡和小朋友玩，讓兒女嘗嘗與土地相親的滋味。他從這三名小女生身邊走過，這時其中一名小女生站了起來，手裡捧了一隻碗，匆匆往校舍走廊的水龍頭走去。——哦，沒有錯，不會錯，伊一定是明月的女兒，一模一樣的鼻子眼睛，同樣俏皮誘人的嘴唇，同樣一副瘦長均勻的骨架和筆直的雙腿，明月，妳還在村子，不是嗎？不會錯，這名漂亮的女孩一定是明月的女兒——。

他一動也不動注視著這名女孩，看她捧著盛滿水的碗，小心翼翼細步走向土堆，眨也不眨一眼盯著那隻碗，姿態真美，大方心裡讚賞著。她放下碗和小朋友一起把水摻進土裡，認真模樣好像除了捏泥土外，沒有一件事可以打擾她。

大方在她身邊蹲下來，問她：「妳在捏啥？」

「捏一雙筷子，」她合掌夾住一團已和了水的泥土，示範給他看：「你看，這麼一直搓，從上往下，到下面比較用力，它就細了。」她展開雙掌，一隻上圓下尖的泥筷子躺在掌心裡，她得意的笑了，這張歡喜的臉多像明月，明月歡喜的時候就是這樣嬌媚。

「妳是誰家的囝仔？」他問。

「你是哪裡來的，我沒見過你。」她說。

「我也沒見過。」其他兩名女孩說，好奇的盯著他，這兩名女孩看來都比這小女孩大上一兩歲。

「我以前也在這裡玩泥土的，長大就離開村子了，妳們都該叫我大方伯。」

「大方伯。」三名女生異口同聲叫過，又埋頭捏起泥土。他聽了只覺淒然，何時已成了這群孩子的長輩？這群孩子來日成長，自要有他們的故事吧？

「妳還沒告訴我妳的名字。」

「讓你猜。」

這女孩難纏，神氣眉色根本就是調皮的明月，他禁不住一把抱起她來：「告訴大方伯，妳媽媽是不是明月？」

「伊是我媽媽。你怎知？」她沾滿泥土的雙手捏住他的鼻子，這個陌生人讓她歡喜得想碰他。

多可愛的一張臉，這對似曾相識的深濃眉毛把她的雙眼烘托得蠱媚動人，她實在勝於明月。

「妳幾歲？」

「六歲。」

六歲！哦，她就是令他傷心得離開明月的小可惡。這名小可惡雙手環著他的頸子，污泥沾上了他的衣領，他不覺髒，她是個令人情不自禁憐惜的小明月，他輕輕在她頰上吻了一下，她也回他一吻，這一幕這一吻，在祥浩小小的腦袋裡留下了不可磨滅的記憶，她不知道自己為何會聽他擺布，任他安排她。他說：「妳要不要帶大方伯去河岸走走？我是你媽媽的好朋友。」

「好。」她一口答應，放下小朋友們，隨手帶走那只捏了一隻的筷子。

「妳帶筷子做啥？」

「下次記得再做一隻一樣的。」

大方笑起來了，他牽著她的手，讓她帶他走上堤岸。

「我可以知道妳的名字了嗎？」

「我是祥浩。」

河堤上停了數艘漁船，漁船上的一切他再熟悉不過了。他跳進漁船，站在甲板上把祥浩也接了去。

祥浩說：「我從沒坐過漁船。」

「竹筏呢？」他指著河上來往的竹筏要她看。

「好小的時候坐過一次，媽媽帶我去採蚵仔，後來沒去了，阿嬤說我太小，不能近水。」

「阿嬤說得對，妳太小，會不乖掉進水裡。」

「我乖，媽媽說我最乖。」

他是禁不起人家一直提明月的，面對這個小女孩，他的防線早打破了，他抓著她的手，將她抱在懷裡，眼睛轉也不轉的盯著她，問說：「媽媽呢？」他想不到深藏的疑問可以在這小女孩前問得這麼坦然。

「在做工。」

「哪裡做工？」

「高雄。」

啊，她也去了高雄！

他緊張地望著這張小臉，似乎那裡藏著所有他想知道的寶藏：「伊在高雄的哪裡做工？」

「在碼頭，那裡有好大的船，比這隻大，」祥浩站起來，踮起腳尖，雙手高舉向天，說：「有這麼高。」

明月不在村子，明月不是總在這塊土地上等他的。他突然覺得這趟回鄉不再那麼興奮了，除了探望父母，他實在沒有更好的理由在這裡住下去。

「媽媽何時去高雄？」

「我很小伊就和爸爸去了。」

「住在高雄哪裡？」

祥浩搖搖頭，她不知道那地方該怎麼說，她記得的只是馬路、菜市場和木板房。

他不該從這小女孩嘴裡套出什麼消息的，太卑鄙了，他拉她下岸：「我帶妳回厝，阿嬤伊若找不到妳會煩惱。」

「伊不准我來岸邊玩。」

「大方伯帶妳來，伊不會罵妳。」在岸上，他輕易可以看見明月家，阿舍坐在院裡，他應過去打招呼，但是此時此刻他只想獨自在堤岸上多走一回。他將祥浩帶到岸下說：「妳知道怎麼回去？」

「知道，前面繞過池塘就到了。」祥浩說完就向前奔去，她沒想要他送，她要他知道她自己可以回家。

婉惠是一溫存女子，和大方初去高雄，大方已言明在先，他說：「家庭是我們兩個的，我們要共同努力。」因為這句話，六年為婦，未曾怠惰。白天，大方去拆船場工作，她去市場擺攤子賣女裝，貨都是一大早大方和她一起騎腳踏車載去，三十來件衣服賣一整天，大方下了班，他們將衣服挪到夜市繼續點燈營業，她自小跟著父母做生意，善與客人應對，大方亦是隨和善意，都能留住客人，直到她懷了老大到九個月才暫時歇了服飾生意。大方善交遊，船拆了兩年，竟和一群做房地產的朋友混了起來，這些年來高雄舊式木造房子一區一區拆，馬路一條一條拓建，兩旁洋房高起，他靠著當初捕魚積下的錢財和頭兩年的積蓄，和朋友集資買賣房子，當初要十人合資才有能力向建設公司以八成價頂下新蓋的洋樓轉手，三四年做下來，資金像雪球越滾越大，他不但頂下一棟住家，還為她留了一家店鋪給她開服飾店兼顧兩小孩，大方有情有意又肯上進，婉惠思起，夢裡亦是甘甜。

她不明瞭的是大方堅持到現在才回鄉見父母，他實在該早點帶兒女回來見求孫心切的兩老，當然，大方的志氣她亦懂得，他是非要衣錦榮歸才肯罷休。其實這些年來，他們的努力不比別人多一點，只是大方眼光好，投資到房地產，逢上新興都市人口湧入，都市改造，財主增加，房子轉賣容易才能在短短六年有了今日踏實的基礎，是大方這樣靈巧敏捷的人給了她安全、幸福，與無盡的情意。

這次回鄉她儼然是最幸福的人，不但帶回一對兒女，男孩五歲，女孩三歲，肚裡還有四個月身孕，在內公婆待她體貼善意，出了門，村人都說她有幫夫相，大方今日成就羨煞多少村中男女。然而大方是唯一沉默的人，他沒有她預料的得意輕狂，他堅持奮鬥了六年才肯返鄉，除了第一天見了父母時精神昂揚，神采迷人外，往後竟沒有一點意氣風發，他一向是這麼難以捉摸，一向是只有付出沒有解釋，她探不到他心底的真正感覺。

大方難以制止自己不往明月家的方向走來，他心底知道明月不可能再出現他眼前，但祥浩對他有一股不可抗拒的力量，他似乎想從她身上尋找明月的影子，而她確實也是，不但是明月，更有一股明月所沒有的神祕、深沉誘人的力量。

往她家去的路上有一群人圍在雜貨鋪門前，熱鬧非凡，時時拍手作樂，走近方知雜貨鋪的天花板上懸了一部電視，正在演布袋戲，大人小孩都擠在這裡看。全村只有雜貨鋪和村長家有電視，只要一有節目，這兩家都擠滿了人。大方意外在雜貨鋪對面人家的屋簷下發現祥浩，她站在那裡踮起腳尖越過重重人頭看電視，在她前頭的大人們顯得又大又自私，似乎沒人注意他們擋住了她的視線，竟讓一名小女孩伸長脖子左挪右移地搶看畫面。

「祥浩。」他彎下腰來叫她。

「大方伯。」

「妳怎自己來看電視？」

「我跟阿嬤講了，伊知道我不會亂跑。」

「妳看得到？」

「伊們擋住我，」祥浩指指眼前那些人：「伊們也要看，是我來晚了，搶不到位置。」

「要不要來大方伯厝內看，我也有一台。」

「全村只有兩台，你厝內怎會有一台？」

大方將祥浩帶回家裡，布袋戲還沒演完，祥浩安靜坐在廳前看，聽光敏伯公說這電視是大方伯帶回來，她心裡將他當成特殊的人，覺得他跟人家不一樣，她崇拜他。

「這女孩是誰人的囝仔？怎生得這麼嫷！」婉惠見了祥浩亦是驚豔，三歲的小蘭來日絕不可能有此面貌。

婆婆說：「媽媽若嫷生女兒就嫷，伊媽媽少年時是村內的大美人，體格好人又勤力，名聲透河東河西，不知迷死多少少年仔，多少人想去伊厝說親，想不到伊媽媽狠狠給伊招了一個尪，也是伊有才情人家才肯來入贅。」

「這麼嫷，難怪大方誰人不帶，偏帶伊來我們厝看電視。」婉惠斜眼取笑大方。她見大方心喜這孩子，好人她亦做得來。她解下掛在女兒項上的小珠鍊，扣到祥浩頸上，說：「伯母甲意妳，這條是玩物，給妳掛𡢃𡢃。」她特別注意大方一眼，大方看在眼裡，沒有拒絕。她想他會喜歡她的好意。

小蘭想搶回那條珠鍊，婉惠說：「那條送姐姐玩，媽媽再帶妳買新的，由妳選。」她把小蘭小心抱在懷裡，不叫小蘭碰了她隆出的肚子。

大方但凡聽到人家談論明月，就忍不住要想起伊的人，明月初來他們家時也像祥浩這麼小，那時他十四歲，可以拉著明月的手一起跳五關，一起躲迷藏，一起玩跳繩，現在他已四十歲，這些遊戲玩不起了，明月也不在了，小明月卻又出現眼前來挑起少時情懷，他覺得有點難以負擔。在他思及明月的這刻，他只想和祥浩獨處。布袋戲演完了，他說：「我帶伊回厝，伊阿嬤才不擔心。」

「是呀，該帶伊回去，伊阿嬤顧伊顧得緊呢。」光敏婆婆撫著祥浩的頭說：「現婆婆厝有電視了，妳要看就來。」

「伊父母呢？」婉惠問。

大方將祥浩帶了出來，他可以想像媽媽已開始跟婉惠講起明月的故事，他不願聽的，那會挑動他心裡多少痛。

他將祥浩帶上堤岸，走向駐兵台，祥浩安靜跟他走，即使是這樣小小的年紀，她也能感受到這人有一股支配領導的力量，令人難以拒絕他的要求。

他在駐兵台下停了腳步，問祥浩：「要不要坐在這裡？」

祥浩毫不猶豫坐下來，大方也坐下來，褲袋裡掏出一把口琴，祥浩兩隻渾圓的眼睛對那口琴好奇不已，顯然她沒見過，明月未曾在她眼前把玩過口琴，他有點失望，望著緩緩西流的河水，想起多年前兩人坐在這裡欲生欲死分別，真像夢一場，那麼久的事如今想來又真又幻，她唇上那點溫熱可未曾從他的唇上退去。

他對著河面吹起口琴來了，是祥浩聽不懂的調子，祥浩乖乖坐在他身邊，她沒有要打擾他，她盯著口琴，真驚訝這把白白冷冷的東西可以吹出樂曲來，音樂令她專注，她牢牢記下了這把口琴。大方吹了數首，口琴一離嘴，祥浩就站起來抱著他的脖子親他的頰，他有點驚訝，不知為何這孩子這麼喜歡他，也不知為何她深深令他著迷。

他送她回去的時候問她：「妳會不會跟媽媽講妳遇到大方伯？」

「會。」祥浩回答他，稚幼的臉上已顯露深沉的美，他幾乎不敢看她眼睛，她是這樣幼小，多危險的小女孩！

「那人是誰？」他望見明月家院子裡有一名小男孩追著一群雞，不需祥浩回答，光看那張酷似慶生的臉，他就知道答案了。

「是祥雲，伊太小漢，阿嬤不讓伊出來。」

祥浩奔下堤岸去了，烏亮的細髮在風中飄，他見她到了家門，和祥雲一起追逐雞群。他應該帶她到家門，但見了那男孩後，他的熱情好似在一瞬間消失，心中有一個孤獨的聲音在嘲笑他：——明月為慶生生子總是樂此不疲——！

4

慶生和明月帶祥春祥鴻回鄉見阿舍，順勢要帶祥浩回高雄念小學。祥浩已與父母生疏一年多，這天明月回來，祥浩躲在屋角偷偷望著母親，她日夜掛在嘴邊的母親就在廳裡和阿嬤阿姨聊天，母親手裡拿了一大串剛上季節的龍眼分給身邊的小孩子。龍眼呀，她每次經過雜貨店都夢想有一天能吃到的東西，她多想也走進廳裡分一串，可雙腳仍是一動也不動地站在厝角。鄰家的小朋友也躲在她身邊好奇地望著她家大廳，問她：「那是妳媽媽呀？」

祥浩不答，她看見祥春和祥鴻哥哥，好高呀，他們還是她哥哥嗎？爸爸抱著祥雲，祥雲為何一點不害羞？

媽媽和明嬋阿姨走出來了，四處尋找，明嬋阿姨看見她，把她從厝角拉出來，說：「媽媽回來了，去叫伊。」

明月走近，祥浩長高了，皮膚曬得黝黑，在這海口吹風曬日怎會不黑？祥浩不肯叫她，明嬋說：「每天念媽媽，媽媽回來反而不叫了。」

明月拉起她，問：「阿嬤說妳愛玩，每天都在外面玩，讓伊找無影。」

慶生也來了，說：「愛玩的小姐，看，曬得這樣黑，爸爸都認不出來了。」

「我沒去岸上玩，只有大方伯回來我才跟伊去。」她開口了，第一句就令明月震驚得幾乎昏嚇過去，大方見過祥浩了？他可看出什麼了？他何時回來？回來幾次？現人在哪裡？一連串的問題在腦裡卻不能問呀，慶生也在，明嬋也在，祥浩又對她認生，她把問題壓入澎湃的心底，一點也想不到一回來大方這個名字就擾亂了她。

阿舍這年五十八歲，羸弱的身體使她看起來像個六十多的老太婆，嘴邊的皺紋爬到顎下來，乾瘦的皮膚冒出一條條血管。她的背駝得厲害，走路全靠那根拐杖支撐力量。明嬋二十五歲，又逢上明輝當兵，從明月踏進門的那刻起，阿舍就不斷抱怨，說這家馬上就要垮了。

「雖說市內三輪車不准踏了，妳阿爸今年可以回村子裡，可是伊已經六十了，就算有車可踏也沒氣力。明輝當兵，明嬋也有對象，二十五歲的女兒不能再耽誤，鹽田沒人可曬，這兩年我又喘得厲害，人參湯怎樣灌攏無用，一間厝好似要倒下去，不知怎樣較好。」

阿舍的意思無非要她夫婦寄錢回來養家，奉養父母，她堅持祥雲一定要留在她身邊，明月只好依她，事實上她也沒能力帶祥雲去高雄，實在是照顧不來。明嬋私下裡跟她說，她的對象是同村青年，她願等個年餘，待明輝退伍才結婚。明月望著這位與她有點神似的妹妹，多少祝福在心中，她有福氣可嫁給相戀的同村青年，如何同是姐妹，排位不同就有這款天差地別的差異？若她和大方當初能如願，也不會有祥浩來藕斷絲連，鑄成一輩子無可彌補的憾事和牽掛。

七八月多颱風，離鄉這天，清晨風雨交加，河水湍流，河面水位不斷上升，家家戶戶都掩了門，明月坐在屋裡著急，明日碼頭黃豆船來，她和慶生必得出勤，又是祥浩入學註冊日，日子耽誤不得，阿舍見她面有愁色，說：「天公留人，這款風雨，海水都會倒灌，人怎可出門。」

「不走不行，下午風若歇，我們趕夜車也得回去。」明月堅持，她望著慶生，怕他有退縮，可是慶生站在窗口亦是焦急。

窗外大雨，下得白茫茫一片，堤岸遠遠過去的防風林成了一片隱隱搖動的黑影子，蚵殼瓦片給風颳得四處翻飛，落在院裡的雨水在低窪處幾乎積成了河面，粗大的雨滴在這河面上如千針萬箭彈跳。自他來村內，未見過這麼厲害的颱風。

「絲瓜架下的雞籠攏蓋了？」阿舍問。

「早上我和明嬋拿鐵皮蓋了，上面壓了石頭，可是照這個勢面看，應該把雞籠搬入厝內才妥當。」明月說。

孩子們在屋裡聽到雨水狂落屋瓦的滴答聲和怒吼般的風嘯，都躲到床上拿被子將自己裹成一圈，他們既興奮又害怕。站在窗前的慶生忽然說：「河水倒灌了，水攏沖過岸了。」

大家都圍到窗口看，阿舍躺在床上一直喃喃說：「我講會倒灌就會倒灌，海口住一世人了，這款天我還會不知？」

慶生把門窗都檢查了一遍，這間厝是面對河岸的第一排，過了前頭池塘就是岸，河水若倒灌得厲害，第一排房舍首當其衝，他們得有準備。他吆喝孩子們：「把土腳（地上）的東西攏搬到眠床上。」

阿舍懶懶地說：「也不必這麼緊張，河水若灌過來，岸外的土地這麼平闊，水一分，淹不入門檻，每次倒灌都是虛驚。」

「可是雨勢很猛。」

「風若停雨就去，你看下了半天，門前有無積水？」阿舍說。

「低的地方有淺淺的水，可是水原來入水池，水池通河流，現河流滿了，水池水也排不出去，水不會進來嗎？」慶生難得面露憂心。他原來也有可憂心之事，明月心想，是因威脅了生命，還是真擔心這天出不了村？

「你莫煩心，我小時也曾見過幾次海水倒灌，只有一次水進了厝內，不過那次颱風前就已連下三天雨，土攏浸飽了，真正起大雨颱海嘯，水沒地去，才入厝，這次來得急也會去得快，莫擔心，只是內面鹽田地勢比這裡低，又沒水池可洩水，下這款大雨，怕車路走不通了。」明月解釋她多年的經驗給他聽。

慶生說：「雨若停，我們還是要趕緊回高雄。」

她第一次覺得欣賞他，他竟有這般勇氣在風雨天決心回高雄，怎麼以前她從沒發現他有這麼擇善固執的時候，她怪自己因恨他常動手打她而忽略了他的好處。

果然過了中午，風停雨歇，河水水位仍高，但湍急足以洩水，一小時內水位比岸面低了約兩尺，可是滿村是淹死的雞隻和鴿子，一些人家來不及把雞關進籠子，雞隻淋得一身濕，地勢低的地方積水急流，把雞也捲走了，搭在樹枝間的鴿籠也給吹倒了，鴿子一隻隻躺在樹底下。明月和明嬋檢視自家的雞籠，給風颱得支離分散，有一籠已破碎，裡頭七隻雞全奔散淹水，其餘的鐵皮全飛走，籠裡受驚的雞隻將頭埋在羽翼下，毫無生氣地蹲臥著，阿舍看得愁眉不展，怪明月明嬋沒把雞籠挪進厝內。

村長廣播說今天客運車進不了村，明天能否進村要看路面退水修復的情形，急事出村的人可過橋至鄰村，那裡交通不受影響。慶生馬上決定要過窄橋去鄰村搭車，阿舍依戀不捨，明月兀自感動，慶生卻是另有原因，碼頭裡一年不能曠工三次，他已因賭博曠了兩天工，明天若趕不上，工作就要丟了，若丟了碼頭這份差事，明月必不饒他，又如何向待哺的孩子交代，他無論如何要趕回去。

祥浩向來與明嬋阿姨同房共眠，如今要去高雄，房裡屬她的衣物大都要帶走，明月在這房裡替祥浩更衣，見她頸項掛了一條粉銀珠鍊，幾天前她就見著了，以為是明嬋買給她當玩物，這時她順口問祥浩：「這條珠鍊是不是明嬋阿姨帶妳去佳里買的？」

「不是。」祥浩有點得意地故做神祕。

「那妳怎有這條？」

「是大方伯母送我的。」她得意洋洋的說。

大方伯母！明月像給迎頭灌了一盆冷水，一場糊塗夢匆匆醒來，大方是娶了妻的，如何自他走後她的想念裡從來沒想到有這個人，祥浩叫得多輕易自然，那人是伯母，堂堂是大方的妻。

「伊怎會給妳？」

「大方伯帶我去伊厝看電視，伯母就從伊們的妹妹脖子摘了給我。」

「誰人是妹妹？」

「大方伯的女兒，還有一個弟弟，伯母肚子裡還有一個。」

一股妒意襲上心頭，祥浩叫她清醒叫她懂得，他終不是她的人，猶如她也不是他的人，上天做了最好和最壞的安排，讓他們帶著彼此的心去和另一個人結合，各自生兒育女後，兩顆心都破碎了，他不能完全屬於她，她也不能完全屬於他，好像是一場情志的追逐，沒有跑完全程，但她贏了，只有她知道她是贏家，因為有祥浩，她擁有他的一部分，沒有人能取走的一部分。

「大方伯可有疼妳？」

「嗯，伊帶我去岸上散步，吹口琴給我聽。」祥浩開始滔滔不絕講著大方伯這個人，顯然這小女孩喜歡他，他吹口琴給祥浩聽，莫不是對她還有依戀？他，也有四十了，不知是否英挺依舊？——祥浩說得那麼充滿崇拜仰慕，父女天性，大方呀，你可有一點點懷疑？看出伊與你四肢神色的相似？還有那兩道黑眉，如果你夠細心你可以猜想而知的——。

可是明月又希望大方未察覺，他已有自己的家庭了，祥浩是她的，她要將祥浩永遠留在身邊，保留著這個神祕的過往，及過往那不可再的情感。她要將他淡忘，淡忘了這個有兒有女有賢妻的男人，淡忘了這個六年不曾回來打聽她音訊的男人。她亦有家有兒有女，所有的痴心妄想只是一場空，生活下去，教養子女才是往後的一切，她和他，已是橋歸橋路歸路。她牽起祥浩，要帶她走她們自己的路。

橋窄，在孩子眼裡，從這頭到那頭是一條長長的、走也走不完的載鹽板車軌道，橋下湍流又急，尺來的橋面怎過去？三個孩子都躊躇不前。

「祥春，你敢不敢趴著爬過去？」明月問。

祥春仍舊猶豫，但他與明月四眼對望時，馬上決定要自己走過橋，他知道媽媽要他勇敢，他已經要升五年級了，過條橋算什麼。明月在一旁叮嚀：「風仍大，趴下來走才會穩。」祥春趴下來，跟著父親走，父親背上背了小祥浩，明月想背祥鴻跟在後頭，慶生說：「妳和祥鴻先在這邊等，我背祥浩過去後再來背伊。」

慶生在前，祥春在後，橋下河水滾滾滔滔，兩個身影在窄小細長的橋上與風搏鬥，只要腳步一亂，摔下河去，善泳的人也難活命。慶生本怕水，背著祥浩眼看橋下必要心驚吧？明月在這邊望著慶生緩步移動，祥春跪爬而行，想著慶生若有這樣的精神面對生活，遲早他們在高雄可以出人頭地。祥浩趴在他背後，真是一對相苦相依的父女呢，她知道他愛祥浩多於另外三個兒子。

新租的木造房子在巷底，通鋪的窗外望出去是片紅磚牆圍起來的空地，疏疏落落種有幾株楊桃樹，雨一來，斑落的紅磚牆上一隻隻蝸牛往上爬，祥浩靠在窗邊數蝸牛，雨後泥土的濕氣含著一股新鮮的草味，她在窗邊大口大口吸那鮮味，有一種清涼的感覺，讓她舒服得想唱歌。對著窗外過牆的空地唱，她唱得高昂無礙，聲音縈縈繞繞，低迴處輕和柔軟，鄰居都知明月有個善唱的女兒，明月亦心驚祥浩有一副天生的好嗓子，慶生得意起來會驕傲地說：「伊爸爸是歌王，伊最像爸爸。」

明月問祥浩：「妳從哪裡學來這些歌？」

「看厝邊人家電視學的，巷子裡也有人家有收音機，每天都放一樣的歌，常聽就會。」

這仍是間沒有廚房的屋子，不過通鋪和大門有了適當的距離讓他們放得下一只碗櫥，一副桌椅，和一個放鍋盤的架子。炊飯就在門口的棚子下，三四戶人家共用這棚子，颱風下雨，也能炊煮。祥浩讀一年級了，每天讀了半天書回來就到鄰家看電視，鄰家後院有頭牛，聽說是因對這頭牛有了感情才從鄉下帶來都市裡當寵物，她每天和牛玩，這家的兒子跟她同班，下午兩人一起做功課，黃昏一到祥浩就回家搬出泥爐，放到棚子下生火，掏米，洗米，搧風，先把稀飯做好放涼，好讓媽媽回來可以馬上炒菜。鄰人都說：「明月生得這個女兒好能幹。」

明月已辭去沙石場的工作，因為這兩年高雄港進口船隻密集，空閒日子不多，若有歇工日她都在家打理家務，照顧孩子的功課，平日工作忙，日做夜做，兒女見她只在早飯和晚飯時間，晚上兩夫妻回來，他們都入睡了。

若不做夜工，她可以有充裕的時間聽孩子講學校的事，替孩子削鉛筆，跟孩子學國語，她小時跟父親學漢文，字雖知得一些，國語可是一竅不通，孩子念書她就跟著學，有時孩子之間國語交談，她也試著了解其中意思。

她盤算著趁高雄港這幾年進口船隻熱絡，多出勤縫合布袋，積了錢早日貸款買房子，莫再要四處租房，現在處處改建鋼筋水泥洋房，長久租住木造房終不能安定，無論如何辛苦打拚，她一定要擁有自己的房子。

5

明月日做夜做，慶生是日間做了工，晚上要去摸幾圈才肯回家的，因為工作多，薪水也豐厚，他有恃無恐，和一批新結識的賭友下了工就到阿寶家玩麻將，有時明月以為他在做夜工，見了薪水袋上的數目才知這人把大部分夜工都讓給他人，屈到牌桌上去了。

他賭得興頭正熱，逢上不必出勤的時候，乾脆賭個通宵，明月守在家裡，見了三個幼子心頭酸，怕慶生輸了不起身，越想翻本精神越不濟，越沉迷。她常常央祥春去阿寶家叫人，提醒他上工時間到了。

祥春最恨去賭間叫人，那些人有的口嚼檳榔、滿嘴髒話，有的陰沉不言，一屋子三教九流，惹人厭煩的亂哄哄，但他知道母親的擔憂，他願意為她多跑幾趟。人叫回來了，慶生若是那天輸了錢，就要揣測明月干涉他賭博，簡直是在壓迫他，威脅他，控制他，非要臭罵她一頓，明月若頂了嘴，慶生就要來頓拳打腳踢，孩子們都嚇得躲到一邊去。有次他從賭間回來，明月問他這月房租可準備好了，慶生輸了錢，口袋空空，禁不起明月這問，罵道：「妳與妳老母同模子印出來，開口只會要錢，幹——。」

他連罵數聲髒話，明月原已生氣，此時更怒，說：「過日子就要錢，你不要錢麼？不要錢為何要借錢？還是以為錢容易借，借了自有人替你還？你在村裡負了債逃來高雄，若不是老人家出面替你還，早給人分屍了，還能活到今天！」慶生不能忍受明月挑他瘡疤說他的不是，拿起小板凳要敲明月的頭，明月為自衛也拿起板凳來，兩張板凳在空中交會，發出巨大碰撞聲，兩人又扭又叫，鄰人都來勸架，連住隔壁的啞巴阿姨都來了，祥浩看到這情形，慌忙跑到馬路上，她怕，怕那吵鬧的氣焰，怕那板凳交撞的聲音，怕爸爸打死媽媽。她漸漸大了，常聽爸爸藉故責罵媽媽，心裡對爸爸是又恨又怕，她不知道這場吵架何時會終了，祥春祥鴻怎敢待在家裡，這樣暴戾的場面他們怎能不怕？

她望望店鋪人家的時鐘，半小時過去了，吵完了吧，她躡手躡腳走進巷子，沒聲音了呢，她又輕輕往前走，看見爸爸的腳踏車不在門口，這才放了心，衝進家裡，兩個哥哥圍著哭泣的媽媽，她畢竟挨打了，左臉頰是紅腫的，祥春看到她說：「妳怎可跑出去，媽媽給打死怎麼辦？」

原來她是最膽小的人呀！祥浩爬到媽媽身邊，看那傷痕，還好，沒有流血，媽媽不會死。

媽媽跟祥春說：「伊還小漢會驚，以後我和爸爸若再冤成這樣，你們兩個就帶伊出去。」

「不行，我們若不在，伊會打死妳。」祥春說。

「不會，我是伊的某，伊不敢。」明月安慰孩子，可是她心裡也沒有把握慶生敢不敢，多年前她立過誓要扶他出人頭地，可這人是自願不想出頭，他擔不起出頭的代價，她守不住誓言了，若不還手誰知會不會賠上命。連小孩都替她擔憂了，這人出手多麼不知輕重，難道他沒考慮板凳敲上頭會出人命？

心中怨氣無處宣洩，明月咬牙，要把慶生盼了談論往後不可在孩子面前動手打人壞了榜樣。盼到第二天，慶生不見回來，明月不由火上加油，這個家他既不回，薪水也不肯養家，要此丈夫何用？過去住村內談離婚似乎是離經叛道天打雷劈的事，今時代年年不同，都市裡離婚見怪不怪，她何不跟他離了？這晚仍不見慶生回來，明月臉頰傷勢未退，想著這傷痕，她是決心離婚的。

第三天早上孩子去上學，她亦去碼頭工作，這回她在三十四號碼頭，他在三十八號碼頭，她特地騎到三十八號碼頭，廣場是空的，工人還沒來，她非找了他當面一刀兩斷。臉上包巾圍著，人家看不出她的傷，看到了也不打緊，傷總會痊癒，只是刀割了似的心痛是再也痊癒不了的。

這天她早早回家，繞道三十八號碼頭，工作的男人裡不見慶生，問明了才知這天未排他的班。她順路上市場買菜，路上起風沙，腳踏車逆風而行，她瞇著眼睛賣力踩踏板，到了家雙眼給沙子磨得通紅。

孩子們聽說她不必做夜工，都圍住她團團轉，祥浩來幫她生火，母女倆坐在門口棚架下，明月問祥浩：「媽媽若與爸爸離婚，妳要跟誰？」

「跟媽媽。」祥浩毫不考慮就說了。

雖只試探，她懂孩子的心，祥浩向她，她更堅決要把婚離了，回想多年來不知挨了他多少巴掌，手上碗割的痕跡也還在，他今連硬邦邦的板凳也擲向她臉頰來，這委屈她再也承不住，她忽然想起大方臨走前說過的一句話，他要她好好保護自己，過了這些年，這句話悠悠而來，勇氣頓然間破閘而出，她不願受委屈了，前賒後債都要了斷個清楚。

生火間她一抬頭，瞥見慶生騎了腳踏車彎進巷子來，四目交接，慶生一掉頭，腳踏車又騎出巷子，明月倏地站起來，快步奔跑追趕，這人已三天兩夜未歸，他就那麼恨她？馬路上，捉住了他的後座，急急說：「慶生你回來，在囝仔面前，我們把話講清楚。」

「啥話？」

「我要跟你離婚。」

離婚？笑話，誰怕誰？慶生腳踏車調回頭，回巷子了。這女人要跟他離婚，她敢？他非嚇嚇她不可。

屋子裡，孩子們都在，慶生雙眼紅絲，臉色陰鬱，她知道他必是剛從賭間出來，這副臉色她太熟悉了，但臉色如何又干她何事？她是橫心不理了，只說：「你平時愛賭不拿錢養家，又動手打人，我是沒你還過得自在，你既然不肯回厝，巷口見了我又要返身出去，不如從此就不要回來，我們辦離婚，囝仔攏歸我。」

「嘿，囝仔是誰的姓？妳以為招著尪多搖擺？要離婚囝仔也不能全歸妳，祥浩，妳來跟我，還有祥春。」慶生臉上微微有點黯淡，這兩三天他無非賭氣，恨明月管他賭博又害他生氣打伊，明月越是這樣挑動，他越要反對她，那天出手雖重，也是她逼的呀，可是走了兩三天，一回巷子見了她又覺下不了台，才又羞又怒又賭氣往回走，不想明月提出要離婚，縱然心裡畏懼，他也要武裝起來對抗她。

「你也不問問伊們的意思，你連三頓都不知在哪裡，囝仔怎會跟你？」

祥春祥鴻都縮到媽媽身邊，在爸爸的逼問下，他們低頭，囁囁地說要跟媽媽，慶生有點緊張了，這著棋豈會無用？他問：「祥浩，要不要跟爸爸？爸爸疼妳。」

祥浩雙眉略為一皺，眼光從媽媽的臉移到爸爸的臉，低聲說：「我要跟爸爸。」

「不行。」怎麼可以？祥浩是她一人的，是她無顧名節偷來的，祥浩怎可不要她。

「哈哈，若要離，祥浩就跟我，有這個女兒跟在身邊較贏那三個。」他打了勝仗，可愛的祥浩多善解人意，解了他的圍，他知道明月不願失去任何一個孩子，尤其是祥浩。

後來明月問祥浩：「妳講好要跟我，怎臨時變卦要爸爸？」

祥浩的眼裡不知何時起，掛上憂鬱神色，她溫和地說：「我們若離開爸爸還可以過日子，爸爸若離開我們，伊自己一個人要怎麼辦？沒人照顧伊，我跟伊，可以做飯給伊吃。」

——啊，我可憐的囝仔，妳才七歲，不該早熟得考慮大人的處境，都是我們這款破碎婚姻害妳失去快樂的光彩，在你們面前，我們都無能隱藏憤恨，這次離婚不成，將來不知還要害你們吃多少苦，我可憐的囝仔，你們和媽媽同款在爸爸不知節約的賭性下承受窮困和不安，但媽媽不讓你們飢餓，一定會盡一切力量為你們遮風擋雨——。

奇怪的是，離婚事件平息後，慶生反倒留在家的時間多了，下一個月的薪水也全數交了出來，明月手頭一寬，給阿舍多寄了錢去，現父親也在家，明輝退役，明嬋已出嫁，父親是對曬鹽一點興趣也沒的，現在勉強做不過在打發時間，原來六格的田又讓出三格，收入也可想而知了，她身為招婿的女兒，與出嫁女兒不同，實質上要負起擔家責任，是這份責任壓得她透不過氣來，以致慶生交她薪水，她也不想該或不該，滿心只是歡喜感謝。

逢上大兄來說，這區的木造房一直在改建鋼筋樓厝，將來不管租樓厝或木造矮厝，租金只有年年貴，不如兄弟兩家合資到郊區買間二樓透天厝，頭期款和貸款兩家一攤，負擔也分散了。慶生聽得心動，明月卻有猶豫，大嫂為人向來計較，兩家合住難保不生事端，但合買洋房確可早日結束四處租屋的流浪感，兩家分擔頭期款都還負擔不起，若要自家獨力買必然又要熬上數年，慶生錢財守不住，熬了數年後也可能仍是一窮二白，不如趁慶生對合買樓厝一頭熱時，依了他，盼他能守住錢財，雖是合買，畢竟有土才有底，將來也可變賣分家。

明月點了頭，慶生果然減少了賭博次數，領薪時不但交出了大半，還跟她商量財務狀況，明月心喜，從沒有過的患難夫妻感覺，她跟他說：「結婚這麼多年，我第一次覺得你是我的尪婿，對家庭有個責任。」

「第一次？」慶生不以為然，只當她在玩笑。

「還有一次，」明月回想起來：「是祥浩開刀時。」

慶生向來自覺很有責任，現在不是交她薪水了嗎？搬家租房買厝也都他意見有分，怎算沒責任？他反問：「那年帶祥浩來高雄讀書，遇上颱風，若無我，你們回得來？進前厝給拆了，誰找厝給你們住？……」慶生在一一數著他對家的功勞，明月又羞又喜，這人還是有著許多優點，怎她一生氣就只記得他的壞？

「好，你有責任，你也艱苦有分，現在要買厝，就靠你節約了，」明月數數兩人的薪水，說：「就算籌半年來添也還不夠頭期款，必須標會。」

「我們只有一個會。」

「再加一個，兩三個月就標起來，為了買厝，以後只好納死會了。你若能像現在這樣把每月的薪水攏交我，兩三年，總會度過難關。」

「妳就是愛操煩，只要籌到頭期款，還管以後，總有辦法，時到時擔當。」

他們和大兄四處看工地，看了半年終於定下東南郊一處新社區的二樓透天厝，距碼頭騎腳踏車大約要四十來分鐘。這年祥春剛在原學區上了國一，祥鴻和祥浩轉到郊區小學，一個讀五年級，一個讀三年級。

這社區有八排樓厝相對，每排六間，他們住邊間，樓上三間房，樓下一間，二樓和一樓樓梯口轉彎處還有間小閣樓。客廳和廚房都在樓下，兩妯娌共用廚房，兩座爐台並排在面對後巷的窗前，右邊是廁所連廚房，左邊是碗櫥，樓梯居中，再過去才是房間連客廳，客廳擺了一副飯桌椅，桌上舉頭三尺是座神位檯。當初選樓別的時候大兄問慶生：「你們要住樓上還是樓下？」

慶生問孩子，孩子都說：「要住樓上。」為的不是別的，只為了要爬樓梯。新式的樓厝多吸引人哪，有彎彎的樓梯，扶手還有柵欄似的木條，每天爬上爬下多神氣！上下學經過別人的樓厝，他們就夢想有一天能住有樓梯可爬的樓厝，想不到夢想實現了，自然要選住樓上。

樓上三間房他們都占用了，因大兄的兒子已在台北上班，兩位女兒就住在閣樓。祥浩這間房兼飯廳，通鋪床連著飯桌，明月在樓下做了飯就端上二樓吃，吃完了又收拾殘盤碗碟端到樓下洗。巧不巧的是，大嫂專挑了時辰似的，都在同時候和她做飯洗碗，兩人擠在廚房，她用水槽時，大嫂就站旁邊等，兩眼虎視眈眈的，明月總覺如芒刺在背。

新居離碼頭遠，明月若做夜工就不能回來做晚飯，有時不做夜工，按時回來也已暮色低垂。他們家的男人向來不做家務，慶生絕不動手洗一隻碗擦一把地，守舊的社會無形中傳給他們的觀念讓他們以為這些是女人的工作，他既沒做榜樣，兒子們除非媽媽分配，否則也不會動手幫忙家務。祥春平時通車回來暮色已晚，祥鴻一放學就在隔壁空地打棒球，這八排房子讀國小的孩子就有三四十個，中高年級男生恰好組了兩支棒球隊，讀國中的哥哥們是教練，低年級的弟弟和姐妹們則是義務啦啦隊，夏天男孩們在空地打棒球，喝采聲傳回巷子，祥浩心急地想去看，卻走不得，因為這一家人的晚飯已在不知不覺間交由她料理了。

她是回家最早的人，一放下書包就趕往菜市場買菜，小小年紀，到了魚攤子、菜攤子，只在攤子上浮出了半張臉，她說要買個什麼菜，販子一忙，只聽其聲未見其人，尋了半天才見是個漂亮的小妹妹站在攤前。久了，市場裡的販子大多認得她，不但自動送薑送蔥，還減秤頭去錢尾，祥浩也學會討價還價，論斤計兩，販子見她那理直氣壯討價的模樣都莫名地想笑，心想即使她不討價，看在這張漂亮臉蛋的分上也要打折降價。

祥浩做一切廚房裡該做的事，掏米、洗滌、切菜、炒菜、煎魚、燉煮，媽媽會的她全學了來。明月見她能分擔，為了償完會款及房子的分期付款，凡有工作機會必搶先出勤，家事只好由祥浩承當，唯有洗衣的事祥浩做不來，明月夜晚下了工趁著大家都入睡時搓洗，一早五點起來做早飯，給孩子帶便當，只有歇工的日子母女倆才可喘口氣，祥浩不必做飯，明月有從容時間做家務。

鄰家向來拿祥浩與自家女兒相比，都嘆女兒不如祥浩，慢慢祥浩朋友少了，放學後小朋友都在巷裡玩跳繩、過五關或沙包，她卻要上市場，與伯母共擠廚房做晚飯，即使媽媽歇工在家她可以有空閒出去，卻也寧願待在家裡，她已經和巷裡同齡的女孩玩不到一起，女孩嫉妒她又會讀書又會做家事，她們不喜歡自己的媽媽老拿祥浩來與她們相比，祥浩則嫌她們過於膚淺，話不投機，她空了閒就在家看書唱歌，她已是挑朋友挑得厲害。

祥浩升上四年級時，明月將祥雲接來讀一年級。這年明輝二十四歲娶妻，明嬋懷中已抱兒，夫家既是同村，就近可照料二老。明輝既成家，阿舍也不堅持祥雲要跟在伊身邊，明月順利將祥雲接了來，代價是有的，她添了不少錢給明輝當聘金，那也是阿舍久遠以前就編派了的。

四個孩子都在身邊了，算來她和慶生來高雄奮鬥也有七年了，一家要經過了這些年才能團圓，這七年是怎樣風風雨雨忍餓挨冷的度過？終究給孩子一個安定的所在，雖是與大兄合住，畢竟還是一個堅實的庇護所。

6

「媽媽，我不要考高中了，我要去學做木匠。」祥春跟明月說。

「不行，你讀的是最好班，成績這麼好，怎可不考？」

祥春察覺媽媽說這話時，臉上有憂鬱神色，於是他堅決：「我喜歡木工，我將來會是一名很好的木工師傅。」

明月望著這名理著三分平頭的十六歲長子，安靜、斯文、瘦夠，分明是讀書模樣，她不能想像他穿著粗糙的工作服滿身木屑與木材為伍。她問：「你是不想成為我的負擔？」

祥春以一個大哥的口吻說：「我是知道你們沒有一點餘錢供四個囝仔讀冊，囝仔越大開銷越多，我若能賺錢添家用，小弟小妹才能繼續讀冊。」

祥春說得一點也沒錯，他們的收入無法供應四個囝仔讀冊，慶生收斂了兩年後又開始賭，錢袋永遠都是空的，祥春從小去賭間叫父親叫慣了，他知道父親是怎樣一個人，他一點不寄望父親有一天能永遠離開牌桌。

「媽媽，請妳答應，我要幫妳負擔家計。讀冊雖然好，做木匠也很好，我有興趣學，將來就靠這功夫出人頭地。」

「你能替媽媽分擔我很歡喜，可是你巧會讀冊，我怎可誤你前途？」明月滿心徬徨，她確實期待有另一筆收入共扶家計，可又捨不得祥春年紀輕輕放棄學業去受學徒的苦。

「這是我自己選的，讀冊有讀冊的前途，做木匠有做木匠的前途，我不會懶惰，一定會把功夫學起。」

「那就答應媽媽，起碼讀夜間部，當學徒的津貼只要能供你自己讀冊就是幫媽媽的忙。」

好似一筆交易，祥春是委屈的一方，他雖對讀書的興趣比學木工大，但為說服媽媽，他必須誇張自己對木工的喜愛，以達成交易。

這年暑假他輕易考上一所高工夜校學製圖，白天跟了一名木工師傅學裝潢。慶生認為祥春學木工是很好的安排，熬個兩年就可以當個小師傅，每日的工資要比做碼頭工人好。明月見祥春小小年紀跟著師傅東奔西走到處替人裝潢，相處的人良莠不齊，晚上又要趕上課，只要見他出門的背影，心中酸楚唯有問天。

她的酸楚不僅是祥春不能安穩讀書，也是慶生賭性不改，更嚴重的是妯娌相處數年，彼此情緒已到了牽一髮而動全身的緊張狀態。

歇工的日子明月照例要漿洗被單枕套，大嫂每見她在廚房後的窄巷洗被單，就趕在浴室將乾淨的衣物泡了水，擰乾掛上牆外僅有的兩根曬衣竹竿，明月但凡抹過地板，大嫂也要隨後再抹一次，她矮矮胖胖的身子站在明月身後，腳下踩著抹布四處擦抹，起初明月總說：「大嫂，我抹過了。」

大嫂皺起鼻邊兩道深紋，眼睛看著腳下的抹布說：「不乾淨，我再抹一遍。」

日久之後，明月知道大嫂言行舉止與常人異，她和她的言語止於問好，大嫂卻是不服氣的。

二樓樓頂他們加了蓋，明月從此在那裡洗衣曬衣，旁邊加築了一座泥灶，逢年過節，明月就利用這大灶蒸糕煮粽，有灶就不能沒柴火，平時明月會到建築工地撿棄置的木板回來屯積在灶邊，屯柴的這面牆旁邊是大嫂養的兩籠雞，十來隻雞，每天咯咯叫，明月洗衣聽那雞叫聲，想起過去在村裡養雞賣給販子的情形，心裡有種甜蜜，只因那樣的日子不會再回頭，簡單淳樸成了繁華複雜後最美的回憶，何況回憶裡還有明心、明玉、明嬋、明輝，多單純的日子，那時和明心挑水，肩上負荷兩桶重水也能過窄橋走那麼遠的路，如今水龍頭一開，淨水源源而來，今時彼時真不可相論。

然而這幾隻雞給她帶來了理也理不清的麻煩。這天早上她洗曬過衣服，下樓為孩子包好便當，自己戴上面巾打算上碼頭，大嫂從樓頂抓來一隻雞，雙手抓住雞腳爪，攔住她問：「妳怎把雞的腳爪剁得血淋淋？」

明月一看那雞爪，確是血淋淋，她同情的說：「不是我剁的。」

「怎麼不是，妳每天在上面洗衣服，洗完就拿刀剁雞爪。」大嫂兩眼惡狠狠瞪著她。

「我剁那雞爪做啥？」

「誰知妳啥用心，橫直妳心腸毒得像蛇蠍。」

明月上碼頭的時間來不及，她不願和大嫂爭辯，到門口牽了腳踏車要出門，大嫂也追出來，一手抓雞一手抓她後座，大聲嚷嚷：「妳這款狠毒，要剁死我養的雞，妳出門該給火車撞死。」

這樣不吉利的詛咒聽得明月心裡一陣悚然，她跨上車子要去，大嫂不肯放，嚷嚷變成了哀嚎：「妳這款狠毒……」一臉哀愁委屈，鄰人都出來看究竟，她在鄰人面前表演起來了：「伊就是這樣剁腳爪。」她在雞爪上比了一個剁砍的手勢，有血為證，有鄰人說：「怎這款狠毒。」

在這群人面前，明月說：「雞爪不是我剁的。」

「是妳，就是妳，難道我自己養雞還自己剁腳爪？」大嫂對著眾人嚷。

明月覺得受了冤屈，又心急如焚趕上工，但若就此上路，鄰人誤解她的為人她亦不甘，正想著，大兄從裡面出來，大嫂又搬演了一遍告狀，大兄看看那血淋淋的雞爪，嚴厲地一聲不吭瞪了明月一眼，這款冤枉她豈願承受，也回瞪大兄一眼說：「你做人大兄，是非曲直要認明，大嫂當這麼多人面前冤屈我，你替我做個公道人，這雞爪不是我剁的。」

「妳每天在樓頂，雞爪這樣流血，我怎麼做公道人？」

「大兄你啥意思，相住這些年，你沒一點信任？」明月灰心到極點，她不願蘑菇下去，若合住多年的大兄都信不過她，又怎能要求這些鄰人不聽信大嫂的話。強爭亦是無用，為了趕上工，只好忍一肚子氣上路。哪知一跨上腳踏車，大嫂又來拉後座，她雙腳踉蹌落地，問大嫂：「妳要怎樣？」

「賠我雞，樓上還有好幾隻在流血。」

這人簡直不可理喻，她跨上車又想離去，大嫂卻放了雞撲上來，十指攀抓明月面頰，口中憤憤難平怒罵：「不見笑的女人，敢剁我養的雞。」鄰人像在看熱鬧似的越聚越多，她的指尖刮痛了明月，明月只好停了腳踏車還手，兩人扭打成一團，明月欲脫身，大嫂緊緊抓著她的衣領不肯放，大兄在一旁喝斥兩人停手，鄰人見明月面頰流血，有人走近來試圖扯開兩人，扯了半天，終把兩人分開了，明月牽起腳踏車，凌亂的衣服也不及整理，一腳跨上，飛也似的騎上馬路，心中怒氣難平，大嫂誤會，她只當是一隻發了瘋的母狗亂咬亂吠，大兄不能主持正義，聽信這位想法異常的妻子所言就令人毛骨悚然了。她在這樣一個混亂不明的泥沼多年，到了今天挨了打才覺醒，頓然清醒的恐怖勝過了面頰流血的痛楚。明月不甘的，她待人向來清白，這對夫妻在鄰人面前誣陷她，她絕不讓自己的人格有半點委屈。

過後幾天她洗衣時特別注意籠裡的雞，每天都有不同的雞腳爪流血，答案很容易，她要慶生準備兩支棍子，有天臨睡前故意將通往樓頂的鐵門留了縫，樓梯前擺了兩盆水，通道留了五燭燈，兩夫妻沒敢熟睡，到了深夜果然聽到樓梯有吱吱喳喳的聲響，慶生和明月迅速下床，抓起棍子，兩步來到通頂樓的樓梯口，樓階上，一隻，兩隻，三隻，四隻，……十來隻傻眼的肥胖老鼠順階排列，每隻都睜著明亮的眼睛瞪著他們。慶生不敢延遲，跨過水盆，大棍一揮，一隻隻打下去，明月守底下，老鼠一逃奔下來，她揮棍攔身一打，打得老鼠肚破腸流，動作敏捷的老鼠竄得快，往上逃的，穿過鐵門縫回到了窩巢，往下逃的，有的栽進了水盆裡，有的死在明月和慶生的棍下。棍子追著老鼠跑，全屋子的人都給棍棒聲驚醒了，孩子們都來一起打老鼠，腳步聲、亂棍聲把靜夜攪得沸沸騰騰，樓下的人不知樓上出了什麼事，有隻老鼠慌逃下樓，大兄看了全然明白，大嫂心裡不喜，蒙了被又悶悶睡去。

第二天清晨，慶生將打死的老鼠拿到門前，讓鄰人圍觀，數一數，八隻，一晚上打死了八隻，他說：「每隻攏吃雞肉吃得很肥。」

明月在樓上聽了直想笑，慶生替她出了氣，她真得意清白終能洗刷，只是在鏡前照見大嫂手指抓傷的痕跡就憤慨莫名，平白留下這痕跡來，右腮多了一道痕，是這人留的，真不值得。

大兄曾表示抱歉，大嫂卻是不認帳，她說：「妳若不屯柴堆在樓頂，哪來老鼠咬雞爪。」

從此明月廢了灶，積柴清理得一乾二淨，祥浩不服氣，跟明月抱怨說：「誰家沒老鼠？伊又怎能把雞養在樓頂，養了就算了，又懶得清理，妳在那裡洗衫攏給熏臭了，妳聞，我穿的學生衫都有雞屎味呢，樓頂再不准伊養雞了。」

「妳跟伊說去。」明月睨睨這女兒，饒會替媽媽打抱不平。

「那番婆還值得我跟伊講話？」

兩母女都笑了，她們都是不肯人虧亦不虧人，脾氣精明的人。

大嫂倚在樓梯間偷聽她們的對話，兩母女都欺侮她，嘲笑她，她揣測這對母女不知要對她耍出什麼花招，她必須先得理不讓人，豈能讓她們爬到頭上來。

真正的苦難開始了，大嫂總有新的名目找她麻煩，每天早上她趕著去碼頭，大嫂就在廚房進進出出公然數落她拿鋤頭敲毀牆壁，那牆壁因是邊間，雨水浸透，搬進四年來未曾再粉刷，有些地方的白粉已剝落露出水泥原色來，兩家都省著這筆粉刷錢，大嫂如何也不肯相信那是水濕脫落，硬指明月破壞。有時，明月進澡間，大嫂就俯在澡間外仔細傾聽裡頭聲響，她總懷疑明月正拿了一把鋤頭或利器碰刮牆壁。待明月出了澡間，她就入內從牆角察到牆頂，蒸氣瀰漫地，瞇著細小眼睛，踮起矮胖身子引頸高望，非要找到一條裂縫來理論。明月看她在那一片熱騰騰的蒸氣裡費大勁，心中既是同情、嘲笑、屈辱，也是恐慌，大嫂像個遊魂，無論明月在家的哪裡，她都可能突然出現在眼前，因為她要當面抓到明月拿鋤頭敲牆壁。

這天早上祥春祥鴻各自上班上學去，明月得提早到碼頭，她牽了腳踏車要出門，大嫂又抓住了她，說是昨晚深夜她聽見明月在樓上敲牆壁，今早上去一找，果然有幾處白粉掉落的新痕跡。明月待要當她瘋子看待，她卻是拿出鎯頭來表演給鄰人看，說明月是這樣敲那樣敲，大兄這次站出來說：「妳給我進去，別在這裡削死症（丟人現眼）！」

大嫂一聽，抓起明月的頭髮，對著大兄說：「伊馬上就要把這間厝敲倒了，你要做主叫伊們將牆壁重新補好粉刷，若無，伊們要搬出去。」

明月頭髮給這股蠻勁抓痛了，大嫂緊抓不放，明月雙手護住頭，小腿往大嫂肚子一踢，大嫂鬆了手又撲過來，兩人又扭打成一團，慶生從樓上下來，正看見明月踢大嫂，他當著大兄的面扯開明月，刷給了明月一巴掌，大嫂見狀，護著肚子躺在地上呻吟，大兄搖搖頭，入了內。慶生當著鄰人給明月這巴掌，令明月覺得顏面掃地，好像她真拿了鎯頭敲刮牆壁，她一回身，也想賜給慶生一巴掌，手肘卻給慶生抓住了，她大嚷：「你們兄弟做夥由伊含血噴人，這一肚子若踢得死就不要起來，起來的是婊子。」

明月頭髮散亂，兩頰熱紅，情緒已失去了控制，慶生抓著明月衣領說：「不管伊怎樣，小的不能踢大的。」

「你整天在賭間，知道啥？這個人是個瘋子。」

慶生又要刷去巴掌，祥浩衝到媽媽身邊，雙手一推，將慶生推後了幾步，也大聲嚷道：「你們全走開，誰敢再碰我媽媽一下，我馬上報警察。」

躺在地上的大嫂聞此言又是哭又是叫：「要叫警察可以呀，伊踢我，我要去驗傷。」

慶生對祥浩說：「大人的事妳囝仔莫睬。」

祥浩是六年級學生，她自認已大得可以說道理了：「爸，你黑白不分，這款兄嫂也值得你迴護，媽媽連伊都不如？」

慶生不說話，鄰人又來勸，他轉身騎了腳踏車出門去，祥浩帶媽媽上樓。

明月情緒紛亂，一直抓著祥浩問：「我剛才是不是罵人了？妳看，我會打人會罵人，是不是很巧？」

祥浩覺得媽媽精神有點恍惚，她說：「媽媽，妳今天不要去做工，我請假在家陪妳，伯母若又來欺妳，我替妳擋。」

明月注視祥浩良久，她找她臉上那對眉，精神慢慢恢復過來後說：「妳是囝仔，對大人若有不滿也不能講出來，人家才不會說我們沒家教。」

「我忍不住，我若不衝過去，爸爸還會打妳，伊昨晚賭得茫茫，早上給妳們吵架打醒就找妳出氣。」

明月梳梳頭髮，身心雖疲累，仍打起精神說：「妳去學校，我還是要去做工，晚上祥春祥鴻回來，莫說這件事。」

「我第一節來不及了，為啥妳不歇睏一天？」

明月看看祥浩關懷的眼神，那樣專注真誠，真像大方，誰說祥浩像她呢？在她眼中，祥浩越來越像大方了。而她畢竟是孩子，明月說：「妳以為我在家就能歇睏，我想歇睏樓下那人還不肯呢，每天車子騎入這區，我心就像沉入大海，一點不清采，若不是為了你們，這間厝我一步也不要踏進來。」

「媽媽，」祥浩抱著明月的腰，款款深情說：「妳實在早該和爸爸離婚，伊害妳過這款生活。」

「怎沒想過？是妳不要。妳記不記得妳小時我要和伊離婚，妳講妳要跟伊，這款條件我怎會答應，妳是媽媽心裡肉。」

祥浩眼裡也有無奈，她說：「是呀，伊真可憐，若無妳，伊會怎樣？連合買這間厝的能力也無。」

「不知道，沒有我，伊的日子仍在過，沒有伊，我也不見得過得更好。」

「會更好，妳總不會又碰上一個會打妳的人。」

明月笑笑：「誰知？」

祥浩點點頭，肯定她會的。

明月疲憊的說：「過兩個月放暑假和媽媽回鄉下看阿嬤好不好？伊現在身體真壞，妳再來要讀國中了，以後暑假可能就要忙功課不能回去。」

「好。」

母女倆都想起了那片鹽田上的風日，她們急切的想回去，回去那塊孕育她們的鹹土地。

第五章　城南月色

1

民國六十六年，明月離鄉九年有餘。知先六十六歲，阿舍六十四歲，知先頭髮半白，阿舍的卻是銀絲縷縷，紮在後腦罩了網，疏疏小小的髻。她幾乎喘得不能下床，即使下了床也只在灶間門邊坐著曬暖陽，只要陽光一散，她非要起身回床，因為那陰涼的感覺令她覺得喉口似乎要給痰堵住了，躺在眠床上，縱也陰涼，但有安全感，這是她躺了四十多年的床，一扇小窗向著後頭大街，白天窗口有陽光探進來，到了黃昏，陽光逐漸轉紅，逢上十五前後的月色，夜晚又轉了黃。以前明月姐妹還小時都喜歡來她這間房，擠在小窗邊看後街行人，姐妹講話吱吱喳喳，那時她嫌吵，現在是除了知先外不會有人來這房間，又冷清得可怕了。有時覺得這裡安靜得空氣也停滯遲礙，因此她的咳嗽和哮喘聽來格外清晰，這年來只要躺上床她都要喘的，喉裡的痰也沒氣力咳出，總是積滿了才咳，費勁將痰吐進痰盂時，她總想，這是最後一次了吧。

明月帶祥浩祥雲回來就住在阿舍的右邊房，這是以前她們姐妹的房間，明嬋嫁出後空了下來，客廳旁的主房本是她和慶生住的，現在是明輝夫婦，知先則住在後間，原來空著的東廂房間現住著台北搬回來的表舅一家，表舅有孩子七個，全是女孩，表妗肚裡還有一個，祥浩祥雲暑假回來，院裡都是玩伴。

他們家已不曬鹽，明輝將權利還給鹽埕工會，白天在佳里鎮一家製鞋公司當司機，小貨車任由他開著上下班，妻子美真掌理明月明嬋留下來的蚵棚，知先如神仙道人，最常坐在廟堂裡，替人解籤定良時，無事和老人下棋聊天，不管家務。自他返鄉後，有人力推他當村長，阿舍不肯，知先也自認上了年紀，最大樂趣是拿部小收音機，爬到已不再駐兵的駐兵台上吹海風聽廣播，但阿舍也不准他上駐兵台，她說：「那台子高，你在裡面若出事，誰人看得到？」因此他把收音機拿到廟堂裡聽了。

明月到河岸走了一圈回來，到阿舍房間，感嘆道：「漁船攏沒了，我離鄉才九年多，怎會變這麼多？」

「少年人攏去工廠吃頭路，全村只剩兩艘船捕蝦，不走遠，只是晚上出去，清晨回來，村內剩一些老人囝仔，現在連鹽田也沒人要曬，工會要把鹽田收回去了，以後雇人曬鹽付月給。」

「幸好我們走得早，若等到這勢面，討生活就不容易了。」其實明月想的是大方，若大方不是出去得早，等到廢了漁船，年紀也大了，還能有什麼作為。

阿舍不以為然：「最近兩年來村子附近設廠的也有，一項去一項來，一枝草一點露，天公不會絕人生路。」不過她也嘆了一口氣，頗有感懷的說：「唉，以前你們少年仔在村內時

宵暝？

真熱鬧，現時少年仔一走，每年元宵冷清清，也無燈謎也無歌唱，現代人真沒趣味。」

元宵？自離村後她未曾在家鄉過元宵，不知已沒慶祝活動了。多年來，改變的何只是元宵？

「我想去鹽田看看。」明月突然說。

阿舍兩眼炯炯看著她，好像要刺穿她，讓她覺得全身燥熱，訝異阿舍身子虛弱眼神卻還精明。阿舍聲音有點冷淡的說：「去看啥？是不是大方伊們的鹽田？」

明月止不住驚訝，母親怎會跟她提起大方？怎會懷疑她要看大方家的鹽田？她坐在母親面前，母親是這樣虛弱、冷淡、嚴肅，明月有些心虛，說：「每塊鹽田攏同款，看誰人的不攏同款？」

「不同款，有的有人曬，有的沒人曬，大方伊們的鹽田已經讓給別人了。」

「哦，已經讓了，」明月想了想：「也應該，光敏伯父和伯母攏七十了吧？」

阿舍緊緊盯著明月：「七十多了，鹽田早幾年前就已讓出去，去年兩個老的攏搬去高雄了，本來不願去的，有歲了，大方回來硬將伊們帶去。」

那麼大方不會再回來了，他和這村子的根已切斷了！明月茫然望著那對街的小窗，心中是酸是苦是澀已分不清。只聽得阿舍低聲說：「去看隔壁有沒有人。」

明月出了房門，察過左右房間，她隱隱感覺母親有什麼神祕事不欲人知，但又不願猜測那會是什麼事。她回到房裡，上床坐在她身邊說：「無人。」

「無人最好，我問妳，妳老實說。」

「啥事？」阿舍的炯炯雙眼盯得她如坐針氈。

「祥浩是不是大方的女兒？」

「媽媽——」明月屈跪下來，頭伏在阿舍蒙被的身子上，深深吸了一口氣。阿舍沒有言語，幾秒的安靜後，明月抬起頭來說：「我是有苦難言。」

「啥有苦難言？這款事妳也做得出來？」

明月身體顫抖，她看起來比阿舍更虛弱：「我敗壞妳的名聲，妳要原諒。」

「一個女兒養到十三歲了，妳也可以不知見笑過十三年！」

「媽媽——」

阿舍滿臉是嘲諷。

「妳很早就知道了？」明月問。

阿舍臉上的皺紋全往下墜，使她更顯嚴肅：「妳巧會隱瞞，我怎會知？也是我糊塗，竟然沒想到。妳坐好，免跪。」

明月坐好，阿舍繼續說：「去年大方回村接伊父母，要走那天來找我，問我妳住高雄哪裡，滿面惶茫，兩隻手搓來搓去，好似無位可放，兩朵眼睛急得像要火燒，進前不曾見伊這款，一看伊那對眉，我心頭一驚，才知伊為何問妳的消息會這麼緊張。祥浩是我帶大的，伊的眉毛和行動舉止和大方一模一樣，同一個模仔，別人看不出，我帶孫的人怎會看不出？」

「別人也知？」

阿舍看見女兒徬徨失神的模樣，嚴肅退下了，眼神頓然黯淡，望著天花板上的梁木說：「這款事怎能讓人知？連妳阿爸我也沒講。早知你們有意愛，我——。」阿舍說不出口了，猛然回想過去，那也是情非得已。

「是我害妳吃苦。」阿舍眼裡有淚光閃爍。

明月神色恍惚說：「伊一離村，十三年來，我就沒再看到伊。伊有某有子，我是不打算讓伊知，也不想再看伊。」

「生祥浩是妳願意的？」

「我們只作陣一次，我有一點是自願。」

「若是妳自願，就較不會怨嘆。」

「十三年過去了，給慶生打也打了，輸了輸了，現在又是一個大嫂在冤屈我，幸好有祥浩幫我做厝內工作，我才有辦法做暝做日賺錢，希望早日有能力分出來自己買厝。有啥好怨嘆，應該是歡喜。」

阿舍止不住眼淚無聲地流，她有千言萬語不知從何說起，只讓眼淚流著，讓窗口那點光照著。

明月直陪到母親睡去才走向鹽田。空曠的鹽田未變，只是白鷺鷥少了，良久才看見一隻形單影孤低空掠過，好似他們這一代少年人，各自飛離鹽田過著各自的生活，他們都是一隻隻去了不回的白鷺鷥。

田上工作的人寥寥可數，不若往日到處可見擔鹽人身影在暮色下搖擺的盛況。她來到以前工作的田上，坐在泥台往大方家的鹽田望，空空的，大方離開了，永遠的離開了。

多年來，雖然她心底渴望見到他，但返鄉總有意無意地避開他也可能返鄉的時間，她懼怕著什麼，她亦說不清的，也許是不願他見到她仍是庸庸碌碌，也許是不願觸動深藏的情意，也許是驕傲，也許是自卑，也許是羞恨。她是這樣刻意迴避他，而他也是，不是嗎？他從阿舍那裡得知了她的住處，她卻未曾見過他，原來他也只是要知道她是否安身，啊，他仍是有情意的，否則怎會問她住處？直到現在，在這空曠人煙荒少的鹽田，她才能感到眼裡的濕熱，知道他情意仍在，默默撫養祥浩，歡喜又加一層。

在自己的建設公司辦公室裡，大方每次要來回踱步數十次才能平息去找明月的念頭。那一天，要不是帶父母離村，他絕不會向阿舍打聽明月，他心底明白，父母一離開，他和村子的聯繫也斷了。沒想到十三年來，每次返鄉都見不到明月，她過得好嗎？慶生待她如何？從阿舍的話裡眼裡，他知道明月來高雄奮鬥後並未令阿舍滿意。他對明月的情意第一次在阿舍面前洩漏了，但他知道，若阿舍看出了什麼，這位老母親也不會出賣女兒。這些年過去了，他有自己的家庭了，還能明目張膽去找明月嗎？不，不能，他只要知道她在某處就好，只要聽聽這個名字就好，他不斷告訴自己，不能也沒有更多的奢求了。

2

阿舍出殯那天，明月大慟。

慶生帶了三名兒子先她一天回鄉，明月結束了碼頭工作，匆匆穿了一身黑和祥浩趕回來，時近中午，母女倆沿河堤回厝，到了池塘邊，幫忙辦喪事的村人遞給她兩條白毛巾，授女兒回娘家奔喪儀禮後，明月要祥浩和她將毛巾蓋在頭上，雙膝跪地，從池塘處開始匍匐進大廳。明月按禮邊爬邊大聲哀嚎哭母喪，祥浩跟在身邊念起阿嬤養育種種，嚶嚶哭泣，明月嚎哭原只按禮，跪爬進了院子，舉頭望見大廳正中的棺木，眼淚頓如雨下，許多前塵往事在見棺的這一刻湧現，豈只心酸可形容，那是肺腑撕裂的感覺，孤單的感覺，不平的感覺，委屈的感覺，憤怨的感覺，不捨的感覺——媽媽，妳為何要我與慶生結婚？在我腳步仍未站起時放我不顧自妳去。我像一片浮萍，漂流了這麼多年仍是漂流。妳帶著我的祕密去，我卻還在受這祕密的苦，陰間日子若有好過，妳也招我去。啊，攏怪妳，為驚無人擔厝，硬招慶生入門，誤了我一生，妳一去，我向誰討呀，我向誰討呀——！她哭到棺木前，過了門檻抱住棺木，眼淚鼻涕滴在棺木上，順著滑亮的漆滾落地。秀瑩站在棺邊，以大姐身分勸扶回門哭棺的妹妹們，她扶起了祥浩，趨近明月說：「二妹，可以了，起來，哭到門檻前就行了，快起來。」

——不，妳不知我心事，別扶我，我要把這眼淚痛快的哭乾，哭這一生所有的錯誤。妳不懂，媽媽懂，我哭給伊聽——。

「二妹，快起來，大家等妳一人，已近中午了，來吃飯，過了午移棺儀式就要開始。」秀瑩大姐說著，明輝也以孝男身分來答禮，扶起明月。

慶生不知明月會這樣抱棺大哭，當初接到明輝電話，說阿舍是一早洗淨身軀手臉，坐在灶間門前曬暖陽，氣息轉弱，像打瞌睡般閉了眼慢慢去的。明月初聞未曾大哭過，他以為阿舍這兩年病重，明月心裡早有準備，怎知到了棺前會哭得四肢軟弱，要明輝和秀瑩合扶才起得來，他從來也未曾見明月這般軟弱激動過。

祥春三兄弟都以內孫身分和慶生及他們的舅舅和兩名小表弟披上麻衣，跪在棺前舉香隨道師的口令膜拜，這七個披麻戴孝的人跪在棺前，來觀禮的人都說：「阿舍有一個後生，卻有七個人為伊穿麻衣，真值得了。」

慶生原是不願意穿麻衣，他想他父母雙亡時，沒錢辦喪，又是戰亂，是親戚湊錢草草將父母埋了，他們兄弟未曾為自己親生父母披過麻，要為岳母服孝，他是不甘的，若是知先也罷了，阿舍是管他多的，自他進村入贅以來，阿舍沒有一天不把錢扣得緊緊，他彷彿是她的奴隸，他更不甘心為她披麻。明月不依，跟他吵了一架，說：「伊人沒了，你穿麻衣伊也看不到，穿了是給生的人看，你若有顧我阿爸，這點表面定要做到。」因為對知先的好感和敬重，他才依了。

整個喪禮，知先始終沉默。棺木入了土後，姐妹們圍在父親身旁，叮嚀他要保重，若在家待不慣，可到伊們家做客。知先安安靜靜聽著，末了神情落寞說：「我想去山頂出家。」

「莫去，莫去。」姐妹挽留，明月說：「山頂山腳，同樣是修行，你若不愛管世事，村內也可清心住，年輕人事莫睬。你在此，我們回來見你也容易，你若去山頂出家，我們成了無父無母孤兒，你放得下？」

知先神色仍是安靜，見子女對伊有情，人世情分他亦懂得，他不再堅持。明月說得沒錯，山頂山腳同是修行，他就做個人間修道人，安心與清風明月共處，莫管世事，留個空身，好讓子女見伊歡喜。

明月一家喪禮後回至高雄，大嫂攔門而坐，望見他們繫在手臂上的絨線，眉頭已先皺了起來，拉緊鼻邊兩道深紋，說：「我後生今日回來要相親，你們一群人全戴孝，不驚害我們衰運？」

大堂兄一身整齊乾淨來拉母親衣袖，說：「我是出去相親，又不是在厝內，禁忌啥？」他叫了一聲四叔四嬸後，想把母親拉離門口，好讓這一家人進來。

「你靜靜，我攏是為你設想，你手彎還向外，我打死你。」大嫂站起來，伸手要打兒子。兒子閃了個身，說：「別咒我。」一溜煙出了門。慶生一家趁母子倆大亂時進了門，逕往樓上去，明月是疲倦得不理會這幕鬧劇，慶生心裡暗咒，不願當面說大嫂不是。

幾天後，明月要上班，仍舊是清晨，大嫂專挑清晨，彷彿嫉妒她要去做工賺錢，也彷彿憋了一晚上，醒來就巴不得發作，她站在樓梯口堵住明月去路，明月過不去，問她：「你要做啥？」

「我後生相親沒成，攏是你們帶煞。」

「大嫂，姻緣天定，伊成不成怎能怪我們。我趕要做工，請妳讓我過去。」

大嫂不動，明月不知她要怎樣，突然大嫂伸出手來推她一把：「妳們若不搬出去，我後生一定娶無某。」

這一推明月不能讓了：「妳以為我愛跟妳住，世間找不到幾個像妳這款番，我是要搬，可妳也不能叫我馬上就搬，這間厝我也有分，妳沒資格趕我。」

兩人站在樓梯口吵了起來，大嫂是非要讓左鄰右舍知道她所爭不可，一腳又跳出門外，在大庭廣眾下，說：「伊們一家占了三間房，我後生回來沒處睡，天天都睡客廳，像伊們這款惡霸虐待，我後生怎麼娶某？伊們是要害得我們絕後才甘願。」

這是星期天，大人小孩都來圍觀，祥春在樓上聽到，奔到樓梯口，跟明月說：「媽媽，妳今天不要去，伊在鬧，妳腳步一定走不出去。」

「我沒錯為何不能出門？船在趕，無故曠工不行。」明月說著，走了出來，還叮嚀祥春說：「大人的事，你們不要干涉。」孩子們都下來送媽媽。大嫂見她跨上腳踏車，上前來拉著她衣角，說：「妳不讓出一間房來讓我後生睡，我今天一定不讓妳出門。」

「我要伊和祥春伊們兄弟擠一間，是伊不肯，自願睡客廳，情分我也顧了，妳放開我。」明月若不是為了講給圍觀的人明白，她半句也不願再和大嫂爭論。

大嫂不肯放，不斷說：「妳這款狠毒，敲壞我的牆壁又害我後生娶不到某，妳祖母要和妳輸贏。」她將明月從腳踏車拖出來，祥浩四兄妹都圍上來，要把伯母扯開，堂兄姐也來維護他們母親，一群人亂打一通，巷子聚攏的人越來越多，明月無力與大嫂招架，每次這種情形一出現，她除了腦子亂哄哄和她扭打外，再也無多餘的力氣去想該不該。孩子加入這場混仗使得場面更不可收拾，巷裡許多中學男生是來看祥浩打架的，他們很驚訝這位廣受巷中少年愛慕的少女也會和堂姐扭打，不僅打的人錯亂，觀的人亦錯亂了。

兩家的男人都是最後鬧得不可開交才出場，大兄給了大嫂一巴掌，怒斥：「削死症，給我進去。」又對著明月說：「妳知伊番就不要和伊應舌。」

祥春說：「伯父，是伯母拉住我媽媽衫褲不放人。」

「祥春，你敢應舌。」慶生走來，賞了祥春一巴掌，祥春已是快當兵的青年了，在這麼多人面前挨打，羞得面紅耳赤，明月心頭一震，她知道這兒子會怎麼看待父親。慶生雖後悔太衝動，打已打了，覆水難收，反而老羞成怒，他又向前去打了明月一巴掌，好像故意做給大兄看，又好像要在鄰人面前逞其為夫的威嚴，他說：「一天到晚吵，害厝邊頭尾不得安靜。」

最後還是鄰人出面說好話將兩邊勸開，明月心灰意冷騎上腳踏車，祥春也騎了一部，跟在她身邊。

「你回去，莫讓弟妹惹事端。」

「我送妳去。」

她知道祥春是怕她精神恍惚，特地跟來保護她的安全。方才慶生那一巴掌，把她摑得頭昏腦脹，數年來和大嫂的爭執已令她疲憊不堪，精神分散，滿胸鬱悶無處宣洩，放在心裡似要爆裂開來，慶生為顧兄弟之情又不能維護她，苦水只有肚裡吞。

「祥春，」母子並肩騎在路上，星期日早晨，路上車子不多，他們可以從容談話：「我近來覺得腦筋不好，連算術也不行，買菜斤兩攏算不清。」

「如果我是妳，早就發瘋了，哪還能算斤兩。」

祥春不太想多話，安靜陪她過了數個紅綠燈。在一個紅綠燈前，明月仔細看了他，異常平靜的面容，卻有一點桀驁之氣，她問：「爸爸打你那巴掌，你一定很怨恨。」

「我不會忘記。」他似乎經過了深思熟慮，很堅定的說：「媽媽，這個暑假我畢了業就想上台北工作到兵役通知來，服完兵役後也不想回厝內，也許繼續在台北工作。」他有點擔心的看著明月。明月仍騎得很好，這種話聽來雖痛心，但她的心給傷慣了，更大的痛她也受得起。

「因為伊今天當這麼多人打你？」

「我從來沒甲意伊。」

「你要離開媽媽？」

「不是，是為了要給媽媽歡喜。我們囝仔攏大漢了，住這麼擠不好，而且祥雲馬上要讀國中，祥浩也要考高中了，伊巧會讀冊，一定會考到第一志願，將來讀了高中一定要繼續拚大學，這款家庭環境對伊們讀冊不好。我學木工學得有起，很有把握做師傅，我頭家的朋友在台北做裝潢，正缺師傅，伊問我要不要去，我本來還在考慮，現在想想，不如答應，若拿工作，算的是師傅錢，不再是吃人月給了，我賺了錢攏會寄給妳，希望能相添早日買厝。」

「祥春，媽媽害你吃不少苦，這麼小就要離家去打拚……」

「我不小了，若要娶某也適當了。」他裝出笑臉逗明月。

是呀，祥春已是大人了，他若不說，她還沒想到他真的長到可以娶妻的年紀了。

到了港口大門時，祥春說：「媽媽，我們開始找厝，不要等了，我驚伯母遲早會把妳逼瘋，在我入伍前，我要親自為我們的新厝裝潢，我要把厝裝潢得很舒適，讓小弟小妹享受，也讓妳享受住自己厝的歡喜，我可以向我師傅借錢，他會願意幫忙我。」

明月站在港口牌坊前，望著這位長子，一路來的恍惚都掃除了，眼裡有欣喜的濕濡，兒子長大了，能替她打算替她挑擔了，她頓時身輕心寬，跟他說：「我咬緊牙借錢也要把厝搬了，你阿嬤講過，一枝草一點露，天公不會餓死人，願打拚的人哪怕債還不完？」

3

這年暑假，祥浩考上第一志願高中，祥鴻升五專三年級，他們預約了半年的三樓透天厝完工交屋了。

一切顯得那麼忙亂，和大兄大嫂合住了七年，一旦要分開，急切得叫人心慌意亂。新房子的頭期款是她向姐妹、明輝籌湊了一半，祥春跟老闆借了一半才湊足的，明月想著以後數年光納死會、還債、繳高額貸款就夠令人透不過氣來，她終於體會阿舍為何把錢捏得死緊，實在是窮環境過日子不容易呀！一旦底漏空，又無開源，全家性命都要遭威脅。

祥春不因金錢的短絀廢了房子裝潢，他知道如何用最省的材料為每個房間設計衣櫥、矮櫃和妝台，他把樓下的廚房釘滿了上下兩排櫃子，讓媽媽在這裡做飯方便愉快，睡彈簧床一直是他們兄妹的願望，因此他不設計通鋪，自來高雄住過的每間厝都是通鋪，衣服雜物全堆在鋪上，人睡在上面，滾過去是牆，滾過來也是牆，冷冷蒼蒼，通鋪令他們厭煩得不願再碰觸一下。

搬進來那天，新的彈簧床也到了，二三樓各有兩間房，父母和祥浩在二樓，祥春居三樓後間，祥鴻和祥雲合居三樓前間，二三樓間的方正小閣樓當兄妹們的書房，祥春在兩面牆上安置了大幅落地書架，另兩面牆留了書桌的位置。祥浩看了直讚大氣，對祥春佩服得五體投地，全家人都為祥春感到驕傲，明月不能相信能擁有這樣寬敞又華美的裝潢，她相信兒子將會是個頭角崢嶸的裝潢師傅。

「真嫲，想不到能住在這種裝潢便利的厝。祥春，你替我設計那廚房，真方便，我實在夢想不到有一個這麼充裕的廚房。」

祥春也很開懷：「小時候我們住的厝總是沒廚房，煮飯攏在外面，和伯母住又和伊擠廚房，我早就想要設計一個櫥櫃很多，方便收拾碗盤的廚房給妳。」

祥浩在一旁聽得如痴如醉，祥春多好，他將來必是體貼的丈夫，他俊秀、安靜、誠懇、勤勞、善解人意，這樣的大哥真令人驕傲。

「這款裝潢若按工錢算，不知要多貴。」明月是全然沒有概念。

祥浩搶著說：「那只工錢，若加上設計費，講出來會讓妳驚得出冷汗，伊學這幾年木工，算是把我們的裝潢錢也賺到了。」

祥春解釋：「我們錢不多，這些材料攏是熟老闆半賣半送的便宜貨，用幾年就不行了，表面會褪色，貼皮會浮起，不過那時，我們可以再改裝。」

慶生看看這些孩子們，難掩臉上得意洋洋，都長大了，祥春當裝潢師傅又勤力工作，再過三年祥鴻也畢業服役，兩人服完兵役，他就可以高枕無憂靠他們養家了，他高興地點燃一支菸抽著，祥浩說：「爸，這是搬入新厝的第一天，請禁菸一天，給我們享受乾淨空氣。」慶生不把這種警告當一回事，仍舊把那菸抽完了，祥浩撇撇嘴，不能拿他怎樣，和兄弟們幫明月把紙箱的衣物整理入櫃。

晚上大家各自回房睡他們夢寐已久的彈簧床，隔天紛紛一大早醒來，見面了都是一張欲言又止的笑臉，祥浩忍不住問祥春：「你笑啥？」

「不講。」

祥浩又問祥鴻：「你笑啥？」

祥鴻哈哈大笑了兩聲，說是：「床太軟，妳睡著了嗎？」

「當然是睡著了，還睡得很好呢。」祥浩揚了揚那對濃黑修長的眉毛說。

她又問祥雲：「你呢？有啥好笑。」

祥雲覺得這些人都沒說實話，他說：「我睡到半夜跌落來了，地板涼涼的。二哥也跌落來了，伊跌落右邊，我跌落左邊。」

四個兄妹突然暴笑如雷，家裡好久沒有這樣的笑聲了，連在廚房工作的慶生夫婦也笑得腰痠背痛，眼淚直流，原來這四個孩子昨夜都從彈簧床跌落地上，他們取笑著彼此的跌醒經驗。

明月因不必再見大嫂而輕鬆，因廚房碗盤收拾妥當而輕鬆，因孩子笑聲而輕鬆。

孩子們還在放暑假，這些天大家可以整理自己的房間。祥浩幫媽媽把紙箱裡的衣服一件件放入衣櫃，媽媽真儉省，把舊衣服都留下來了。

「媽媽，這件細花洋裝真美。」祥浩把那洋裝合在自己身上，在鏡前比了比：「媽，這腰太細了，妳哪能穿，為啥還留著？」

明月回頭望見那洋裝貼在祥浩身上十分合適，祥浩有這麼大了！要讀高一的少女了，她個子高，那洋裝穿上身絕對撐得起來。明月不禁也站到鏡前，接過洋裝往自己身上比，祥浩說得沒錯，這腰太細了，整件衣服都太窄，再也不合適了，她不知不覺間也已這麼胖了嗎？明月望著鏡子，很難回想當年她穿著這件二十三吋腰圍的洋裝模樣，她看看祥浩，說：「妳相不相信這件洋裝是我生了祥鴻以後還穿的。」

「唉呀，這麼小腰，媽媽妳騙人。」

「不騙妳，那時女人流行束腰，我愛嫷，生完嬰仔就束腰，做最新款的衫褲穿，這件也是我做的。」

「很新吶，沒穿過幾次嘛。」祥浩繼續找那箱子裡的舊衣物：「媽，這把口琴很新，我從不知道妳有口琴。」

——妳怎會知道？妳把媽媽的祕密攏翻出來了。看見妳拿這件洋裝，我鏡前一照，真驚人，何時變得皮膚又鬆，身材又胖，想起以前那樣子比現在，全然兩個人，人講有歲身材就變，日子有這麼快嗎？我已經過四十了，奮鬥了這些年，債務越欠越多，才還完一筆又來一筆，我可不想老，總要把錢還完了才老吧——。

「祥浩，媽媽這麼胖，是不是很難看？」明月對著鏡子說。

「妳不胖，是中年人的富泰，妳身高，肉長得均勻……」

「啥富泰？過了四十還是一身債……」她近乎自言自語。

「媽，妳是不是從沒吹過這支口琴，內面這麼乾淨。」

明月坐到她身邊，把洋裝摺好放入櫥櫃，接過口琴撫了撫，說：「年輕的時候人家送的，我不會吹，一直留著，現在妳大漢了，媽媽將伊送給妳，當作是妳考上高中的賀禮。」

祥浩搶過口琴說：「多謝媽媽，我一直想要有個樂器玩玩，沒錢就不敢要，這是我的第一個樂器了，妳不會吹，好，我替妳學，學會了吹給妳聽。」

甫入新居兩個月，四處都聞房漲聲，半年功夫，他們買的房子漲了一倍，而且漲勢仍凶，明月想不到有這等好運，若不是祥春催她買厝，萬一拖半年，這房子一漲，今生再怎麼賺恐也追不上房價，如今算是賺了一筆，雖欠人的還是欠，感覺上心頭輕鬆不少。且這年年底祥春入伍前交給她二十萬，是他做裝潢賺來的，慶生拿到錢高興得嘴巴合不攏，祥春好似一隻會下金蛋的雞，他對他另眼相看了，想不到這孩子上台北做裝潢，一年功夫就省下這許多錢。但在明月眼裡，祥春身體原已清瘦，入伍前看來更瘦，更安靜，在外頭生活一概不提，她想他必是為了還債苛待了自己。她跟他說：「我和你阿舅阿姨攏是好姐弟，錢還能拖欠，這二十萬你先還給你以前的頭家，你在外交陪，有恩要報，欠人的早日還，人家才會看重你。」

「阿舅阿姨也是跟別人借來的錢，讓伊們早日把錢還人家。」

明月堅持不肯拿，定要祥春先還老闆，祥春不願逆意明月，見她眼裡那點憐憫會令他受不了。祥春收下了，說：「我去當兵這兩年，伊們三個攏還在讀冊，厝內若難度，稍忍耐，我回來後會勤力做，裝潢這行若勤力接工作，總比吃固定薪水好。」

「你少年人，也要和人交遊，不能只顧賺錢擔厝。」

祥春沉默了。他的生活裡除了替媽媽分擔經濟壓力外，還能想到什麼？有的，唯一想的是想痛揍父親一頓，他不該以為兒子能分擔家計就整天賭博。天吶，為何他交往的都是一些熱中賭博之徒，祥春從小就恨這些人，他去賭間叫父親時就對這些人的口吐穢語粗俗行徑深惡痛絕，那時起，父親就僅只是一個名詞，在這個字眼裡他找不到尊敬，但他對父親的不滿和憤恨只能化做無聲的反抗，他不願令媽媽傷心、難堪。

還了負債的喜悅未退，新的憂患卻來了。碼頭貨物的裝卸全面改成自動化，不再需要女工縫合布袋，所有縫布袋的女工都要遣散，這種情形比新啟用的台中港搶去部分裝卸工作還厲害，連抗爭也無用的，彷彿坐以待斃，十幾萬的遣散金領了後要何去何從？做了近十四年的碼頭女工突然要退下來，好像給扔到一片荒原，一切又要從頭開墾，好像晴朗的天際飛來烏雲騰繞，只好期盼烏雲退去晴光再露，橫直慶生工作還在，這筆遣散金可以拿來還債，她可以找別的工作，日子仍然可以過下去。

明月將遣散金加上一筆尾數還清了欠款，她跟慶生說：「碼頭的工作我已丟了，幸好負債也還清，往後死會和厝貸款就靠你一人了。」

「債攏還清了還有啥好煩惱？等祥春退伍，我們就有好日子了。」

「怎能指望伊，伊不知怎樣縮吃縮用才存下那些錢，看伊吃苦你心不痛？」

「當大漢子當然是不能輕鬆，是伊命底帶來的。」

債務負擔的鬆懈和對兩年後祥春退伍的期待，使慶生對經濟情況失去了警戒，他最近結識的賭友都喜歡賭通宵，他是離不開牌桌的，當然也奉陪到底。明月擔心他沉迷過度，賭輸硬要翻本，反把坑越挖越深，錢銀無聲無跡地沉落下去，她和他吵，說：「你也四十幾了，體力精神不比年輕時，賭通宵會把命也賭掉。」他氣惱了仍是往她頭上摔東西，明月很熟練如何把頭東躲西藏避開那往她頭上飛來的一隻杯、一雙筷，或一記拳頭。

祥浩比明月不能忍受，她會慫恿明月：「妳真該跟伊離婚，免受這種氣和威脅，這次我誰也不跟，我長大了，可以自己獨立過日子。」

明月提醒她：「伊對我不好，對你們是有責任，想妳嬰仔時破病，伊無顧半暝天黑，拿一支手電筒綁在車前照路，暝時冷，伊踏車大粒汗小粒汗一直流，惶茫送妳看醫生，四處借錢給妳開刀。這點恩情妳不能忘，不要因伊對我壞就怨伊。」

是要母親這樣提醒她，她才能回想起父親的種種好，憤怨又轉成了同情。這人恐怕是離了母親就無法生存，多年來一家的生活不都靠母親一人勤儉打算，跟會標會熬過各種難關，父親何曾有魄力擔當家計？可是為了孩子，伊也曾努力盡一名父親的責任，在颱風天背他們過橋，為他們找遮風避雨的厝，帶他們看醫生，有好吃東西總要為他們留一份，是父親呀，伊能對孩子百般好，為何對母親就不行？祥浩清亮的眼眸深處有對父親的同情、憐憫、不解、憤恨、不滿，但在面對母親的剎那，這些情緒都化成了慈悲溫柔，因為那正是多年來母親最內心深處對父親的感情，這感情支持著她為家庭付出青春美麗，任重任勞地犧牲一個女人應有的呵護對待。

——祥浩，妳這樣看著我是為啥？這麼多年來，若不是有妳在我身邊，我一定是倒下來了。因為妳，我才有意義，妳身上流的那人的血是我不惜廉恥偷來的，伊是最疼惜我的人，看到妳的言行舉止有伊的影，我心內就真滿足了，生活苦一點又有啥怨嘆，妳身上的影子就是我的安慰——。

4

祥浩讀了一年高中，成績都是班上第一名，還私下組了一支五人樂隊，成員都是愛好音樂唱歌的同學，課餘聚在一起吹吹唱唱，她文思好，下筆能填詞，按著意思，琴一湊上嘴，新曲就出來了。她把這些詞曲都裝釘成冊，十七歲的紀念，她知道往後她是要成熟蛻變的，回頭來看這十七歲的作品不知會怎樣激動或難為情呢！

這把口琴和創作歌曲是她應付繁重課業的調劑，假日在家，她喜歡黃昏時刻登上頂樓陽台吹新曲，附近有人訓練飛鴿，看那鴿子飛翔，常給她不少填詞的靈感。其實她心底隱隱知道為何她會喜歡口琴樂器，小時候曾有那麼一個人帶她去河堤的駐兵台下吹口琴，河面上的涼風，吹琴人的溫和，使她對這小小樂器有了先入為主的喜愛，雖然她不太記得帶她去吹琴那人的形容，可是她一想起那幕就有溫暖的感覺，正是那吹琴人給她的印象。這樣的人就那麼一次後再也沒有出現了，這也不奇怪，小時村裡的青年一批批往城市移，許多曾見過的叔叔伯伯也幾乎從記憶裡消失了。隨著這些人物記憶的消失和自己的成長，她很難再把自己和那塊布滿鹽田的鹹土地聯繫在一起，她對那土地的感情也僅止於童年跟在阿嬤身邊的那份親，而今阿嬤故世也一年了，這份親也似乎一日日淡遠。

明月因碼頭遣散女工，一時還未找到工作，每天都在家裡，祥浩要進高二，功課重，正好利用媽媽在家這段時間她免去煮飯整理家務等事，每天大約都留在學校晚自習到八、九點才回來。回來了仍是不忍心見媽媽一個人忙，這天星期六晚上，她有空閒可幫媽媽洗碗摺衣服，祥浩輕嘆了口氣，明月憂心地看她，祥浩越來越漂亮，白皙的膚色，深邃的輪廓，修長的濃眉適切地蓋住烏亮慧黠的雙眼，及那發育完全的高挑身材，都顯靈氣逼人，她實在太疏忽她的成長了，這張臉也許已引來了什麼麻煩呢。

「無緣無故，怎會嘆氣？」明月以為她是有感情上的困擾。

祥浩眉頭不展，明月又問：「功課太重？想考大學就是這樣，苦也要度，妳若沒考上國立大學，媽媽驚會供不起。」

「媽，我一定是拚國立大學，以後考上妳也免煩惱，我會多兼家教來供自己，也許還能靠作詞曲來賺外快。」

「那妳為啥嘆氣？」

祥浩說了：「我想起以前住村內，每天跑去玩，阿嬤找無我總以為我掉入河裡了，常叫明嬋阿姨到河岸找。其實我最聽伊話，只和那位阿伯去過河岸。現在我想想，是因為那阿伯在岸上吹口琴給我聽，我才會這麼喜歡吹口琴。阿嬤去世一年了，我想起來就難過，好像和村子不親了，回去不知要找誰。」

——啊，這感覺和我在大方離村時的感覺一模一樣呀——。

「妳還記得那位阿伯是誰？」

「不記得。」

「妳去伊厝看過電視。」

「好像是，不太記得了。」

——唉，妳這麼輕易就忘記伊了——。

「真感謝我遺傳了爸爸的好歌喉，媽，妳知道其實我將來想做啥？我想當一名歌者，我會作詞，我會作曲。哈，也許也是拜爸爸所賜，我才有這項才華。」

——憨囝仔，妳的歌喉好若不是遺傳我的就是遺傳大方伯的，雖然我從未在你們面前唱過歌，可是少年時，人也稱讚我歌喉好。若論作詞曲，絕對百分之分是大方伯給妳的——。

「媽，妳怎不講話。」

「妳只要認真考到大學，以後要做啥依妳甲意。」

正說著，有人來按鈴，祥雲下樓去開門。

「會是誰？」明月猜疑。

「是不是爸爸忘了帶鑰匙？伊昨晚沒回來。」

「我門沒鎖。」

「誰知，伊賭了一天一暝，不定賭得腦筋不清醒，連門沒鎖都不知。」

「祥浩，別這樣說伊。唉，每次伊賭過暝我就沒好吃睡……」

「媽，」祥雲正轉男聲的粗嘎嗓音在樓下急切地叫：「警察來了，爸爸出車禍了，妳快下來。」

即使在最凶惡的夢裡，明月也未曾經歷這麼淒涼的慘狀。在帷幕裡她看見下半身裸露的慶生整個左腿股骨折斷了，X光片透出裂傷的骨盆，臀部、下腹部和上腿部血肉翻飛，醫生給他止血止痛，他臉色因失血過多蒼白得近似死屍，讓人心頭一陣冷，她們母子的呼喚令他微微睜眼一覷，但他是虛弱得連睜眼都費力，嘴唇動了動想說什麼，卻是無聲。即連送入手術室那刻，他也未曾再睜眼看他們。

無聲的等待，祥鴻、祥浩、祥雲面露疲倦與驚慌，他們不知道若失去了父親是否日子會更幸福或更不幸福，只是此時此刻，他們都怕失去他。從警察的紀錄裡，他們知道，父親的腦子不再年輕了，賭了一天一夜後，他渾渾噩噩騎上摩托車，卻在紅綠燈口撞上左側卡車前輪，機車卡在輪胎裡，輪胎壓過了他左腿左臀後司機因發現而回檔，這兩次壓輾令他在死亡邊緣掙扎，令他們在焦慮中忍受著黑夜與死神的搏鬥。

明月坐在椅子上，她不要人家打擾，不要人家安慰，動也不動的一個姿勢坐著，她要好好回想這一切，回想慶生給她的悲，給她的喜，給她的苦難與哀愁，莫不是前世冤孽，欠他的眼淚未償還，她不要這麼早為他哭，她要他回來，回來拚了多年換來的新厝，回來和她們母子共歡共喜，孩子都大了，好日子等著呢！——慶生，你要回來，你要度過難關，你還年輕吶——。

慶生在眾人的呼喊聲中醒來，漸退的麻藥令他痛得要從床上跳下來，他全身震動，臉部扭曲，口中喃喃，來探病的明輝和大兄兩人各守一邊，將他壓住了。幾分鐘後他安分躺在床上，卻像是一塊爛抹布，虛弱得動也動不了了。他破碎的臀部、小腹部和腿部共縫了三百針，大腿上還綁了石膏，看得在旁的人淚眼模糊。醫生跟明月說，伊受了傷不能再做男人了。明月聽了亦不心慌，只要這人是醒的，又管他能不能當夫妻呢。

這一躺，足足在醫院裡躺了一個半月才回家。明月每天睡在病房照顧他，兩星期後，慶生身子稍微可以自己翻動了，她才利用孩子放學來替她時回家為慶生煮粥，家裡唯一的一部摩托車撞壞了，孩子和她都搭公車來回，有時車班慢，來遲了，慶生就把她帶來的粥一手掃落。她乾脆帶了小泥爐，擱在醫院底樓後頭的樓梯口就近煮粥做魚湯。一家生活因慶生住院而大亂。祥浩祥雲功課緊，考試多，每隔兩三天就來看父親一次，即使是這樣，也影響了他們讀書的精神和心情，在醫院裡，他們多次目睹父親當著別病床的家屬挑剔媽媽的看護，把她送到嘴裡的開水和食物打落地，不但對她大聲咆哮，還動手摑她，這情形看在眼裡，顧念著他是九死一生救回來的，又是父親，也只是敢怒不敢言。祥鴻下課早，每天來替媽媽，讓她可以到樓下煮粥，他看見父親不因母親日夜伺候看護而有半點感動，祥鴻對母親更心生憐憫，對父親的應生應死更加迷惘，他安靜了，默默看著形色憔悴的母親，懷疑什麼力量支持著她那逆來順受的美。

明月這幾天來細細思量，慶生不能當男人了，對他是多大的打擊，一個男人必要因此感到羞恥，下身又是傷得到處是疤，從死神手裡掙扎出來的，怎叫他脾氣不暴躁？她心頭沉重得不能再去想他的羞恥與暴躁，擺在眼前的是生活，是生活，是那永遠少不了錢的生活。住院完全有勞保，可是全家人賴以為生的唯一薪水停了，又無活會可標，出院後必要靜養數月才能工作，現時為了顧他，她又不能去找工作，日子是一點收入也沒呀，生病的人開支又大，真是一塌糊塗，有什麼壓力比維持一家五口的溫飽更大？她是累得不能負荷更多的事了。都是好弟妹幫忙，那天明嬋明輝來探姐夫，說：「我們攏是二姐照顧大的，縮衣縮吃也要幫妳度難關。我若向秀瑩大姐、明玉尪某開口，伊們一定會幫忙。」

她受不住這麼多人情，卻是姐弟情深呀，秀瑩大姐聞得消息馬上來探病，留給她可觀的生活費，讓她暫時能夠繳了當月房貸和會款，明玉夫婦來探，明玉有四個孩子，生活雖不苦也僅溫飽，卻說：「只要二姐講，三萬五萬我拿得出來，不夠我還可以幫忙借。」姐妹們的盛情倒讓她感傷身世，當初為厝為弟妹曬鹽養蚵，今日各人門戶獨立了，她這個做二姐奮鬥了半輩子，卻要回過頭來接受他們的救濟，無限挫敗的感覺比慶生摑她巴掌更令人心腸欲斷。

孩子們也知她心事，祥鴻說：「我馬上辦休學，做兩年事服完兵役後再復學。」

祥浩也咬牙說：「我也可以休學一年去工作，等爸爸身體復元度過了難關再回學校。」

「以前我們遇到多少難關都能度了，這次又有何差別，媽媽不會讓你們冊讀到一半去賺錢，祥春再一年多就自金門退伍了，這段時間就算借錢也要度過去，等爸爸較好我可以去找工作，祥春若回來，也可以替我分擔。我真對不住祥春，沒讓伊讀好冊又讓伊吃苦和我做夥擔厝，人還在當兵我就盼望伊回來湊賺錢，我最對不起伊一人。」明月說了這話才知痛，把連日來的疲憊、憂心、折磨、委屈全化作點點熱淚，哭慟得不能自已。祥浩抱著她，她從未聽過媽媽這麼悽慘的哭聲，祥鴻強忍的眼淚也不知何時濕了衣襟，不因父親，不因貧窮，是因母親的偉大悲憫。

抱著母親顫抖的身子，祥浩的聲音亦是顫抖的，可是有一股很堅定的力量，她說：「媽媽，沒啥好擔憂，苦日子是暫時的，妳投資在囝仔身上的，會得到回報，祥春感心，先替我們回報了，有一天，不會太久，我們三個不但不讓妳過苦日子，還要讓妳要啥有啥，要讓妳把沒完成的心願攏完成。」

5

在家修養期間，慶生綁著石膏拄著杖仍舊去賭間，他徹底給擊垮了。只要一通電話，他的賭友就開了車來載他，他在明月面前拄杖上了車，上車後還要窺伺明月臉色，只要在她臉上看到沮喪的神色，他就心滿意足了。他要她因干涉他賭博而後悔，他綁著石膏也要去賭間，他要她永遠也不能控制他離開牌桌，他在她面前發脾氣，他要她知道他是個病人，是個需要同情，需要照顧，需要縱容的失去男性能力的可憐病人。她的能幹總是強於他，他要看她到底有多能幹來應付他，因此她面露沮喪的那一刻，他因知道她的脆弱而心裡閃過虛榮般的短暫興奮。

綁著石膏，走路靠拐杖的人也要去賭博，明月多月來照顧他的心血好像付諸流水，既沒有受到感激，還每天受打受罵受折磨。她不知道他哪來的錢賭博，他從不過問家裡有沒有錢，車禍前他還能為家繳房貸，在她失業時給她買菜錢，車禍後他完全把責任卸下了，他自暴自棄，把家全交給了她。明月再沒有心力追究他的行為，他既能行動，明月就四處去找工作，一家人就全靠她了。

祥鴻晚上去兼家教，教兩名國一學生數學，祥浩讀高二，功課緊，晚上都留在學校自習，只有讀國二的祥雲和父母在家，冷冷清清，更惹慶生不高興，他有深深受遺棄的感覺，在家就要對明月發脾氣。明月急於工作，她要離開這種折磨遠遠的，她要換個不同的空氣不同的所在。

秋天時，經由朋友介紹，她到城市南邊接近海岸港口的一個貨櫃場工作，專門清理貨櫃。凡是貨櫃破了洞，男工人拿鐵皮將破洞焊補起來，女工拿鐵刷將焊接的表面磨平、上漆，清理櫃內髒污。這樣的工作明月一點不吃力，又逢秋冬，天氣不熱，在貨櫃場裡走動，反而是活動四肢，只是工作多時，明月常感頭昏，心跳急速，有時路都不能走，要坐在貨櫃口數分鐘，大吸幾口空氣，等臉上燥熱退了才能清理下個櫃子。

貨櫃場邊有棟二樓辦公室，建地百多坪，每樓都有數間辦公室，樓上還有會議廳，樓下管場務，樓上管這貨櫃場的連帶企業，專門清理泊岸的商船、油輪。兩邊工人領薪都在這棟樓，集合開會也在這棟樓。清理船的工作辛苦，常常找不到工人，若是貨櫃場工作少時，經理就到這邊來調人，日資是這邊的兩倍，有這樣的機會，明月是不放過的。春天來時，她反而在輪船上的時間多，在貨櫃場的時間少了。

清理輪船也有分等級，若是清理普通艙房日薪要比清水艙少，清水艙的日薪又比清油艙少。明月不搶工作，全由領班安排她做哪就做哪，但最缺工人的是油艙，因為那兒工作辛苦危險，工人寧可少賺幾百也不願下油艙。明月最常做的是油艙，她是從不向領班抱怨的工人。

整個春季，她一個月有半個月輪走各碼頭清理輪船，每天一早上工就頭臉圍上包巾，左手拿手電筒，右手拿平鏟，鑽入油艙口，那口窄小，她又高又胖，每次要下只可容身的油艙口就怕身子卡在艙口，爬下艙裡的鐵梯又覺悶氣，眼前一片漆黑，只靠手電筒分辨方向，找到了四角落後，把手電筒的光投在油漬滿布的牆上，拿起平鏟把油漬髒穢刮下。若是小油艙，可有三四個工人一起清理，若是大油艙，有時六七個工人一起清理，這麼多人的呼吸全仰賴窄小艙口傳來的稀薄空氣。漆黑的艙裡空氣又稀，油味又濃烈，油漬髒穢一刮數小時，中飯出了艙時，每人都是一張沾滿油漬的臉，衣服也是處處油污。

到了夏天，天氣熱，在油艙裡待不了一小時就得上來透透氣，艙口爬上爬下，明月滿身大汗，頭昏眼花，臉頰燥紅，心跳怦怦，總要坐在舷邊大口大口吸了夾著清涼海味的空氣才又下艙。每天穿的工作服都沾滿了洗也洗不掉的黑色油污，她再也找不到一件舊衣服了，只好四處向朋友要來舊衣物，好應付大量損耗衣著的工作。

孩子們看她一身油污回家，匆匆洗了澡又要做家務，都不忍她再做了。祥浩晚自習回來就幫媽媽洗衣晾衣，除了這些她再也分不出更多的時間幫忙，為了考上國立大學，功課不能輕忽。可她還是勸媽媽：「妳有高血壓，莫清油艙了，留在貨櫃場。」

「在貨櫃場的收入不夠我們開銷。」

「可是我們也不能看妳這麼辛苦，」她望著媽媽，頗有感觸的說：「妳總是在做男人做的事。」

明月聞言不禁失笑，說：「妳阿嬤她就是把我當男人，若真是男人就好了，男人不是只做外頭事，不做厝內事嗎？」

「就驚又得當男人又得當女人？」祥浩也笑了，卻笑得有點淒然，自忖應付生活的能力萬萬及不上媽媽。

「祥春冬天就退伍了。」祥浩說。

「妳跟伊寫信，伊最近好否？」

「伊怎會講不好，攏是問厝內有安否。我照妳的意思，沒跟伊講爸爸的事。」

「講了讓伊多操心我，回來就知道了。」

「媽，祥春回來妳就莫清油艙了。」

明月感心地望著祥浩，那姣好的面貌實在令她擔心：「眼前的生活最重要，誰知明日會怎樣，我能做一日就做一日，妳莫擔心我，倒是妳大漢了，明年若考到大學就要變小姐了，妳自己交朋友要小心，妳這款模樣會讓媽媽煩惱妳的安全。」她有一大堆女兒經要教示祥浩，卻總覺時機不對，家裡諸事煩憂，她亦提不起特別興致。

「妳認為我很笨，會給騙了？」

「妳最巧，巧得令我擔心。」明月說。兩母女在十五的月色下站在二樓後陽台晾衣，透過這層熒黃的月光，兩人互相傳遞了會心的微笑。

慶生如今走路有點輕微的跛，在碼頭裡，他調到了一個控制機器運作的單位，按時上下班，領著微薄的薪水，領了薪他仍要去賭博。明月完全不倚望他養家，只要他不因無法做男人而喪氣，她受委屈也甘願了。

和她一起下油艙的大都是男人，同是苦命人才要來做這種工作，她原是尊重這些人的，可是這天她經過仔細考慮後，不計一切後果向領班說：「你一定要把老謝辭掉。」

山東老謝在這裡工作兩年了，家裡有妻兒六張嘴巴靠他吃飯，怎好辭去他，又何況工人難請，領班搖頭不肯答應。

明月告到經理處來，說：「老謝不能留在油艙工作，伊在油艙抽菸，早晚油艙會火燒，我們在裡面工作，逃也逃不出去。」

經理叫老謝來問，老謝理直氣壯，說：「俺在油艙抽兩年菸了，哪有啥事兒，不抽菸，你叫俺去死哩。」

經理跟領班說：「調老謝去清普通艙或水艙。」

「不行，那薪水低，伊不要。伊工作勤力，又好做夥，這款工人請不到了，叫伊抽菸小心就是。」

經理依了他，明月來到貨櫃場的二樓辦公室，大拍經理的桌子說：「你們賺錢無顧辛苦人的性命，你怎不西裝脫下，鑽入油艙看詳細，滿壁滿地是油，若一點菸火星掉下來，我們在裡面的人命無免講，整隻船攏要火燒起來，你們怎還有前途？這款人也能在油艙做兩年，算你們做頭家的好運。若不顧人安全，好運怎會年年有？」

附近的人聽到她在經理室大吵大鬧，把話傳開了，她堅持辭老謝的態度引起了大風波，不了解油艙情況的人疑問：「明月是忠厚人怎會絕人生路？」油艙工作的男同事說：「伊不驚給人辭飯碗？」女同事說：「伊真感心，為了我們的安全，也敢去拍經理的桌仔。」

拍桌子後的兩天，經理特別來到碼頭，察視他們工作的情形。那時是中午，油艙的人陸續爬出來歇睏，明月悶了一身汗，雙頰燥紅，從油艙冒出頭來，一眼就看見經理在和老謝說話，所有人都以一種奇異的眼光看著她。

她整個人爬出來後，經理轉過身來跟她說：「明月仔，那天真失禮，沒馬上答應妳的要求。」

「是我失禮，講話大聲又拍桌仔。」明月回想當時的激動，深感抱歉。

經理當著領班和大家的面說：「董事長回來了，我向伊說明事件，伊交代我若老謝不肯戒菸就給伊一年的安家費，叫伊再去找別的頭路，若要留在船上工作，只能清普通艙，若無，來貨櫃場工作也可以。」

老謝雖不會說台語，卻能聽得九分，他說：「有一年的安家費夠俺一家好逍遙，拿了安家費俺還要留在船上清普通艙，叫俺不抽菸真要命吶。」

老謝對明月也不記仇，反而感謝她替他賺到了一筆為數可觀的安家費。明月因做了這樣的事，免了性命威脅，心裡也特別愉快。喜孜孜說與孩子聽，孩子都褒獎她救了許多人命，她不禁也覺得是做了一件功德無量的事。

月底，正在趕工清理的商船做完了，下艘要清理的船正在別的碼頭卸貨，所有工人可以有一星期的假期，這一星期她又可回到貨櫃場清貨櫃。這天因工作提早結束又逢上領薪日，她和工人們從碼頭出來都直接來貨櫃場領薪。

會計小姐接過她手上的印章，將薪水袋交給她時說：「董事長要見妳，伊現在在二樓董事長室。」

「見我做啥？」

「伊沒交代。」會計小姐說。

旁邊的男工人打趣說：「阿月仔要升官囉！」

「別胡講。」明月爬上二樓，進辦公大門，走廊盡頭的董事長室，自她工作以來都是關閉的，現在聽人家說董事長從日本回來了，偶爾會來這裡。不知找她有何事，明月心想——也許是為了老謝的事，我這一身全油污，怎好意思見董事長？——她摘下臉上包巾，包巾也沾滿了黑色油污，——就這樣吧，做工的人這樣子是應該的，伊見了會說我有認真工作呢——。

走到走廊盡頭，親切的祕書招呼她後進去通知董事長。這裡冷氣真強，她站著都覺冷了，也不知是不是因要見頭家，心裡緊張。

祕書出來，示意她進去。

一張大辦公桌，桌前兩碼遠的大窗前有組高腳咖啡桌椅，桌椅右邊是另一套正式的沙發和矮几。明月不知這房裡的人一整個下午都驚惶緊張地隨時等待她的到來，明月一開門，隨手關上，回身抬起眼來，心跳在面對桌前那人的剎那幾乎停止了，一陣暈眩，她不知他跟她說什麼。他的驚訝不下於她，他站起來，向呆立在門邊的明月走去。

6

她是這樣滄桑，滄桑得叫他幾乎認不出來，他心裡像給電擊了一下，是悲痛、是驚訝、是失望、是憐惜，還是落空？在這一剎那間他是無法理清的。她確是他心裡那個隱藏了多年的甜蜜、愛憐的明月，雖然身材不再苗條，雖然肌膚不再健美，雖然姣好的面容已呈粗糙焦黃，雖然那身沾滿油污的衣著讓她像個街頭浪人，但那整個人的氣質和眼裡那點溫和確是明月特有的。

他是這樣英挺，即使是該有五十一歲了，仍是風度翩翩，比印象中的還多了一分說不上的迷人氣質，是成熟男人的穩健吧，不，是因為眉眼間那股毅力，讓他顯得那樣高高在上，他穿著合身的西裝，老天是這樣不公平，讓高個子的人胖了也不顯胖，他小腹微凸了，卻一點不顯，整個人結實又強壯，是一副運動家的體格，他一向得天獨厚的，怎麼這人老得這麼慢？

他走向她時，她一點也不能呼吸了，如果地上有洞，她會把自己藏起來，她千想萬想想不到是這樣狼狽的情況下見著他，她竟在他的公司出賣勞力賺取生活，啊，驕傲哪裡去了，她在這裡為了女兒的學業忍受著清油艙的辛苦，而他是老闆，世界上有比這更滑稽的事嗎？

老天為什麼都在作弄她？

「我想，妳坐下來較好。」

明月沒有動，盯著他，極度的痛苦變成了一種笑的欲望，她說：「不知是你，鹽田出來的兒女，要算你最有出頭。」她是說得這樣平淡又平靜，臉上還留著笑容。

——啊，明月，這麼多年來，又聽到妳的聲音，妳可知道我心裡的激動——？大方眼睛轉也不轉的盯著她，要找回往日那個明月的影子。

「得多謝妳，救了我的事業，油艙若著火，公司就要困難了。這點恩情我會記得。」

——明月，真的多謝妳，妳一向是這麼正義——。

明月不語，望著他。怎會是他？想也想不到的。

「妳好否？」

她還是保持著笑容：「平平一生，若好，也不會在這裡。」她示意他看看她的身穿。她想回來了，她有她的自尊與驕傲，她也是為生活在奮鬥，在他面前何須自卑？她抬起頭來看著他的眉他的眼他的唇，這些曾屬於她的地方，大方還是大方，她應該佩服他今日的成就，她心底其實早也知道他不會泛泛過一生。她的笑容收起了，那虛假的面具只令她在他面前更不自在。

「我若知道妳在這裡一定早就回來了。」

明月動了動身子，她平靜下來，也接受了他是老闆的事實，心裡反而有一股安穩，因為大方來了，許多年來的不安，好像見了這個人後就煙消雲散了，原來她是因為他的無蹤才不安。

大方領她來窗前的桌椅，這是他喝茶的桌子。

「我這身髒，還是站著就好。」

「這款髒我不是沒有過，船裡的事我攏做過。」

他為她倒茶，又顯太生疏客套，他將茶杯茶壺放在桌上，要讓她自己倒，明月沒喝茶的習慣，只靜靜坐著，他由她，坐在她對面，他把她仔細看個夠，良久才說：「明月，妳沒好好照顧自己。」

——你是知道我的，不是嗎？你是知道慶生的，我照顧不來自己——。明月低下頭來，說：「我這款樣子，你一定很著驚？」

——我不著驚，我心疼，若妳知我的沉痛，妳一定不會講這款話——。

「看到妳當然著驚，我歡喜。多久了，十八年了？我們十八年沒見面了！我天天在算日子。」

「大方。」

——這一聲，真叫得我柔腸寸斷，那是我做夢也會聽到的聲音，明月，除了滄桑的外表，我相信妳是一點也沒變的，我們還需要時間來重新發現彼此分隔了十八年後的心意，不是嗎？看這艱苦的歲月把妳折磨成怎樣，若不是此時遇見了，我不敢擔保再過幾年後見妳能認出妳來——。

「我曾到妳住處找妳。」

「多久的事？」

「去年，我去日本前。」

「我搬了。」

「哦，」大方探索著她眼裡的那點寂寞：「告訴我妳哪會來高雄？這些年攏怎麼過？」

「你要聽？」

「我要聽，我離鄉六年，初次回去，以為妳還在村內，找無妳……真失望。」

明月望著窗外，大片上了紅漆的貨櫃點綴在滾滾塵囂間，她想起初來高雄的淒涼。坐在這窗前，她一一講給他聽，前後有序地從初來借住他人屋厝，如何接孩子來住，如何遷屋，如何受大嫂虐待，及慶生如何出了車禍，如何她來到這裡一一說了明白。大方隨著她的陳述腦裡閃過一幕幕的情景，如果她不是他曾誓死不渝的女人，他也會因她的奮鬥而肅然起敬。聽完了她的故事，他沉重得無法說一句話，他一直不知道明月和生活搏鬥得這麼辛苦，當他開始為事業有成而四處旅遊，享受奢侈娛樂時，她卻在他的工場裡拚著滿身滿面油污賺取那在他眼中看來微不足道的金錢。啊，怎樣才能彌補這一切過錯，怎麼才能挽救他當初捨她而去的自私？大方陷在極度的悔恨裡。

「你呢？過去聽說在開建設公司，怎會是這裡的董事長？」

「我的建設公司很大了，這個清理貨櫃和輪船的公司是我初來高雄在拆船場工作的朋友要我合夥開的，我的事業都是和朋友合夥來的。這家公司我少來，大部分時間在建設公司裡，那才是我真正獲利的事業，本來兩年前我就想對這邊放手，剛好遇上我阿爸和婉惠生病，兩人攏交代我這裡不能放，由兩個兒子長大後來決定，我按伊們的意思做了。」

「想不到你也會聽別人的決定，婉惠真賢惠，助你有今日。」

大方臉露嘲諷地看著她：「不是我聽別人決定，是這兩人都故身了，我守伊們的心願，這個心願不難。」

「啊。」明月止不住驚訝叫了出來，婉惠多年輕，怎麼就去了？

「我阿爸快八十了，是急性肺炎去的，才去四個月就辦婉惠的喪事，伊是腸癌，拖了一陣子了。」大方講得臉色都變了，原來他外表看來多風光，內心裡也是破碎不堪的。

「一年辦兩件喪事，我怕媽媽受不住，帶伊去日本住了一年，我大兒子和女兒在那裡讀冊。」

啊，到頭來，是兩個寂寞的人。

「你也免悲傷，光敏伯母還在。」

「我不悲傷了，今天看到妳真歡喜，妳可知我等了十八年。」——豈止十八年，加上以前欠的，已經三十一年了，有這麼久了嗎？明月，妳是不是還記得以前的情分——？

——十八年？為何日子總是這麼快，十八年見這一面，真讓人不好意思，我穿這一身髒——。

「幾歲的人了還講這款話？」明月看看窗外逐漸黯淡的暮色，說：「我得回去了，已經晚了……」

「妳晚回去有人會擔心嗎？」

明月想想，說：「囝仔，囝仔會擔心。」

大方不想她離去，他還有許多話要說，但也不能自私留她，他向她邀約：「明晚上可不可以讓我請，妳若願意，可以來我厝和我媽媽開講，伊真寂寞。」

明月想到自己沒有一件像樣的衣服，請人的場合也生疏，婉拒他說：「我晚上厝內工作多，不出門的。」

「那妳明天來上班，我要再看妳。」他嚴肅的問她：「妳會來上班吧？」

明月猶豫了，明天她該輪回到貨櫃場來的，可是今天既碰到了大方，還要再來嗎？她一點主意也沒，只是站了起來準備要走。大方站到她面前，說：「妳一定要來，就算妳不來我也找得到妳，我們公司有妳所有的資料，只要妳明天不來我就找到妳厝，妳總不會一天之內再搬一次厝？」

是威脅嗎？明月笑了，笑得好開心，在這刻間她突然了解，他們總是在做長期的對抗，又何必急於一時，她扭動門把說：「你是惡霸老闆，若不讓我飛，我插翅也飛不出你這片貨櫃場。」

門外的祕書已經下班了。經理室燈還亮著，大方陪明月走下樓，說：「我送妳。」

「免了，我騎摩托車，你不要看我走，你上去。」

「好。」大方的轎車停在大樓旁的車棚，和工人的摩托車群隔開了。他為了避免她的尷尬，正欲上樓，想起什麼，突然回身問：「妳不是有個女兒？怎沒聽妳提起？」

明月心頭一震，回頭說：「嗯，伊讀高二了，功課很好，明年要考大學。」

「伊還是那麼嫷？我見過，一看就知是妳的女兒。」

「嗯，伊真嫷，嫷得讓人煩惱。」

「哪天，我也能見見伊？」

——你怎會想見伊，我不准你跟伊太親近，你不能把伊帶走——。

「以後有機會吧。」

她走向停車棚，發動了機車，大方站在二樓辦公室的窗前看她騎上大馬路，天色暗了，月娘浮在城市南方的群樓上，污髒的衣服損毀了的機車，騎車的身影是那麼陌生，那麼謙卑，那麼堅毅，只要她願意，他可以馬上改善她的生活，她應該知道他有多關心她，多願意幫忙她，但大方也了解明月絕不會接受同情的餽贈。他必須花時間說服她，她再也逃不走了，他知道了她的情況後，不能再忍受明月受委屈了。

一樣的馬路，騎車的人卻有了不一樣的心情，往日回家的路上總令她不安，怕慶生不知又要如何對待她，但今日遇見了大方，雖是尷尬，卻像找到了信仰，對回家不再感到懼怕不安了，大方總是給她安穩。到了這年紀，能見他一面也算了了心願，可是她心裡的決定不會改變的，除非他能自己發現，否則她永遠不讓大方知道祥浩是他女兒，不管怎樣，她有她的家，慶生需要家庭的安慰，若事情洩漏出去，孩子們會如何激動看待她，慶生又會多傷心絕望，他現在的情況受不起打擊的，而祥浩是他最疼的孩子，不，一定不能讓大方知道，依大方的個性，他若知道了終會鬧出事來，甚至要回女兒，她要守這祕密，永遠守著，就像永遠守住大方和她共同的甜蜜往事。

日子不會回頭，眼前還要奮鬥，明月騎摩托車的身影在城南月色下那麼清晰明亮。

啊，是滿月！明月抬頭望月，有一種滿滿的感動，說不清的。

當代名家・蔡素芬作品集01

鹽田兒女（30週年紀念版）

1994年4月初版
2014年5月二版
2024年4月三版

定價：新臺幣340元

著者 蔡素芬
校對 吳美滿
封面設計 許晉維
副總編輯 陳逸華
總編輯 涂豐恩
總經理 陳芝宇
社長 羅國俊
發行人 林載爵

出版者 聯經出版事業股份有限公司
地址 新北市汐止區大同路一段369號1樓
叢書編輯電話 (02)86925588轉5305
台北聯經書房 台北市新生南路三段94號
電話 (02)23620308
印刷者 世和印製企業有限公司
總經銷 聯合發行股份有限公司
發行所 新北市新店區寶橋路235巷6弄6號2樓
電話 (02)29178022

行政院新聞局出版事業登記證局版臺業字第0130號

本書如有缺頁，破損，倒裝請寄回台北聯經書房更換。
ISBN 978-957-08-7364-1 (平裝)
聯經網址：www.linkingbooks.com.tw
電子信箱：linking@udngroup.com

國家圖書館出版品預行編目資料

鹽田兒女（30週年紀念版）/蔡素芬著．三版．新北市．
聯經．2024年4月．296面．14.8×21公分
（當代名家・蔡素芬作品集01）
ISBN 978-957-08-7364-1（平裝）

863.57 113004986